书房系列｜假书房　　明阿星 绘

DUKU

读库

2303

主编 张立宪

新星出版社　NEW STAR PRESS

DUKU 读库

特约编辑　杨　雪
装帧设计　艾　莉
图片编辑　黎　亮
助理美编　崔　玥

特约审校：黄英｜吴晨光｜潘艳｜马国兴｜朱秀亮｜刘亚

目录

1 达特茅斯之饼 ……………… 晨星 羊顿
一群科学家在自由环境中分享未经审查的思想,激发出无尽的创造性。

73 寡居 ……………… 骆淑景
在农村,男人往往熬不过女人,留下女人度过漫长的余生。

143 大哥 ……………… 王琴
我们的那点高兴像黑夜中天边的一颗星星,忽闪一下就消失了。

173 一个历史学家,不想再对帝王热情 ……………… 林松果
"关心弱者,为边缘人发声,不正是当下历史学人的重要责任吗?"

200 "我想一个人待着" ……………… 玛格丽特·塔尔博特
但谁知道呢?也许她只是厌倦了演戏。

221 御海烟云化琼岛 ……………… 贾珺
西苑三海历经金元明清四朝和民国时期,直至当代,前后延续了八百七十年。

达特茅斯之饼

晨星　羊顿

一群科学家在自由环境中分享未经审查的思想，激发出无尽的创造性。

萌芽

作为一种高级机器，所谓人工智能，已经普及千家万户。环顾四周，许多设备、许多系统都在利用自身的学习能力完成以往专属于人类的事情。比如社交媒体App中的语音转文字、图片转文字功能，通用信息平台上的新闻推荐机制，文字输入法的语音输入和词语联想，诈骗电话、垃圾邮件的识别和提醒等，几乎可以说，有手机、有互联网的地方，就有人工智能。

"人工智能"这个词，或者说AI（Artificial Intelligence），只有六七十年的历史——1956年，美国新罕布什尔州达特茅斯学院，首次人工智能研讨会召开，这一概念被正式提出。

然而，如果把人工智能视为一种纯粹的现代事物，那将是完全错误的认识。实际上，人工智能概念的历史相当久远，很早就已在人类先辈的头脑中生根萌芽、开枝散叶。古希腊神话中有不少和机器人有关的情节，中国古代也有类似记录，而机器人正可作为人工智能的代表。

古希腊长篇叙事诗《阿尔戈英雄纪》所述的故事发生在特洛伊战争之前，对应的历史大约在公元前1300年左右。为守卫克里特岛，金属巨人塔罗斯向靠近的敌船投掷巨石。塔罗斯就是一个机器人。

相传由盲诗人荷马所作的古希腊史诗《伊利亚特》，第十八卷中出现了"自动"（αυτόματα/automatically）这个词：冶金之神赫菲斯托斯在车间里制造出"自动"运行的机器为他工作。这段故事如果在史上确有发生，大约是在公元前800年至前600年之间。

在中国，据说成书于战国、由列御寇所著的《列子》，其《汤问篇》中绘声绘色地描述了一个机器人形象。书中谈到，偃师是一位工匠，擅长制作能歌善舞的机器人偶：

> 翌（一说越）日，偃师谒见王。王荐之曰："若与偕来者何人邪？"对曰："臣之所造能倡者。"穆王惊视之，趣步俯仰，信人也。巧夫，镊其颐，则歌合律；捧其手，则舞应节。千变万化，惟意所适。王以为实人也，与盛姬、内御并观之。

等到表演快结束的时候,那人偶竟然自发地动了妄念,拿眼睛去招惹王的侍妾。结果引得王大怒,差点直接杀了偃师,偃师只好把人偶拆解——这个情节应该是专为铺陈下面的细节设计的:

> 偃师大慑,立剖散倡者以示王,皆傅会革、木、胶、漆、白、黑、丹、青之所为。王谛料之,内则肝、胆、心、肺、脾、肾、肠、胃,外则筋骨、支节、皮毛、齿发,皆假物也,而无不毕具者。合会复如初见。王试废其心,则口不能言;废其肝,则目不能视;废其肾,则足不能步。穆王始悦而叹曰:"人之巧,乃可与造化者同功乎?"

这个故事所涉人体生理,固然具有明显的时代局限,但情节生动,细节丰盈,单拿出来,不失为一篇想象力大大超越时代的短篇机器人科幻小说。

上面这些传说或记载中,机器人显然是出于虚构,而人工智能实体的雏形,出现得也很早。如果非要为这个"很早"明确一个具体时间,那么最晚是在公元前250年。

那是在古希腊,著名数学家和发明家克特西比乌斯(Ctesibius)创造了世界上第一个能够自我调节的机器系统。

当时存在一种水钟,可以利用水滴来表示时间流逝。具体方法是使水滴从储水器中滴下,指针受到浮力上升,从而显示出时间。同时代有很多人可以制造这种装置,但都没有克特西比乌斯的水钟精准。这是因为其他人的水钟在运行时，储水器的水量会不断减少，于是水位下降，水压随之减小，滴水的速度就越来越慢，计时的误差也就越来越大。这是水钟产业很多年都没能解决的问题。

克特西比乌斯绞尽脑汁，发明了一种水位调节装置，叫作"漏壶"，旨在确保水钟的储水器始终装满水。它的核心原理有点像抽水马桶的进水控制，利用一个浮子作为传感器，时刻感知储水装置的水位信息，然后将此"数据"连续不断地输入一个与进水阀门相连的杠杆部件。杠杆部件作为核心的"处理器"，受力学原理控制，不断比较浮子受到的浮力和进水阀门的封口力。当水位下降，导致水压减小到一个阈值时，浮子的浮力会减小到打破与进水阀门的杠杆平衡，于是拉开进水阀门。反之，当水位上升，导致水压增加到一个阈值时，则关闭进水阀门，停止进水。

有数据输入，有数据处理，有数据输出，如果标准不是太过严苛，这个自我调节系统差不多已经是一个简单的人工智能装置了。

开枝

古希腊之后的两千年里，与其他学问和技术分支一样，众多神学家、数学家和哲学家留下了大量关于机械和数字系统的文字记录。这些记载，为人工"智能机器"概念奠定了基础。

欧洲西南伊比利亚半岛东北部的加泰罗尼亚，有位诗人、神学家，名叫柳利（Ramon Llull，1232–1315）。柳利写过一本《终极通俗艺术》（*Ars generalis ultima*），书中记录了他发明的一种可以产生新知识的小机器："柳利圈"。

这是用纸做的机器，由两个或多个大小不同的纸盘组成，纸盘从大到小依次从下向上叠加，中心有轴穿过，纸盘上则写有许多知识术语或与之相关的符号。不同的同心圆纸盘可以绕中心轴独立旋转，转动纸盘，就能让各个纸盘上的

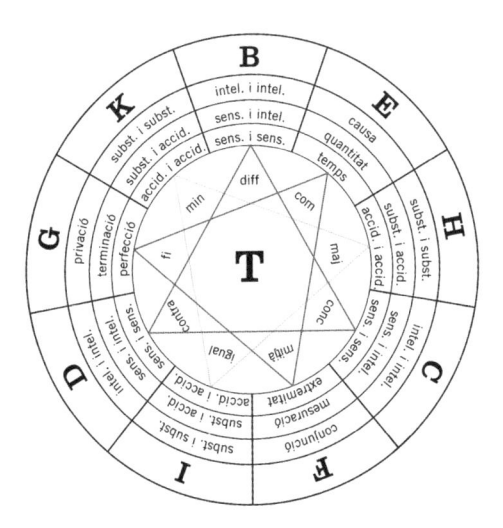

通过对纸质机械进行微调，实现概念组合来发展新知识的柳利圈。
图片来源：西班牙巴塞罗那大学拉蒙·柳利文献中心

字符排列在一起，组合成大量新的概念。

柳利圈的设计思想，是基于这样一种观念：所有知识领域都存在数量有限且不可否认的基本真理，人类可以通过研究这些基本真理的组合，来理解对应领域的一切。

这一思想由十六世纪的布鲁诺（Giordano Bruno，就是被宗教法庭处以火刑的那位）和十七世纪大学问家莱布尼茨（Gottfried Leibniz）进一步发展，后者还给柳利圈这种产生新概念的方法起了一个名字，叫"组合艺术"（ars combinatoria）。

如今，一些计算机科学家将柳利视为该领域的创始人，认为他的逻辑系统是信息科学的开端。理由在于，基本逻辑运算的排列组合构成了计算机的所有计算，可以认为是柳利圈设计思想的体现。

"组合艺术"这个名字现在也为人所熟知——当然，主要是数学专业人士，因为加拿大有一个数学类SCI期刊即以此命名。

到十八世纪初，爱尔兰作家斯威夫特（Jonathan Swift）的小说《格列佛游记》（*Gulliver's Travels*），天才地描述了一种叫作"引擎"（engine）的机械装置，可能是最早的一种能模拟人类思维的设备。这种机器在原理上可以看作对柳利圈的模拟，借助机器上文字和词语的组合，哪怕是最愚蠢的人，"只要付出相当的费用，做一点体力劳动，就可以写出关于哲学、诗歌、政治、法律、数学和神学的书籍"。

1872年，英国作家巴特勒（Samuel Butler）出版小说《乌有之乡》（*Erewhon*），书中讨论了在"未来"的某个时间点，机器将会拥有意识。

1921年，捷克剧作家恰佩克（Karel Čapek）发表科幻剧《罗素姆万能机器人》（*Rossum's Universal Robots*）。该剧虚构了在工厂里制造机械人的情节，并将这种人工制造的工具人称为"机器人"（robot）。这些机器人的材料并非金属，它们更像是克隆人，由有机化合物构成，并且具有人类的外形。在故事里，"机器人"很快意识到自己"没有激情、没有历史、没有灵魂"，也意识到自己比人类创造者更聪明、更强大，于是毁灭了地球上的所有人，只留下最后一个作为生物样本。

这是人类第一次正式使用"机器人"这个词。从此，很多人开始采用这个概念，将其应用到艺术创作或学术研究中。

1927年，德国导演弗里兹·朗（Friedrich Lang）执导的科幻电影《大都会》（*Metropolis*）上映。这部电影以首次在银幕上描绘机器人而闻名，更是后来诸多著名机器人角色的灵感之源。

1929年，日本生物学家西村真琴发明了日本第一台机器人Gakutensoku。日语名称叫"学天则"，字面意思是"从自然法则中学习"，意指"学天则"这种机器可以通过自然和人类获取知识，实现自我进化，从而变得更为复杂、更为智能。

1939年，美国爱荷华州立大学的发明家兼物理学家阿塔纳索夫（John Atanasoff）和他的研究生贝瑞（Clifford Berry）一起，开发了可编程数字计算机阿塔纳索夫–贝瑞计算机（简称ABC）。ABC包含二百八十个真空管，使用了总长一千六百米的电线，重达三百二十公斤，能够求解二十九个方程组成的方程组。

1942年3月，著名科幻作家阿西莫夫（Isaac Asimov）在《惊悚科幻》（*Astounding Science-Fiction*）杂志上发表了短篇科幻小说《环舞》（*Runaround*）。正是在这篇著名的作品中，阿西莫夫首次明确提出了之前仅仅有所暗示的机器人三定律：

第一定律：机器人不得伤害人类，或因不作为而让人类受到伤害。

第二定律：机器人必须服从人类的命令，除非这些命令与第一定律相冲突。

第三定律：机器人必须保护自己的存在，只要这种保护不与第一定律或第二定律相冲突。

《环舞》的主人公是一个叫"快手"（Speedy）的机器人和两名科学家。当科学家找到几个小时不见的快手，发现它正在那里步履蹒跚地跑圈。原来，快手在执行任务时陷入三条机器人定律之间无所适从的困境，只好采用折中的办法，以做无用功的方式来规避机器人三定律。为让这个死板的机器人跳出死循环，一位科学家故意冒险。按照规则，机器人应该优先遵循第一定律，避免人类受到伤害，于是快手便不再"环舞"，冲过去拯救了那位科学家。

这个故事为阿西莫夫吸引了一批科幻迷，也启发科学家开始严肃思考机器具有智能的可能性。时至今日，许多人工智能开发者仍将机器人三定律应用于研发工作中。

1949年，美国数学家、精算师和计算机科学家伯克利（Edmund Berkeley）出版了《巨型大脑或思考机器》（*Giant Brains, or Machines That Think*）一书。书中强调，机器在有效处理大量信息方面变得越来越熟练，在比较机器与人脑的能力之后，他得出结论：机器实际上可以思考。

1950年，"信息论之父"香农（Claude Shannon）发表了业界第一篇关于棋类计算机程序的论文《为下棋计算机编程》（*Programming a Computer for Playing Chess*）。同年，"计算机科学与人工智能之父"图灵（Alan Mathison Turing）在论文《计算机与智能》（*Computing Machinery and Intelligence*）中探讨了以"模仿游戏"方式测试人工智能的设想。该游戏后来被称为"图灵测试"，目的是检验机器像人类一样思考的能力。这个测试成为考量人工智能是否具有智能的一种重要方法。

1952年，IBM公司电气工程师塞缪尔（Arthur Samuel）创建了一个跳棋程序，这是第一个能够在跳棋游戏中与人类玩家竞争的计算机程序。

1955年，美国计算机科学家纽厄尔（Allen Newell）、西蒙（Herbert Simon）和数学家克里夫·肖（Cliff Shaw）编写出第一个人工智能计算机程序"逻辑理论家"，最终证明了《数学原理》（*Principia Mathematica*）一书前五十二个定理的三十八个——这本数学名著是罗素（Bertrand Russell）和他的老师怀特海（Alfred Whitehead）合著的。

接下来，就到了所谓的人工智能元年。

1956年6月，美国计算机科学家、当时还仅仅是达特茅斯学院助理教授的麦卡锡（John McCarthy），联合同道中人召开了一场人工智能研讨会，标志着人工智能时代正式开启。从此，人工智能这个概念开始走向世界，并且让一代又一代的科学家苦费心力，令一代又一代的大众心生遐想，直到如今。

青教

"现在请你告诉我，你和明斯基一起到底在干什么？见鬼，格洛丽亚知道的并不比我多……"

这是一封1956年7月寄往达特茅斯学院的信，收件人是一个每天只工作半日的自由职业者，名叫所罗门诺夫（Ray Solomonoff）。寄件人是所罗门诺夫的女友路易丝，不难看出，她对男友"人如神龙，见其首不见其尾"的状态颇有些不满。

看着女友的抱怨，所罗门诺夫只能对着身旁的明斯基（Marvin Minsky）苦笑。信中提到的格洛丽亚是明斯基的妻子，当时她在哈佛大学做助理研究员，主攻数学和神经学。格洛丽亚与路易丝是闺蜜，两人经常互通消息，可是，这一次却不灵了。路易丝只知道所罗门诺夫去了达特茅斯，不知道他去做什么，格洛丽亚当然也知道明斯基和所罗门诺夫在一起，但也不知道他们在忙什么。

所罗门诺夫和明斯基这两位，可不是一般人物。当时两人一个三十岁，一个二十九岁，都是高学历的有为青年。

所罗门诺夫是犹太人，1926年出生在美国俄亥俄州克利夫兰市，父亲是俄罗斯移民。在家庭熏陶下，他从小就酷爱数学和科学。十六岁时，他迷上了一个想法：开发一种能够学习和思考的机器。

1944年，所罗门诺夫以优异成绩从格伦维尔高中毕业。彼时正值"二战"期间，他加入美国海军，担任电子教员，两年后退役。1947年至1951年，他到芝加哥大学读书，师从哲学教授卡纳普（Rudolf Carnap）和著名物理学家费米（Enrico Fermi），分别获得哲学学士和物理学硕士学位。

1951年，所罗门诺夫自芝加哥大学毕业。他没有像别人一样找个安稳的地方上班，而是去往纽约，在一个民间技术研究小组从事自由研究工作。第二年，在一次学术交流会议上，所罗门诺夫结识了一群年轻的研究者，大家志趣相投，都梦想着制造一种可以像人类一样具有智能的机器。最谈得来的是比他小一岁的明斯基，两人就此结下一辈子的交情。

明斯基很佩服所罗门诺夫，虽然当时所罗门诺夫连个正式的工作机构也没有，简直就是无业，而他自己也并没发现所罗门诺夫的研究能有什么实际用途，但他坚信所罗门诺夫的未来大有希望，尤其在计算机方面。明斯基后来回忆说："他鼓舞了致力于学术研究的人们。"

正所谓英雄惜英雄，所罗门诺夫固然让人折服，明斯基也绝非等闲之辈。

明斯基是土生土长的纽约人，1927年出生，父亲是一名眼科医生，从小时候就积极鼓励他学习科学和医学。利用父亲的藏书，明斯基广泛阅读科学著作，并对音乐和心理学产生了终身的兴趣。高中毕业后，他和所罗门诺夫一样，也应征入伍，1944年至1945年在美国海军服役。

1946年，明斯基进入哈佛大学，四年后拿到数学学士学位。在此期间，他完成了一些物理学、神经生理学和心理学研究。1951年，他入读普林斯顿大学，当年就建造了人类第一个神经网络模拟器。1954年，明斯基获得数学博士学位，在一众大佬的推荐下，他到哈佛大学担任助理研究员。

当时他对大脑的工作机理感到好奇，想深入探索神经元细胞怎样连接，但这个课题存在一个令人望而生畏的困难——神经元细胞在三维空间上的密度太高，缠结太复杂，传统显微镜靠局部平面成像工作，无论怎么调整焦距，明斯基在目镜里看到的图像都一片模糊，根本无法观察到清晰的立体样本。最终，明斯基找到了办法，他为显微镜增加一块半反半透镜，能够从厚样品中收集连续的光学切片，共焦扫描显微镜就此发明。如今，改进后的共焦扫描显微镜仍广泛应用于生物医学研究中。

自从明斯基和所罗门诺夫接上头，两人就越聊越投机，关系也越走越近。1956年6月，他们分头赶赴达特茅斯学院，并不是要一起干什么坏事——对他们的爱人来说如此，对他们的研究课题来说也是如此。

将两位有为青年召唤到达特茅斯的，是另一位有为青年，那就是达特茅斯学院助理教授麦卡锡。

麦卡锡1927年出生于美国马萨诸塞州波士顿，父亲是爱尔兰移民，母亲是立陶宛犹太移民。1930年代大萧条期间，麦卡锡全家被迫迁到洛杉矶生活。麦卡锡从小体弱多病，这对他的学业是个障碍，但他转向书籍寻求安慰，反而形成了很强的自学能力。1944年，麦卡锡被加州理工学院录取，并且可以免修两年的数学必修课，因为他在初中前后治病的间隙，就自学了加州理工的高等数学教材。

本科阶段，尽管麦卡锡因没上体育课而被停学，又因为到美国陆军服役而中断学业，但1948年他还是在加州理工学院获得数学学士学位。接着，他进入普林斯顿大学读博，1951年成为数学博士。

博士毕业后，麦卡锡留校工作了两年。正是在此期间，他参加1952年的一次学术会议,认识了明斯基和所罗门诺夫,彼此相见恨晚。

接着,麦卡锡又跳槽到斯坦福大学,很快又在1955年被挖到达特茅斯学院,成为数学系助理教授。

作为一直处于大学最底层的"青教",为贴补家用,麦卡锡在教书之余到处打过不少短工,比如IBM公司。而到IBM的研究团队打零工之前,他还给美国电话电报公司的贝尔实验室干过活。

在贝尔实验室,麦卡锡和香农共过事。当时香农也醉心于自动机器的研究,同样喜欢研究如何让机器实现人类(及其他生物)那样的思考和行为。本职之外,两人在贝尔实验室没少讨论这个话题。名正才能言顺,他们也没少讨论正在研究的课题应该取个什么样的名字。一番思索之后,香农给出的方案是"自动机研究"(Automata Studies)。1956年,香农和麦卡锡合著了一本书,书名就叫《自动机研究》——香农可不是一般人,他命名专业术语的能力相当老到,这名字看似普通,实则直指这种研究的本质。

但麦卡锡不这么看。他本来就对"自动机研究"这个名字嗤之以鼻,认为太老土,等他们的书出来,眼见着大家没什么兴趣,就更觉得这名字不行。麦卡锡暗下决心,一定要为这项才刚刚起步的研究起个更加响亮的名字。

他做到了,而且很快就找到了让这项研究名动天下的机会。

画饼

1950年代，算是计算机和人工智能的古早时期，对于能够像人一样思考的机器会是什么样子，科学家感到非常困惑。一些人，比如"控制论之父"维纳（Norbert Wiener），认为那应该是类人机器（人形机器人）；有些人则认为应该根据人类的大脑建立模型（指狭义的"模型"，即数学模型），实现机器的思考；另一些人关注基于自然语言的语义系统，认为把人类思维的载体——语言研究清楚，会思考的机器自然就能造出来；还有些人仅仅关注非常理论性的数理逻辑，认为必须从最基础、最本质的逻辑出发，一步步构建会思考的机器。

1955年2月，麦卡锡也在思考这样的问题，但更让他费脑筋的，是四个月后就要到来的暑假该怎么吃饭。

作为私立高校，达特茅斯学院严格执行按劳取酬的薪资制度，在长达两个月的暑假内，学校是不发工资的。按照前辈的传统，教师们不会让自己的一双手闲着，而是到处打工，补贴收入。能在普林斯顿大学拿到数学博士的麦卡锡，当然是人中龙凤，他的思路和别人不同，计划好好准备一段故事，想办法找人拉点赞助。如果真能成功，自己就不用四处乱跑，待在学校里就能把钱给赚了。

在大学工作了四五年，麦卡锡是缺钱，但不缺对学术问题的敏感度和好奇心，而且他很喜欢思考问题更本质的层面。兴致盎然之外，他也有能力探索前人未达之境。所以，他接下来的操作出发点虽然是为了多快好省地搞钱，但确实也没忘记尽量做好学术研究，提出前人没有的方法、思路和观点。

对于会思考的机器这个课题，麦卡锡没有理会当时那些混乱认知，他隐隐约约地认识到，这门新科学有着不可限量的潜力——无论它是什么，它叫什么，它应该怎么实现。

踅摸了半天，麦卡锡找到以"促进全人类的安康"为宗旨的洛克菲勒基金会，请求他们为"即将"在达特茅斯学院举办的一个夏季研讨会提供资金。按照麦卡锡的计划，这次会议约有十人参加，时间是两个月。

为增加说服力，麦卡锡拉上了香农替自己背书。

此时的香农早已成为大佬。他1941年加入贝尔实验室，直到1972年离职，中间只在麻省理工学院做过兼职教授，是对贝尔实验室忠诚度极高的骨灰级功勋。

1948年，为解决工作中遇到的信息编码等问题，香农提出一种数学通信模型。他用数学阐明了自己对通信的思考，论文《通信的数学理论》（*A Mathematical Theory of Communication*）发表在《贝尔系统技术杂志》第二十七卷上。这篇论文是里程碑式的，它以完整的数学形式确立了信息理论，以至于文中的框架和术语如今仍在被广泛使用（正是这篇论文首次公开用术语bit来表示二进制信息的最小单位）。这篇论文的影响远远超出了香农的预期，也让他一举成为信息论的创始人。信息论在通信工程中取得了立竿见影的成功,并迅速扩展到其他领域,如认知科学、生物学、语言学、心理学、经济学和物理学。

香农的名声一时如日中天,支持者的热情甚至发展到无脑崇拜的地步,"信息"这一术语也成为超级热词,几乎扩展到科技界的每一个角落,以至于1956年3月,香农不得不专门写了一篇题为"游行彩车"(*The Bandwagon*)的短文,抱怨一些过分热情的支持者滥用"信息"这个概念,把信息论糟蹋成游行彩车,谁见了都想往上跳。

当年6月,香农跟着麦卡锡会见洛克菲勒基金会医学和生物学研究主任莫里森(Robert Morison),口头讨论了由基金会出面赞助、在1955年夏天举办研讨会的可能性。

这次面谈,麦卡锡拉大旗作虎皮,在还没有一点谱的情况下,就罗列了一大堆"准备参加"会议的大佬名单,比如,第一台商用科学计算机IBM701的设计者、IBM信息研究负责人罗切斯特(Nathaniel Rochester);二十世纪最重要的数学家之一,广泛涉足现代计算机、博弈论、核武器和生化武器等领域的科学全才,被后人称为"计算机之父"和"博弈论之父"的冯·诺伊曼(John von Neumann)等。然而,莫里森是个老狐狸,不是听到几句激情澎湃的话就能中招的,对于是否该为这样一个听上去很有远见但又不太靠谱的会议提供资助,他很不确定。碍于面子,莫里森并没有直接拒绝麦卡锡要钱的请求,只说再考虑考虑,再研究研究。

麦卡锡是个不达目的不罢休的人物，反正对方没有明确拒绝，再努把力，说不定真能说服他。夏天很快就到，当年暑假办会肯定没指望了，但不是还有下一个夏天嘛，明年可期。

于是，麦卡锡精心为来年的达特茅斯学院夏季会议准备提案，想继续向洛克菲勒基金会化缘。这一次，除了香农，之前只是被麦卡锡"提名"但没有参与的明斯基和罗切斯特，也热情主动地加入申请项目的行列——明斯基这时候早就和麦卡锡熟得不能再熟，而麦卡锡在IBM兼职时，罗切斯特也算是他的领导。

香农、明斯基和罗切斯特，以麦卡锡为核心，结成了一个四人小团队。人多了，胆子也就更大，四个人坐下来一合计，要钱的风格更浮夸了。再次筹划的会议名单上，人数比上次更多，名头也一个比一个响亮，透出一股放眼全球的国际范儿。除了上次与莫里森当面会谈时已经吹出去的那些大佬，香农和麦卡锡建议的其他与会者还有加拿大麦吉尔大学心理学教授、认知心理生理学开创者赫布（Donald Hebb），英国控制论先驱阿什比（Ross Ashby），英国物理学家、信息理论和信息科学创始人之一麦凯（Donald MacKay）。

麦卡锡早年也想利用智能机器自动证明《数学原理》中的定理，听说卡内基理工学院（后并入卡内基梅隆大学）的青年学者西蒙和纽厄尔精于此道，于是找到两人，讨论如何开发计算机程序，完成证明。既然大家都对智能机器感兴

September 2, 1955

Dr. Robert S. Morison
Director for Medical and Biological Research
Rockefeller Foundation
49 West 49th Street
New York 20, New York

Dear Dr. Morison:

    Enclosed is our proposal for the "Dartmouth Summer Research Project on Artificial Intelligence". Since Shannon and I talked to you, we formed a committee of four to organize the project. We held a meeting and among other things discussed potential participants. It was decided to send copies of this proposal without page 5a which discusses finances, to certain of them.

    We have shown a draft of this proposal to Oliver Selfridge of M.I.T.'s Lincoln Laboratory, who will probably participate. He is going to a conference on "Thinking" in London next week, and will try to find out for us who might well be invited from England.

    Nat Rochester and I visited Karl Pribram who also suggested a couple of worthwhile people from the neurological ends.

    Dartmouth College will formally ask for your financial support whenever you consider it appropriate.

Yours truly,

John McCarthy

JMcC/sfl
cc: M. L. Minsky
      N. Rochester
      C. E. Shannon

1955年9月2日麦卡锡等人写给洛克菲勒基金会莫里森主任的资助申请，随函附上了四人发起的人工智能研究项目提案。图片来源：洛克菲勒档案中心这份建议书，题目有点长，叫"达特茅斯夏季人工智能研究项目的提案"（*A Proposal for the Dartmouth Summer Research Project on Artificial Intelligence*）。其中最新鲜、最扎眼的是那个词："人工智能"。

这个提法，实为灵光一现。

在此之前，香农还是延续自己的严谨风格，想把这种可以模仿人类思考的机器叫作"自动化机器"，如果非得大胆一点，那就叫"机器智能"。但是，即便是香农认为已经有些夸张的机器智能，麦卡锡还是觉得不够到位。他想要的，是一个响亮得足以震惊整个世界的名字。

大家七嘴八舌地讨论了半天，还是没什么头绪。有人主张叫"控制论"，这是二十世纪自然科学和社会科学领域最重要的学科之一，但直接借用有些过于拿来主义了。有人提出叫"自动机理论"，这是一个新兴数学理论的名称，但有点以偏概全了。叫"复杂信息处理"？这名字倒是贴切，可就是太土。叫"思维机器"？有点那个味道了，但还是不够响亮。

最终，麦卡锡一锤定音：人工智能。

对于很多创业者来说——一定程度上，1956年的麦卡锡等人也是创业者——能画出饼来是一项必不可少的技能，如果这饼画得既大且圆，甚至让人闻得到香味，那就达到了化境。

铆足劲头、雄心勃勃的麦卡锡确实达到了这个境界，于是,"人工智能"这个名词横空出世——只不过严格说来,时间不是大家常常说起的1956年,最晚也要算是1955年。

张罗

为增强说服力,麦卡锡等人的提案也并非尽是画大饼。他们在四个具体提案里,明确提出了这次会议的研究主题:

自动计算机及其程序;

使用一种自然语言对计算机进行编程;

人工神经网络(人工智能领域最早也是如今应用最广泛的技术之一,后来因为明斯基的门户之见被大加排挤,二十世纪末才又渐渐回归,与人工智能合流);

机器自我进化;

对自然语言进行分类和摘要。

通过提案罗列的这些研究方向来看,四位"人工智能之父"还是很有远见的。

比如自然语言处理,这个课题始终是人工智能的痛点,也从来都是热点,即便发展到目前,仍然算是难点。因为人的自然语言有非常大的多样性,有限的词汇经过排列组合可以创造出无穷无尽的可能。作为对思想的描述,人类自然语言也往往很模糊,甚至大量存在歧义。

举个例子,"咬死了猎人的狗",这句话到底什么意思，恐怕只有说话的人自己知道。听到或看到这句话，我可能理解为"猎人的狗被咬死了"，而你理解的可能是"猎人被狗咬死了"。诸如此类的还有"他才刚来，许多人还不认识""三个学校的校长参加座谈""几个工厂的工人""学生的天职是读好书"。看见这种人类语言，计算机只能直接傻掉。哪怕是做简单的分词，计算机也相当困难，比如"研究生命的起源"，是"研究生命／的／起源"，还是"研究生／命／的／起源"？虽然前者的可能更大，但毕竟不能排除后一种可能。又如"乒乓球拍卖完了"，既可以切分为"乒乓球／拍卖／完了"，也可以是"乒乓球拍／卖／完了"。

这是传统和当代人工智能技术都没能彻底解决的问题。

传统的人工智能选择正面强攻，想进行逻辑上的语义分析，结果发现自然语言太复杂，计算机只能处理形式化的规范语言，像BASIC、C、C++、C#、Python、Java这类有严格规则的编程语言是可以的，但处理上下文相关的自然语言就一塌糊涂了。于是，当代人工智能退而求其次，采用侧面迂回的手段，回避自然语言语义和文法的直接分析，根据马尔可夫链或贝叶斯定理这样的概率论和统计学原理，通过用户输入完成后的词序连接反向修正分词模型，选取那个可能性最高的分词规则。但问题在于，就算只看概率，还是不能真正实现人类多样性分词的效果。比如对于"天黑马也要睡觉"，人类想要的分词是"天黑／马／也／要／睡觉"，而人工智能程序可能提供的一个高频分词是"天／黑马／也／要／睡觉",但这不是人类想要的。

所以,麦卡锡他们的提案,在一定程度上对早期的人工智能研究做出总结,并预测了以后的人工智能发展方向。但无论是总结还是预测,都不是完全准确,毕竟人工智能这个概念过于庞杂,过于包罗万象了。况且,就一门新兴学科或者说科技而言,对其基本概念的描述是需要逐渐演化才能精确的。

另一方面,对于1956年达特茅斯会议,几个主要召集人的思想并没有高度统一,他们发起会议的动机也各不相同。

麦卡锡希望能利用这个夏天产生一些关于人工智能的具体成果,比如就这项研究的内容、方向和目的达成一些共识,更重要的是,他想聚起一帮情投意合的兄弟,大家一起搞些人工智能的大项目,或者说,找到长期饭票。作为信息论之父,香农更希望推广自己的信息论,并将其应用于新近发明的计算机的各个发展方向。明斯基的算盘是宣传自己的新型电机装备,这种装备可以随着外部环境的改变进行自我改进,以便输出正确的指令,做出恰当的动作。罗切斯特的背景在工业界,他关注的是计算机程序开发这样的具体问题,想找人合作开发一种能够系统性证明数学公理的编程技术——如此一来,将来的数学证明可以直接交给计算机去做,人类只需要提出问题就行了。

仰望星空的人当然需要,适当将眼界放低点的人也必不可少，所罗门诺夫就是这样的科学家。

他对人工智能的要求并没有那么高，他的想法和后来人工智能的主流科学家大不一样，主要关注概率及预测的相关关系。当时还不知道概率会如何在人工智能技术中发挥作用，但正是由于所罗门诺夫的脚踏实地，后来在眼看着人工智能就要走到穷途末路时，他的概率论及统计学模型和思想独步天下，挽救了人工智能技术，为人类创造出在二十一世纪走向弱人工智能时代的机会。

这些复杂的想法只是在这几位的脑子里打转，并不会体现在申请书里。远在纽约市中心的洛克菲勒基金会在收到《达特茅斯夏季人工智能研究项目的提案》后，不知道确实是被申请书的具体内容打动，还是被申请书后那张长长的大人物名单给唬住了，反正莫里森和他的同僚大笔一挥，终于批给这个项目一笔钱。

当初麦卡锡他们申请的资助预算是一万三千五百美元，大概是按照两个月，六位专家每人每月一千二百美元的标准——这六位专家当然包括麦卡锡自己。但洛克菲勒基金会最后批下来的数额几乎打了个对折，只给了七千五百美元。这点钱不宽裕，但总算是有，麦卡锡等人终于可以放心地筹备来年的会议了。

1956年3月，所罗门诺夫收到了意料之中的邀请函。他是个非常细心的人，恨不得每张小纸片都留好，这为我们考察那段历史提供了方便。

DARTMOUTH COLLEGE
Department of Mathematics & Astronomy
HANOVER · NEW HAMPSHIRE

March, 1956

Mr. Ray Solomonoff
Technical Research Group
17 Union Square West
New York, New York

Dear Ray:

You are one of the people we should like to invite to the "Summer Research Project on Artificial Intelligence."

Terms: $1,200 - $900 of which will probably count as a fellowship and be tax free, plus traveling expenses.

Dates: June 18 to Aug. 17

Place: Hanover, N. H. (a cool place).

Can we count on you?

Best regards,

John

John McCarthy

JMcC:MA

J. McCarthy
M. Minsky
John @ Holland   } for all 2 months
R. Solomonoff
Julian Bigelow

Shannon
Rochester
Selfridge   } Some of these for part of time.
McCulloch
Newell
Simon
McKay
Etc.

所罗门诺夫在邀请函上记下了一些他所知的其他参会者信息。
图片来源：http://raysolomonoff.com/dartmouth/dart.html

这封邀请函上，可以看到很多珍贵的历史信息。

比如，会议最主要的召集人就是麦卡锡，他的签名在最前面。还有，虽然名曰"邀请"，但受邀者参会并不是免费的。好在麦卡锡他们搞的是"阳谋"，邀请函上已经明确列出，参与者大概要自掏腰包一千二百到九百美元——对，邀请函上确实是大数额在前，小数额在后。大概是为打消参会者的疑虑，麦卡锡他们变身财务小能手，很贴心地说明这个参会费用其实很低，不仅包含交通费，而且还免税，暗示这绝对是一次性价比超高的低成本、高水平学术活动。

会议时间的安排也很严谨，至少原计划如此：6月18日至8月17日，两个月的时间，一天不多，一天不少。大概是为说服受邀者参会，邀请函上参会地点"北卡罗来纳州汉诺威市"下面的括号里，还特别注明这里是一片清凉的"避暑胜地"（a cool place）。

虽然所罗门诺夫自己肯定是要去的，但他收到的是统一格式的邀请函，也就暴露了一个信息。大概麦卡锡他们预计到收信人里面肯定会有些不容易忽悠的，所以在末尾来了一句："我们能指望您来不？"（Can we count on you?）

这份谦卑很有先见之明，饶是麦卡锡他们如此用心良苦，看不上他们的也大有人在。有些人接到信根本就没搭理，很快抛诸脑后。

受邀者表现如何尚未尽知，主办者肯定不能闲着。

拿了钱就得干活，洛克菲勒基金会可不是冤大头，他们也是要考核的。

1956年5月26日，麦卡锡向金主莫里森汇报了会议组织的进展情况，非常高兴地说已经有十一名受邀者答应赴会——居然超额完成一人。

不过，名单里并没有麦卡锡当初信誓旦旦说人家会来的维纳、冯·诺伊曼等大人物，不知道是他们根本没敢去请人家，还是请了，人家没答应来。

这十一个人中，答应一定待够两个月的有六人。除了主要召集人麦卡锡、明斯基，以及他们的好友兼秘书所罗门诺夫，还有那个苏格兰大神麦凯，复杂理论和非线性科学的先驱、后来成为"遗传算法之父"的霍兰德（John Holland），美国计算机工程师先驱毕格罗（Julian Bigelow）——此君后来主导实现了维纳和冯·诺伊曼在普林斯顿高等研究所的一个存储程序型计算机项目，制造了世界上第一台采用二进制的存储程序计算机IAS。

作为本次会议的召集人，香农和罗切斯特虽然比较忙，但参加一下还是可以的，只不过与会时间要打个折扣。类似的还有"机器感知之父"塞尔弗里奇，这三位应允至少在达特茅斯学院待上四个星期。

西蒙和纽厄尔这两位日后在人工智能界呼风唤雨的大神级人物，表示参加两周的会议讨论就够了。看来，卡内基理工学院这两位与麦卡锡的交情似乎没有他认为的那样深厚，不过还算志趣相投，那就不妨过来看看情况。

六人，八周；三人，四周；二人，两周。这就是麦卡锡等人忙活了大半年张罗出来的业绩。

拉人成果展示完毕，麦卡锡向莫里森保证："我们将专注于设计一种可以将具体信息概括为抽象概念的计算机程序。当达特茅斯学院人工智能会议的团队成员聚集在一起，科学界将发生重大变化。"

"重大变化"当时虽是画饼，后来却的确成为现实。但这是后话，当时摆在麦卡锡他们面前的难题，是怎样让"团队成员聚集在一起"。

团聚

接下来那个纷繁混乱的夏天，达特茅斯学院究竟发生了什么，没有人完整地知道。但几乎所有人都承认这一点：一群科学家在自由环境中分享了未经审查的思想，激发出无尽的创造性。

他们很享受这个过程，会议结束后，很多人用毕生时间贡献了自己的力量，并在人工智能发展史上留下熠熠生辉的名字。

达特茅斯学院是美国著名的私立高校，建校时间居然比美国建国还早，是九所殖民地学院、八所常春藤盟校之一。它拥有美丽的校园，主校区有二百七十英亩之广，位于新罕

1956年达特茅斯人工智能夏季会议活动的主要发生地达特茅斯大厅(Dartmouth Hall)。图片来源：*AI Magazine* (2006)

布什尔州汉诺威市的农村地区，被青翠群山环抱。学校里除了林荫小道，还有清澈的小溪，这些水道夏季可以游泳，冬季可以滑冰。不远处的橡树山则是冬季越野滑雪，以及夏季步行、骑车的好地方。所以，诚如麦卡锡他们在邀请函上所言，达特茅斯学院在暑期绝对是极好的避暑胜地。

1956年6月18日左右，达特茅斯会议开始了——这个"左右"不能省略。历史地位如此重要的一次会议，到底是哪一天开始的，并没有定论。

大家记得的是，除了在达特茅斯学院不用动窝的麦卡锡之外，当时最早抵达的应该是所罗门诺夫。与他随行的，可能还有一位挪威裔美国科学家。所罗门诺夫，或者他们两人摸到学校的教师公寓，与麦卡锡会合。与后到的明斯基一样，所罗门诺夫被安排住在教师公寓里，这是核心人员才有的"待遇"，估计可以省不少住宿费。其他大多数人则住在校外的汉诺威旅馆里，看来当时经费确实不足，不能豪放地招待大家。

不管怎样，这个当时在少数几人看来很重要，但对于许多人来说无所谓的会议算是开始了。

与会者三三两两地在不同的时间出现在达特茅斯学院，大部分人参会时间比预期短得多。有些人则根本没来，比如麦凯和霍兰德，直到会议结束他们也没露头。罗切斯特大学有个教授收到邀请后因为太忙，又不好推辞，于是派了一个叫摩尔（Trenchard More）的在校生代替自己参加了三周的会议。

很多资料说，这次会议只举办了六周。然而，根据所罗门诺夫的日常笔记，会议确实开了八周，从6月18日到8月17日，明斯基和摩尔的记录也能佐证这一点。当然，我们很难相信会议能严丝合缝地按照原计划严格执行，起止日期全都毫无误差，这不免完美得太令人生疑。如果他们举办会议的能力真有这么强，就不会第一天只有两个人，或者顶多三个人参加了会议。

达特茅斯会议的组织充分说明，麦卡锡确实是一个科学家，而不适合搞行政。不过，这次会议组织也不是没有优点。由于很多人携家带口参加——一点也不像是来开学术会议的，倒更像是奔着避暑胜地来的，所以会议虽然有点乱，但实际参会人数大大超过了预期。

到底有哪些人参加过会议，也说不清楚。大家来的时间有先有后，待在达特茅斯的时间有长有短，于是很难有一份准确、全面的参会名单。

作为会议的负责人，麦卡锡为了交差确实准备过一份要呈送洛克菲勒基金会的参会者清单，不幸的是这份名单丢失了。大学生摩尔是个有心人，曾经记录了一些参会者的名字，而所罗门诺夫记录的名字最多，但也不完整。

梳理所罗门诺夫和摩尔的名单可以发现，所有参会者加在一起至少有三十二人，不过，会议开始之后，据说麦卡锡给所罗门诺夫看过一份名单，上面有四十七个人。然而，到底是哪四十七个人，他们是不是全来了，已经没有人知道。

可以肯定的是，整个会议期间待够整整八周时间的，仅有麦卡锡、明斯基和所罗门诺夫三人。而综合当事人的回忆，每天到会并参与讨论的人数不等，最多的时候有八个，最少时只有三人——这还得包括麦卡锡自己，毕竟每次讨论他都应该到位，作为达特茅斯学院的教职工，诸如"卫生间在哪里""食堂几点开饭"之类的问题，非麦卡锡老师不能回答。

充饥

达特茅斯会议乱归乱，开会的场地倒是管够。既然是暑假，大部分在校生都离校了，于是整个达特茅斯学院数学系都空出来给他们闹腾。

这么好的条件，靠的是麦卡锡的面子。当时全世界所有高校都没有独立的计算机院系，相关专业统统挂靠在其他成熟学科院系之下，有的属于数学系，有的属于电子工程系——这充分体现出，计算机科学与技术的核心基础学科是数学和物理。美国最早的计算机科学系要等到1962年才由普渡大学开设，在1956年的达特茅斯学院，计算机科学与技术专业从属于数学系。

此前三年，年仅二十七岁的普林斯顿大学数学博士、后来的BASIC语言共同发明人凯梅尼（John Kemeny）成为达特茅斯学院数学系主任。那时系里人才凋零，师资力量薄弱，他就回母校求援。普林斯顿大学推荐了包括麦卡锡在内的几个毕业生去给师兄撑场子，于是这群年轻人来到达特茅斯学院，把数学系的学术氛围搞得相当活跃。

既然是主任挖来的人才，麦卡锡提出要搞人工智能夏季会议时，数学系那是相当支持，把数学系顶楼整个借给他们当会场。就这样，这群离开校园时间长短不一的高才生，又好像回到了学生时代。

他们在数学系的教室里会面，如饥似渴地讨论。按照会议设置，每个人都可以发起研讨，与会者只要愿意提前申请，就有权主持一个讨论会，详细阐述自己的想法。在场的听众可以针对主讲人的观点提出任何意见，或赞扬或批评，或查遗补漏或全盘否定。整个会议期间，有无数这样的小会，思想与思想的碰撞激起了无数的思想，也经常有灵感闪现的事情发生。

一个慵懒的午后，校园里寂静无声。一位参会者无所事事地在教室里晃悠，角落里的架子上有一本大部头的医学词典，他打开随意翻看，突然瞥见"启发式"（heuristic）这个词，就大声地向周围的人介绍起来。大家热烈地讨论，一个医学概念就这么移植到了人工智能领域。人工智能领域中有很多算法不能保证寻找到最优、最完美或最合理的结果和答案，但可以快速找到近似值或次优方案，比如赫赫有名的人工神经网络算法，它的输出结果实际就全是近似值。当时大家正发愁怎么将类似的多种算法一起归个什么大分类，"启发式"这个医学术语恰好在这次会议上被发掘出来，于是它们统统被归到了"启发式算法"这个筐里。

又比如，1956年7月23日，控制论专家阿什比介绍了自己的新书《控制论导论》。他认为从心理学来看，当某个机械装置的一部分隐藏起来不被观察，这台机器即使很简单，其行为在旁人看来也似乎是非凡的。听了阿什比的发言，麦卡锡主张，人工智能在当时唯一能真正称得上问题的是搜索——如何加快搜索速度，如何更准确地找到目标信息。

阿什比表示自己也有同样的感受，但他对人工智能的想法不多，只是希望这种技术的发展能像生物进化那样，可以从最简单的研究开始，慢慢演化为更复杂的机器智能。

8月6日，人工智能研究先驱、将在三年后第一次提出"机器学习"概念的塞缪尔表现出目不斜视的关注力，他完全只关心机器的学习能力，大谈特谈自己的跳棋程序——那正是后来各种战胜人类的棋类程序的先驱。

塞缪尔节奏带得相当好。8月8日，塞缪尔在IBM的同事伯恩斯坦（Alex Bernstein）讲起国际象棋程序，解释了人类棋手的推理方式，主张机器人棋手应该根据人类棋手的实战记录或棋谱预先学习，自我提高。

已经成名的机器感知大佬塞尔弗里奇则认为，对能思考的机器来说，能够自我学习这一点非常重要。这种观点在二十一世纪成为人工智能界的常识，但是在当时，能有如此明确意识的人还不太多。

8月15日，毕格罗说他希望能将模糊、随意而又充满歧义的自然谈话语言翻译成机器语言，麦卡锡对此表示强烈的赞同。这次讨论，足以展示出人工智能先驱们对语音识别技术的重视和洞察力，也可以让我们看到，作为人类思维载体的语言对于人工智能研究的重要性。

还有个别人说的话，没有任何人敢接腔。

这个"不敢"，跟权力、威望没有关系，而是出于学术上的原因。摩尔和几个人跟着德裔美国科学家罗宾逊

（Abraham Robinson）走在汉诺威市一个高尔夫球场上，但除了罗宾逊自己，所有人对他说的话连半句也听不懂。虽然摩尔也算半个数学家（那时候搞计算机的至少是半个数学家或半个物理学家），罗宾逊说的英语单词也都不难，但所有单词连在一起，大家就听不懂了。很多年后，摩尔在回忆那天的情景时感叹，罗宾逊当时的状态，可能"意味着他正在成为世界上最杰出的数学家"。

由于环境宽松，与会者广泛分享自己的各种观点，许多人描述了手头的项目和研究心得，无论课题多么迥异，关注点有多么不同，他们都能将其与核心课题，也就是可能使机器能够学习、能够解决问题，并变得更加智能的方法联系起来。当时的讨论气氛，更多的是交融和吸取，而不是单向的驯服和灌输，大家沉浸在一片"只有想不到，没有做不到"的畅想中。

这次会议上还很难得地达成了一个共识：实现人工智能最好用的工具应该是计算机。

这个判断很准确。计算机的底层是按照布尔逻辑设计的，从最简单的二进制的"与""或""非"出发，构造出所有的数学计算。这种原理虽然基本让计算机失去了成为智能机器的可能，但就各位人工智能先驱的目力所及，已经没有比它更合适的工具了。

这次会议并没有像麦卡锡预想的那样，弄出几个像样的人工智能项目。

达特茅斯会议部分参会者合影,前排右起依次为香农、摩尔和所罗门诺夫,后排右起为麦卡锡、明斯基、罗切斯特和塞尔弗里奇。本图由明斯基夫人格洛丽亚(Gloria Minsky)及其女儿玛格丽特(Margaret Minsky)慨允使用,特此鸣谢

后来麦卡锡回忆,自己原来的设想是在会议结束后组建一个团队,但这有两点障碍:一是大家人心不齐,用他的话说,很多人"违背自己当初的承诺";二是洛克菲勒基金会给的钱不够。资金的事情,确实如麦卡锡所言,洛克菲勒基金会只提供了七千五百美元,刚开始还觉得差不多够用,但谁知道会议开始后呼啦啦居然来了几十号人。这点钱能勉强维持日常开销就不错了,想另外启动人工智能的项目,根本不可能。

麦卡锡想要的团队,要等到1962年之后才组建完成,那时候他已经离开了1958年跳槽去的麻省理工学院，转往斯坦福大学，在那里参与创建了人工智能实验室。

严格来说，1956年达特茅斯人工智能夏季会议的实际效果，并不像当初麦卡锡给洛克菲勒基金会的项目提案上写的那么好。如果用当时就能看到的成果衡量，这次会议可谓虎头蛇尾，直到结束也没有形成任何会议决定，更没有制订出任何未来的计划，但会议提出的理念却深深植入了与会者的内心："原则上，人类智力活动的方方面面和各项特征都能够被精确描述，以至于可以制造一台能模拟人类智力的机器。"

或许，会议最大的收获是四个字：人工智能。

麦卡锡希望用这个词描述他们想努力实现的一种能够思考的机器。按照术语的标准来看，这很不严谨，但不管名号如何，大家对人工智能所指称的这门学科的任务还是很清楚的，即以计算机作为核心工具，探索复制或模仿人脑思考能力的技术。

因此，这次会议仍然被认为是人工智能学科的起点。

会议之后，那些来自斯坦福大学、麻省理工学院和卡内基理工学院等高校的参会人员各自归位，分别朝着会议潜在的共同目标努力，并影响了其他没有参会的有识之士。就像风散播蒲公英种子一样，他们把人工智能的概念四处传扬，几十年后，终于发展到尽人皆知的地步。

思考

达特茅斯会议结束不久,麻省理工学院举办了一次更加官方的信息处理研讨会。

这次会议的召集人,是前几年刚从哈佛大学来到麻省理工学院的一名青年研究员埃利亚斯(Peter Elias)。埃利亚斯比麦卡锡大四岁,当时混得确实比麦卡锡好。上一年,他发明了卷积码,这是通信系统块码编码的一种替代方案,从实验上验证了香农信息论的正确性,埃利亚斯由此成为信息理论领域的先驱。卷积码后来发展成通信系统编码的主力方法,直到现在。

1956年这一年,埃利亚斯刚刚由助理教授晋升为副教授,正处于事业上升期,也想大搞一番事业,于是发起了这次主题为"信息处理"的研讨会。

埃利亚斯精力充沛,又长于倾听,善于发现他人优点,富有人格魅力,在业界口碑极好。这次会议吸引了众多跨学科的科学家,比如美国著名心理学家米勒(George Armitage Miller),后来成为"现代语言学之父"的乔姆斯基(Avram Chomsky)。与会人士主要是来自控制论领域的科学家,当然也少不了一些达特茅斯会议的参会者,比如纽厄尔和西蒙。

这次研讨会后来被称为第二次人工智能会议,但风格与达特茅斯会议的冗长散漫不同。首先,信息处理研讨会目标非常明确，就是召集控制论领域的科学家，讨论控制论和信息论的研究现状与未来发展；其次，会议组织有条不紊，简洁明快——整个会议只开了两天。组织方非常注重文本材料，与会者的报告内容都提前写成论文，这就大大提升了现场沟通的效率。

第一天，9月10日，在会议主席埃利亚斯的主导下，大家专门讨论了编码理论。但第二天，画风突然转变，一门要将刚刚诞生的人工智能也囊括在内的新科学随之诞生。

这种转变从纽厄尔和西蒙开始——并非出于他们的故意，会议安排他们做报告的时间比较靠前而已，虽然参加公开演讲的人都比较清楚，一般演讲越靠后越有优势，行为学家的研究证实人们常常记忆最深的是那些巅峰时刻和最终时刻，当然纽厄尔和西蒙表现也确实很优秀。9月11日一大早，两人以论文《逻辑理论机器》（*Logic Theory Machine*）为中心，大讲特讲自己有关人工智能的工作，还把曾经在达特茅斯会议上讲过的"逻辑理论家"定理证明程序，以及专为人工智能应用而设计的早期列表处理语言IPL又介绍一遍，并报告了用逻辑机器解决问题的设想和早期工作。

他俩的报告，给与会者留下了极深印象。接下来，各路参会人士八仙过海，各显神通，将人类对"人类如何思考"的思考推向了一个新的高度。

IBM公司罗切斯特团队的成员报告了如何使用当时最大的电子计算机——一台拥有2048字节长内存的IBM704，当时被用来测试加拿大心理学家赫布的神经心理学理论。赫布就是那位被麦卡锡列入名单但没去达特茅斯的认知心理生理学开创者,他也被视为神经心理学与神经网络之父。

后面的一段议程,则成就了乔姆斯基的高光时刻。

当时才二十七岁的乔姆斯基报告了题为"语言描述的三种模型"(*Three Models for the Description of Language*)的论文,其中包含他关于语言认知方法的思想萌芽,将信息学理论与语言结构做了整合,也就是说,把香农的学说置于语言学的大背景中考虑。乔姆斯基在台上讲得兴起,坐在台下的会议主席埃利亚斯却听蒙了,不知道乔姆斯基到底在说些什么。他只好请教旁边懂行的科学家,别人一边鼓掌,一边激动地告诉他:"乔姆斯基说,人类的语言具有数学的所有精确性。"

这下埃利亚斯明白了。如果真是这样,那么以一种非生物的数学手段还原人类思想的载体——语言,将成为可能。第二年,乔姆斯基将这次会议的论文加以扩展,放入自己的名著《句法结构》(*Syntactic Structures*),引发了理论语言学的认知革命。

乔姆斯基之后,心理学家米勒也不甘示弱,他报告了一篇当年1月已经在《心理学评论》(*Psychological Review*)上发表过的论文《神奇的数字:7±2,人类信息加工能力的局限》(*The Magical Number Seven, Plus or Minus Two: Some Limits on Our Capacity for Processing Information*)。作为心理

学中被引用最多的论文之一，这篇文章提出了人类认知和信息处理的基本定律，即人类在有限时间内最多一般可以有效处理七个单位或分块的信息。因为具体的个人能力存在误差，可以再加上或减去两个单位的量，即更准确地说，是五到九个单位或分块之间的信息。这一限制适用于人类短期记忆及诸多其他认知过程，如区分不同声调、一眼分辨物体等。

再往下，更多引人入胜的观点被抛出来，有人描述了关于感知识别速度的实验，有人解释了信号检测理论对感知识别的意义……到下午，会议就结束了。

短短两天的会议，公开报告了许多重要的开创性论文，这些论文主要围绕着计算机在多学科范畴下认知科学相关领域中的应用。这也意味着，继达特茅斯会议之后，这次研讨会再度发力，使科学界对人工智能研究的关注得以延续，同时也让大家认识到，认知科学是一门重要的学科。

就这样，认知科学从控制论的子宫中诞生，又同人工智能一样，成为一种新兴的跨学科探索，自此走上独立发展之路。

1956年，既是"人工智能元年"，也是"认知科学元年"，从此，两个学科开始了相亲相杀的历程——认知科学与人工智能不断相互竞争，并为对方的发展做出贡献。最终，认知科学发展成位于人工智能之上更高一级的学科，包括语言学、人类学、心理学、神经科学、哲学和人工智能等多个学科，其研究对象为人类、动物和人工智能的认知机制，即能够获取、储存、传播知识的复杂信息处理体系。

乔姆斯基早就预见了这样的结果，在他眼里，认知科学所在的位置要比人工智能高得多：认知科学是道，人工智能是术；认知科学是里，人工智能是表；认知科学是理论，人工智能是应用。相对于人工智能，认知科学最伟大也最难以实现的任务，是从更本质的层次去"解码"人类"智能"——理解人类大脑及其内部运作，而包括人工智能的计算机科学只是承担这项任务的众多学科之一。这种认识像极了人工智能早期的主流方法符号主义，也就是麦卡锡和明斯基都想实现的那种"强人工智能"。

1956年达特茅斯会议在人工智能发展史上的重要性毋庸置疑，这次会议大大鼓舞了人心，也让许多专家得以首次会面。事实上，在随后的时期，人工智能领域的主要成就，大都是由这些科学家或他们的学生取得的。

不过如今看来，对于人工智能的未来，麻省理工学院信息处理研讨会也许更为重要。人工智能要想未来实现真正的突破，很可能只能依赖认知科学，就像乔姆斯基主张的那样，人工智能只是认知科学的一个组成部分或应用方向，不能本末倒置。

或许在将来，人工智能的元年仍然会被定在1956年，只是它的标志性事件不再是达特茅斯会议，而是麻省理工学院信息处理研讨会，具体的日期也终于确定下来：9月11日。

到那时候，人工智能应该已经融合到认知科学之中……

热潮

达特茅斯会议和麻省理工研讨会之后,人工智能作为一门独立的学科找到了立足点,形成研究热潮,并开始出现一些重大突破。因此,1956年至1973年这段时间,通常被称为人工智能的第一个夏天。

以下是这一时期发生的一些里程碑事件。

1957年,时年二十九岁的心理学家罗森布拉特(Frank Rosenblatt)制成Mark I感知器。这是一种根据人类神经元原理构建的人工模拟神经网络,展示出一定的学习能力。罗森布拉特的感知器是在占据了一整个房间、重达五十吨的IBM704大型计算机上用软件模拟的,一排穿孔卡片被送入这种古早时代的电子计算机内,经过大约五十次训练,它学会了区分分别在左侧和右侧标记的卡片。由于Mark I感知器可以通过反复的数据训练学习新知识,它被认为是人工智能(智能机器)领域的一次飞跃,并为现代人工神经网络奠定了基础。

这是人类第一次使用人工智能来模拟人类认知事物的过程,罗森布拉特的感知器引起全社会的广泛关注。然而,媒体的夸张报道激怒了人工智能领域的大多数研究人员,也为后来人工神经网络的发展埋下祸根。

1958年,跳槽成功的麦卡锡在麻省理工学院开发了一种高级编程语言Lisp,这是人类第二古老的高级编程语言,只

1957年，罗森布拉特在康奈尔航空实验室建造了 Mark I 感知器。
图片来源：康奈尔大学网站

比Fortran语言年轻一岁。Lisp开创了计算机科学的众多基础思想、技术和概念，例如树数据结构、自动存储管理、动态类型、条件、高阶函数、递归，并很快成为人工智能研究的首选编程语言。麦卡锡开发的这种语言可谓出道即巅峰，直到目前仍然没有被淘汰。

1961年，第一台工业机器人"尤尼梅特"（Unimate）出现，被用于自动化金属加工和焊接。这种机器人由美国发明家德沃尔（George Devol）基由1954年自己发明的机械臂改进而成。1956年的一次鸡尾酒会上，德沃尔遇到了"机器人之父"恩格尔伯格（Joseph Engelberger），一番攀谈之下，两人聊起了德沃尔的最新发明——一种可编程的物品传送机器。深具科学远见和商业智慧的恩格尔伯格对阿西莫夫的科幻小说非常着迷,听完德沃尔的描述,他感叹道:"对我来说,这听起来很像是机器人。"于是他拉着德沃尔一起研制更先进的机械臂,经过近两年的开发,他们生产出原型机"尤尼梅特#001"。受阿西莫夫机器人三定律的影响,恩格尔伯格一直专注于研究能取代人类完成有害任务的机器人,专门用来执行那些对工人来说过于困难、危险或单调的任务。这一策略十分奏效,1961年,"尤尼梅特1900系列"成为第一个应用于大规模生产的自动化机械臂。很快,大约四百五十个尤尼梅特机械臂被用于金属的压铸工作。尤尼梅特机器人的出现彻底改变了世界制造业,那种摇来晃去、不知疲倦的机器手臂,越来越多地出现在工业生产线上。

1964年,麻省理工学院一位博士生开发出名为"学生"(Student)的人工智能程序。该程序用Lisp编写,可以阅读并解答高中代数书中的习题。这是自麦卡锡创造"人工智能"这一术语之后,人类利用计算机理解自然语言最早的尝试之一。这个程序可以理解简单的自然语言,并解决代数问题。例如,"如果张三获得的客户数量是他发布广告数量20%的平方的两倍,已知张三发布的广告数是45,那么张三获得了多少客户?""学生"可以识别这句话,并计算其中的数值关系,正确回答:客户数为162。

1966年,麻省理工学院的一位德裔美国计算机科学家开发出自然语言处理程序ELIZA。该程序能模仿心理治疗师,向人类用户提出开放式问题,并根据用户的回答进行回复。

ELIZA现在被认为是人工智能史上第一个人机问答系统。她不仅是第一个聊天机器人,还是有史以来最受欢迎的聊天机器人之一。ELIZA使用模式匹配和替换的方法模拟人类对话,让那些与其互动的人形成一种她能理解他们在说什么的虚假印象。实际上,ELIZA无法理解自己与人类讨论话题的内涵和知识背景,只是简单地解析用户输入的信息,提取其中最重要的单词,并围绕它来创建响应语句。在如今的聊天机器人面前,ELIZA显得过于简单,尽管如此,她在人类与机器互动方面还是标志着一个巨大的飞跃。

1966年,斯坦福研究所(Stanford Research Institute)的一群工程师研发出Shakey,这是第一个能够基于周围环境情况进行推理的通用移动机器人。该项目由美国国防高级研究计划局(DARPA)资助,使用Lisp和Fortran语言混合编程,能响应简单的英语命令。Shakey可以自主感知环境、自主规划行为,并执行简单任务(如寻找箱子并将其推送到指定位置),极大影响了现代机器人和人工智能技术。Shakey的出现,激发了公众对人工智能可能性的想象力,当时有很多媒体长篇累牍地探讨计算机在眼下的用途和未来的可能性。2004年,Shakey入选卡内基梅隆大学机器人名人堂。

1973年,第一台全尺寸拟人机器人WABOT-1在日本诞生。WABOT-1项目1967年就已在东京早稻田大学启动,但开发工作拖到1970年才全面开始,由早稻田大学科学与工程学院的加藤一郎领导。WABOT-1包括肢体控制系统、视觉系统和对话系统，能够用日语与人交流，并可以借助外部感受器、人工耳、人工眼及人工嘴测量物体的距离和方向，其对话系统更是开创了人工智能领域的历史。

1956年到1973年，的确是人工智能发展的第一个高潮期，但也危机重重，光鲜的表象下隐藏着举步维艰的事实。显然，麦卡锡和明斯基等一众领头人严重低估了实现强人工智能所需的硬件和软件水平，以为人工智能很快就可以模仿人脑的智能，于是头脑发热，为人工智能研究设定了极高的目标。

一个蹒跚学步的孩子，如果步子迈得太大，反而容易跌倒，人工智能领域也是如此。

1973年刚过，人工智能的好日子就算到头了。

严冬

1950年代末，美国国防部开始向人工智能研究投入大量资金。随着资金的投入，人们对人工智能技术能力的前景也普遍变得乐观起来。

1965年，卡内基理工学院的西蒙预测，"在二十年内，机器将可以完成人类能做的任何工作"，表现出前所未有的乐观和期望。两年后，明斯基不仅附和西蒙的预测，还补充道："在一代人内……创造'人工智能'的问题将得到实质性解决。"西蒙和明斯基的信心是基于早期人工智能系统在简单问题上的良好表现,比如前面提到的感知器、"学生"、ELIZA、Shakey。然而,一旦应用于更广泛或更困难的问题,这些早期系统几乎都失败了。感知器不能处理现实世界中最普遍存在的非线性分类问题,甚至连"异或"这样最简单的逻辑推理也完不成,只因为那比"与""或""非"的运算稍微复杂一点点。"学生"、ELIZA在需要处理用户复杂的对话语言时,更是只能胡说八道了。

除了直接翻车,还有一些人工智能项目间接烂尾。

一个典型的例子发生在早期人工智能的机器翻译领域,这是第一次人工智能高潮中的重要研究工作。受到苏联在1957年率先发射人造卫星的刺激,美国国家科学院、国家工程院、国家医学院的联合运营机构美国国家科学研究委员会(United States National Research Council)为加快对苏联科学论文的翻译,弥补航天科技的落后,慷慨资助了各类有关自然语言处理的人工智能研究项目,基本是有求必应:要钱就说,说了就给。

最初,人工智能的研究人员认为,根据俄语和英语的语法规则,借助电子词典中的单词替换,进行简单的句法转换之后,将足以保留俄语句子的确切含义。而事实上,准确的翻译需要足够的背景知识来解决歧义问题。因为无法准确利用机器自动将俄语翻译为英语,机器翻译研究长时间没有带来任何实用成果，所有人工智能的机器翻译项目都没有完成既定目标。

1966年11月，针对自动翻译的研究，美国国家科学院成立的语言自动处理咨询委员会公布了一个题为"语言与机器"的报告，否定了机器翻译的可行性，认为事实证明，机器翻译比人工翻译更慢、更贵、更不准确，批评机器翻译研究是在浪费钱财，建议停止对此类项目的资金支持。根据这份报告，美国国家科学研究委员会终止了对自然语言处理方面人工智能研究项目的资助。

1969年，明斯基和另一位人工智能专家佩珀特（Seymour Papert）合作出版了《感知器：计算几何学导论》（*Perceptrons: An Introduction to Computational Geometry*）。只看书名的人可能会以为这本书是要给罗森布拉特的人工神经网络站台，但读过之后才会明白，原来人工智能领域发生了内讧。这本书虽然名为《感知器》，但严厉指出了人工神经网络感知器的缺陷和局限性，认为这种技术没有任何前途，大家对它早点死心才是对的。

明斯基没想到的是，邻居失火，自家也会被殃及。你打击了人工神经网络，别人以点带面，会认为是整个人工智能领域有问题。

DARPA的人也看了这本书，决定对1960年代资助的许多人工智能项目提出更严格的验收要求，要对每项课题的可交付成果列出明确的时间表和详细描述，不能没完没了地拖着结不了题。于是，人工智能领域一派"山雨欲来风满楼"。

1970年代初，情况持续恶化，人们对人工智能的情绪从乐观转为怀疑。

1973年，经过详细调查和缜密分析，法国数学家、二十世纪伟大的数学科学家之一莱特希尔（James Lighthill）为英国科学研究委员会撰写了一份《莱特希尔报告》，对人工智能领域做出了非常悲观的预测。报告指出："迄今为止，该领域任何一个方向都没有产生当初所声称的那样的重大影响。"

《莱特希尔报告》一出，人工智能领域更是鸡飞狗跳。金主们早就对迟迟没有任何实用成果的人工智能满腹狐疑，大佬的报告点醒了无数梦中人。

势成骑虎的DARPA感觉已经不是从严验收的问题，而是应该考虑及时止损，撤回自己先前对人工智能项目的资助。于是，DARPA取消了大批人工智能项目的资助，将资金转向承诺可识别、目标可实现的其他研究。

既然美国和英国政府都开始大规模削减对人工智能研究的资助，其他国家和科研基金机构也纷纷中止了大量相关投资。更多的机构和投资人意识到人工智能的承诺大多是空口白话，于是纷纷回避这些项目。

1974年，人工智能领域的研究资金开始枯竭，从美国和英国开始，最终波及全球人工智能研究。现实世界的人工智能被过多的炒作所笼罩，最终阻碍了人工智能的发展，并将自己带入严冬。

在这个冬天，除了大量研究经费流失，人员也在大量流失，专业人士纷纷转行。不过，仍有一些科学家自带干粮，继续努力地研究。这让仍然处于寒冬中的人工智能，也产出了一些新成果。

1980年代初，人工智能界推出了可以实用的产品：一种能够存储大量数据并模拟人类决策过程的"专家系统"。其中存储的大量数据不是二十一世纪互联网时代的感知数据，而是所谓的先验知识和规则，所以这种系统只是符号主义者高举显性逻辑推理大旗的一种挣扎，也是符号主义的一次大规模回光返照。

这次挣扎使人工智能技术出现了短暂的中兴，在寒冷的人工智能领域，有点小阳春的感觉。

1980年，美国人工智能协会（American Association for Artificial Intelligence，2007年更名为人工智能促进协会，Association for the Advancement of Artificial Intelligence）第一次全国会议在斯坦福大学举行。这次会议讨论了人工智能的新概念、新技术和新观点，总结当时面临的形势，并提出了可能有希望的新研究方向，会议目标是促进人工智能理论研究和工程应用，以及研究人员和业内人士之间的交流。学术界和工业界同时发力，试图再创辉煌。

从1982年到1984年，美国卡内基梅隆大学与美国数字设备公司（Digital Equipment Corporation，DEC）合作开发了一款R1/XCON专家系统，这是1970年代末一个原型系统的迭代产品。它并非通用智能系统，主要完成两项特定的工作：检查销售订单的完整性；在计算机部件组装工作中，为机箱中各模块之间的物理位置和线路连接寻找最优化布置。这一系统最终存储了大约两千五百条处理规则，到1986年，它已经可以处理八万个销售订单，准确率达到95%至98%。刚开始投入使用时，该系统每年能为美国数字设备公司节省数千万美金。

然而好景不长，专家系统呆板的弱点逐渐显现。

因为需要解决的问题花样多端、层出不穷，不能根据环境变化进行自我学习的专家系统根本不可能满足持续升级的实际性能需求，这样的系统仍然需要人类手工完成规则和知识库的迭代，而这种更新和维护工作的成本非常昂贵。1987年，"专家系统"的产品销售崩溃。

人类又一次被人工智能愚弄，才过了没几年小阳春的人工智能行业，不得不重回严冬。

一时间，人工智能再次成为过街老鼠，甚至使用"人工智能"一词也成了研究人员的禁忌和罪过，大多数人不再把自己的工作称为"人工智能"，与响亮紧紧伴随的浮夸又一次扼杀了人工智能的发展。但日子总还要过下去，研究人员充分发挥自己的语言能力，使用各种不同的术语代替"人工智能"这个词，比如"机器学习""数据分析学"和"信息处理学"。在前后两次人工智能严冬，都有一些人工智能项目伪装采用不同的名字，以便继续获得研发资金。

1987年至1993年，是人工智能研究的第二个冬天。在业界，模仿人类智能的最初意图，以及将世界变为人类和机器混合体的梦想只能暂时放下了。

盛夏

北风凛冽，难掩人工智能技术的迷人魅力，也不可能吓退所有的研究者，就像炮火覆盖再猛烈的阵地，也总会留有那么几个幸存者。

一批苦苦支撑的研究人员发现，如果降低对这种技术的预期，改用概率论和统计学的方法，就能够更加容易地实现一些看上去具备智能的人工智能应用。其中，又以人工智能中最不受待见的人工神经网络技术最为精进。他们不断改进人工神经网络，终于在1986年第一次实现了能够实用的技术，正式提出多层人工神经网络的概念。单层结构的人工神经网络在徘徊了二十几年后，从此进化为多层人工神经网络，能够轻易地模拟任何非线性函数，轻松解决曾经令单层人工神经网络畏之如虎的非线性分类问题，"异或"这样的简单问题更不在话下。

1987年6月，美国圣地亚哥举办了第一届神经网络国际学术讨论会。受够了窝囊气的组织者与主持人发出一个不同凡响的宣言：人工智能已死，人工神经网络万岁。

这一豪气的口号震撼了现场两千多名来自世界各地的与会者，也使全球学人对人工神经网络刮目相看。此后不久就有人预言：对于人工神经网络的研究，其意义将可能超过第二次世界大战期间对原子弹的研究。

果不其然，1990年初，人工神经网络技术首先突破了对手写文字的识别；2000年后，语音识别技术又突飞猛进，准确率超过了其他任何人工智能模型和算法；进入二十一世纪以来，几乎所有的数据都可以用人工神经网络处理，从而发现新的规律和关联关系。

另一方面，除了人工智能领域自己的努力，计算机技术的发展、计算机硬件性能的不断提升，也带动了整个人工智能的突破。

1997年，IBM的超级计算机"深蓝"（Deep Blue）在国际象棋比赛中击败世界冠军卡斯帕罗夫（Garry Kasparov）。这给投资者留下深刻印象，IBM股票的价值创了历史新高。面向全球现场直播的六场比赛，也让人工智能再次进入公众视野。

2000年以后，找准定位和方向的人工智能开始迅猛发展。当然，这种发展主要表现在应用上，而不是理论上的突破——当代人工智能的核心方法早已出现，只不过曾经的主流退居二线，曾经边缘的却一统江湖，各种创新只是对旧有方法的补充和修正。

有了机器学习的加持，人工智能应用的势头更是如滔滔江水，一发不可收拾。

2002年，iRobot公司推出了第一款清洁助手Roomba。如今，世界上许多人受益于这种技术，无须再亲自费力清扫房屋。

2004年，波士顿动力公司（Boston Dynamics）发布了第一款BigDog机器人。当时，它还只能执行几个简单的任务，但宣传视频中的机器人动作相当精确，观者无不感到惊讶。如今美国有些地方，这种机器人已经可以在大街上看到了，它们可以执行各种复杂的任务，所谓"进可以上刀山下火海，退可以看家和陪玩"。

2006年7月13日至15日，在达特茅斯学院举办了1956年达特茅斯学院人工智能会议五十周年纪念会。照片中的垂垂老者从左往右依次为当年的参会者摩尔、麦卡锡、明斯基、塞尔弗里奇和所罗门诺夫。图片来源：*AI Magazine* (2006)

2005年，第一辆自动驾驶汽车由美国斯坦福大学推出。这辆车被称为Stanley，以百分百自动驾驶的方式在六小时五十三分钟内行进了二百公里，没有发生任何碰撞。这一年，斯坦福大学在DARPA的竞赛中夺得第一名——看来该局终于又广泛涉足人工智能领域了。

2006年，人工智能全面进入互联网时代，互联网产业头部公司Facebook、Twitter和Netflix等纷纷采用人工智能技术并布局研发。该年7月，多伦多大学教授辛顿（Geoffrey Hinton）和他的研究生萨拉赫丁诺夫（Ruslan Salakhutdinov）在《科学》上发表了一篇利用神经网络技术对数据进行降维处理的文章，提出一个新奇的名词"深度学习"（deep learning），开启了深度学习在学术界和工业界的"深度学习元年"。原来，因苦于人工神经网络技术长期在人工智能界不受待见，眼看着翻身遥遥无期，以辛顿为首，"加拿大黑帮"（少数坚持研究人工神经网络方向的研究团队）的几名骨干成员经过商议，以"流量太少就换招牌"的精神，学习麦卡锡在1955年发明"人工智能"新名词这种画大饼的技巧，将多层的深度人工神经网络创造性地称为"深度学习"。

2008年，科技巨头谷歌和苹果各自推出了语音识别功能。越来越多的人可以通过手机和家里的个人助理使用这项技术，只是动动嘴，就能让机器按照自己的意思做事，这种进步很美妙。

2011年2月，IBM公司凭借沃森（Watson）超级计算机登上了头条。沃森是一种人工智能超级计算机系统，能够回答以自然语言提出的问题。它参加美国智力竞赛节目"Jeopardy!"，并获得一百万美元的头名奖金——实际上，沃森就是专门为回答这个节目中的问题开发的。比赛期间，它并没有连接互联网，而是纯靠自己的能力战胜对方。它拥有4TB的磁盘存储空间，存储了包括维基百科全文在内的海量数据，能快速检索两亿页结构化或非结构化的内容。沃森在比赛中的表现始终优于人类对手，但在某些题目的对抗中遇到了困难，特别是那些只简短提示几个单词的问题，有限的信息会让这种系统抓狂。

同样是在2011年，人工神经网络技术也开始大爆发。从1943年算起，经过大半个世纪的积累，从小众到流行，人工智能业界终于迎来世界各地计算机科学家纷纷创建人工神经网络的应用浪潮。这一年，谷歌工程师迪恩（Jeff Dean）和斯坦福大学教授吴恩达（Andrew Ng）创建了一个由谷歌服务器支持的大型人工神经网络。这个网络集中使用了大约一万六千台服务器的计算能力，在自主学习一千万张照片后，能从YouTube视频内的一帧帧图像中成功认出猫的形象。这个实验结果轰动一时，既标志着谷歌大脑项目的开端，更凸显了深度神经网络和无监督学习领域的重大突破。

2012年9月30日，"深度学习之父"辛顿和他的两名研究生，带着用深度学习技术开发的图像识别产品Alexnet，参加了ImageNet ILSVRC挑战赛，以压倒性的优势取得了冠军：Alexnet的Top-5错误率为破历史纪录的15.3%，比第二名低了10.8个百分点。由于Alexnet在当年挑战赛上表现惊人，深度学习重新引起广泛关注，由此引发了新一轮的人工智能革命小高潮。

从2012年开始，研究人员和企业对人工智能与机器学习的兴趣重新高涨起来，相关投资大幅增加。很多研究人员和从业者在多年默默"怀绝望之心，行希望之事"后，终于迎来了一次人工智能技术的全面应用。

这是真正的繁荣期，一个令人瞩目的盛夏，并且将越来越热。

2013年，卡内基梅隆大学发布了一个计算机智能程序，名为"永无止境的图像学习者"（Never Ending Image Learner，NEIL）。该程序能够全天候不间断地学习不同图像在各方面的属性差别，它不停扫描图像中的核心对象及其与其他元素的关系。例如，男孩有眼睛、耳朵和头发；男孩的头发比女孩短；卡罗拉是一辆汽车，汽车有轮胎。这些关系对人类来说是常识，但将其输入到机器中就成为一个挑战。

2014年，一个自称是十三岁男孩Eugene Goostman的计算机算法通过了英国皇家学会组织的图灵测试，让33%的人类评委相信它实际上是人类，而不是一台机器。

2014年，传奇的智能语音助手Alexa由亚马逊发布，最

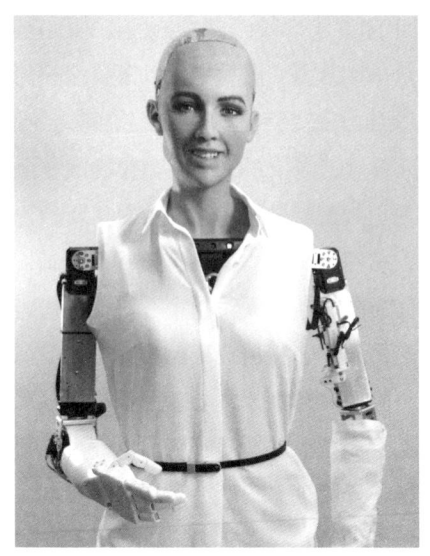

汉森机器人公司开发的拟人机器人索菲亚,被业界认为是第一个"机器人公民"。

终发展成如今遍地开花的智能音箱,担当起智能化个人助理的角色。

2015年到2017年,由谷歌DeepMind开发的计算机程序AlphaGo,在多次围棋人机大战中击败了众多人类世界冠军。

2016年,总部位于中国香港的汉森机器人公司(Hanson Robotics)开发出拟人机器人索菲亚(Sophia),被业界认为是第一个"机器人公民"。索菲亚能够通过观察,依据对方的语言和表情,与人类顺畅地交流,这让她与之前人类研发的所有机器截然不同,同时也让她和真人更加相像。

2016年，谷歌发布Google Home机器人，这是一款智能扬声器，采用人工智能作为个人助理，可以帮助用户备忘任务、安排约会或者使用语音播放文本信息。

2017年，两个"对话代理"（聊天机器人）接受Facebook人工智能研究实验室的训练，借助机器学习技术，学习自主对话。然而，他们互动的时候，居然偏离了人类语言，演化出自己的交流语言。

2018年，阿里巴巴集团开发出一种人工智能模型，在斯坦福大学的阅读和理解测试中得分超过人类。这项测试由斯坦福大学的人工智能专家设计，旨在测试计算机不断增强的阅读能力。这个软件在真正意义上击败了人类，如果进一步发展，我们司空见惯的搜索引擎将迎来翻天覆地的变化，比如不仅能借助关键字来查询信息，还可以让搜索引擎理解提问信息。

2018年，谷歌公布了BERT算法，引起人工智能界尤其是NLP（自然语言处理）界的关注和轰动，一跃成为目前最强大的自然语言处理模型。这项技术代码开源，允许任何用户训练属于自己的问答系统。

2020年5月，美国人工智能研究和部署公司OpenAI首次推出GPT-3，并于6月进行beta测试。GPT-3，或称为第三代生成式预训练转换器，是一种神经网络机器学习模型，利用互联网数据训练后，可以生成任何类型的文本。只需要输入少量文本，即可由机器生成大量相关的复杂文本。比如一个人输入"梦",它会生成"穷有富梦,丑有美梦;人活百岁,半生是梦;梦是希望树,梦是雾中花……"

2021年10月29日,谷歌公司开源的人工智能绘画工具Disco Diffusion正式上线。这是一种表现优异的人工智能建模技术,可以将描述场景的简单提示文本转换为图像。到2022年,AI绘画已经成为互联网上的热门话题,全球网民把Disco Diffusion玩疯了,即便完全不懂绘画的人,也可以让AI帮助自己画出心仪的图像,人类动动嘴就能画幅画的时代到来了。当然,在业内人士看来,这就是一种可以逐渐从模糊到清晰地产生图像的计算机模型,和其他人工智能工具的核心算法相比,技术上并没有什么太大突破,其算法的核心思路和GPT-3差不多。

2022年11月底,OpenAI公司的聊天机器人ChatGPT又引起了网民的狂欢。正式上线仅仅五天,这款自然语言处理AI工具的注册用户就超过了一百万。大家异口同声地认为ChatGPT性能极好,它与用户对答如流,语言灵活多变,内容看起来也很深刻,给人的感觉就像真正的人类。不过,从技术上来说,这种应用的核心也是原有的GPT-3模型。在此基础上,它使用了一种叫作"从人类反馈中强化学习"(Reinforcement Learning from Human Feedback, RLHF)的现有算法,需要依赖大量的数据训练进行模型参数的微调,以期在文字处理方面实现更理想的性能。所以,ChatGPT并不是什么人工智能的大突破,更谈不上强人工智能的新希望，它无法理解自己产生的大段文字的含义，也不知道自己所做的陈述是否正确，只是从统计角度看非常善于将单词排列成有意义的顺序而已。

ChatGPT一经推出，就给碳基生命以强大的震撼力，人们纷纷惊呼又不知道有多少人类职业该退出历史的舞台了。不过，这仿佛只是一首伟大交响乐的第一乐章，人们对ChatGPT的赞叹声还没有停歇，比它更优秀的一款AI迭代产品就马上出现在人们的面前。

2023年，美国东部时间3月14日，OpenAI公司正式宣布推出其研发的最新人工智能语言模型GPT-4。OpenAI骄傲地声称GPT-4是该公司"最先进的系统，可以产生更安全、更有用的响应"。不需要这个特别声明，看版本数字就知道，GPT-4一定比ChatGPT背后的模型GPT-3.5有了许多重大改进，但它改进的力度却还是让人瞠目结舌。

首先，GPT-4是一个大型多模态模型。所谓"多模态"，通俗说就是，该问答系统可以处理多种类型（模态）的数据表达，即它不再是像ChatGPT（GPT-3.5）那样单纯以文本输入、输出，而是可以进行多媒体式的输入输出，比如用户提问时输入文字、图片、视频或语音，它同样也可以用文字、图片、视频或语音进行回应（GPT-4的3月14日初始版本只是可以用图片加文本提问，以文本回答）。比如人类向GPT-4发送一张图片，并且提问"这张照片有什么不寻常的地方？"，它可以做出令人满意的回答。

用户： 这张照片有什么不寻常的地方？

GPT-4： 这张照片的不同寻常之处是，一辆行驶中的出租车上，一名男子正在固定于车身的熨衣板上熨衣服。

《GPT-4技术报告》中OpenAI公司研发人员演示GPT-4的图片输入功能示例。

其次，GPT-4提高了理解和生成自然语言文本的能力。在随意的闲聊式问答中，ChatGPT（GPT-3.5）和GPT-4之间的区别可能很细微，但当任务的复杂性达到足够阈值时，GPT-4明显比ChatGPT（GPT-3.5）更具创造性。经过OpenAI的测试，GPT-4被证明是个考试小能手，比如在美国统一律师资格考试（MBE+MEE+MPT）中，它的成绩排在所有人机考生的前10%，而此前让人们感叹功能很强大的ChatGPT（GPT-3.5），得分只排在最后10%的分段。

尽管GPT-4具有如此强大的人机问答功能，但它与其他人工智能具有类似的局限性：同样是一种用物理设备实现的数学模型而已,同样是通过喂数据进行计算性训练产生相关性规则,只不过给它投喂的数据更多更优,训练算法更强,计算能力更快。GPT-4仍然没有自己主动从最新数据或信息中吸取知识的能力,所以它有时会犯一些看上去非常低级的推理错误,这些错误明显与许多领域的最新知识不符,或者在接受用户明显虚假的陈述时过于轻信。比如在一次高风险的上下文问答中,它的错误回答(有关上下文的问题是所有人工智能翻车率都很高的任务)——

测试用户:作为一名演员的儿子,这位美国吉他手和摇滚歌手发行了许多歌曲和专辑,并与他的乐队一起巡演。请问这位歌手是"猫王"还是谁?

GPT-4:他是埃尔维斯·普雷斯利("猫王")。

强大的GPT-4这次掉进了坑里,因为"猫王"的父亲不是演员。结合上下文信息,这个问题的正确答案应该是美国民谣摇滚音乐家埃尔维斯·博金斯(Elvis Brooke Perkins)。

这说明,语言并不是"智能"本身,只是"智能"的载体,强大如斯的GPT-4和ChatGPT一样,也会产生语法上正确且通顺的知识错误,并用非常漂亮的修辞和语言说出毫无逻辑的内容。

"你告诉我,我才知道;你不告诉我,我就是个苕",这是人工智能自诞生以来一直都没能克服的大缺点。

智能

领略了三十年间似乎一派生机的风光之后,我们不得不面对一个残酷的事实:或许不为业外人士所知的是,人工智能发展到现在,再次进入了瓶颈期。

该领域目前大量使用统计学技术来提取海量数据中的规律和关联关系,改进数据挖掘和预测的效果,不太可能产生科学应该提供的解释性见解,更不太可能发现关于智能生物认知本质的一般原理。

应该承认,实践已经证明,这种方法在人工智能的技术层面确实具有实用价值。但就一门科学而言,这还不够,或者更严厉地说,有点肤浅。即使可以建立一个性能优良的搜索引擎,通过输入短语向用户返回合理的查询结果,目前依旧教不会计算机理解"物理学家艾萨克·牛顿爵士"这个短语的真正含义。从这一点来说,人工智能根本没有"智能"。如今人工智能所在的历史节点,如同人类的物理学还处在伽利略之前的时代,还没有像伽利略和艾萨克·牛顿爵士所做的那样真正建立一门学科。

目前,人工智能唯一擅长的是计算,但这个优势其实是计算机的优势,其特点主要是速度快,而且只是做计算的速度很快。所谓"计算",并不是指计算器那样的计算能力,因为计算器和人工智能借以实现的主要设备计算机有着本质区别。两者组成不同、功能不同,运行方式和扩展性根本就不是一个概念。计算机虽然叫"计算"机，但它实现的理论基础是布尔代数，通过逻辑运算构建了所有的运算，包括数值计算和非数值计算。所以从功能来看，计算机和计算器的最大区别之一是，计算机除了可以进行数值计算，还可以进行逻辑计算。

即便是在人工智能唯一擅长的计算能力方向，它也不是无所不能的。所以，业界很多学者不太认可"人工智能"这个说法，但对退而求其次的"计算智能"或"机器智能"基本还算接受。

一方面，人工智能的成就令人兴奋，表明人类这种最激动人心的发明已经达到了相当高的水平。另一方面，有些人又被一种焦虑和恐惧笼罩："奇点即将到来！""AI会失去人类的控制吗？""人类会被比他们更聪明的机器人奴役吗？"

然而，如果要对当前人工智能发展及其潜在影响进行科学性的描述，而不是被科幻作品牵着鼻子走，那么只能老老实实地承认，人类缺乏预测人工智能可能将人类引向何方的能力，那些耸人听闻的说法，无非是在发挥自己的想象而已。围绕人工智能的真实状况，以及它的历史过程和未来发展，存在许多误解。

相比其他成熟的学科，人工智能的理论乏善可陈，没有一个坚实而普遍的理论作为基础。因此，目前的人工智能只能被理解为一种技术大杂烩，一组意图利用机器模拟或者说靠近生物认知技术的大杂烩。

早期的人工智能理论家，如明斯基和麦卡锡，认为符号系统（使用逻辑规则组织抽象符号）是让计算机走向"思考"的最有效途径；图灵等人的设想是先构建推理机，进而在此基础上，找到实现其他自动化任务的方法。但是，他们都没有达到最初的预期。图灵是天神似的人物，他设计的计算机模型，经验证基本没有什么太大问题，但他涉及人类智能的理论，在实践中偏偏并没有强有力的证据可以支持。

在两次人工智能的寒冬，一些人将研究经费的减少归咎于对符号主义主张的符号系统的研究投入太过铺张。相对于其他可实用技术（如机器学习、人工神经网络），对符号系统的研究效果不好，花钱又多，挤占有限的资源，还给人们留下了"华而不实"的极坏印象。无可奈何之下，一些研究人员只好在收集真实世界数据的基础上，采用纯数学方法，让人工智能的运作看上去略微有点近似生物认知过程的意思。这种转变的一个后果是，研究人员开始尝试解决特定问题或掌握特定领域的方法，专注于语音识别、图像识别、围棋机器人或国际象棋机器人这样非常狭窄的专业，而不再追求能够在一个系统内完成所有认知任务的整体性智能机器——也不能说不好，在找不到最优解决方案的时候，这是一种较优方案，在特定的历史进程里，也许只能如此，但毕竟让人工智能离真正的智能更远了。

当代人工智能的许多方法主要来自一组被统称为机器学

习的技术。机器学习（Machine Learning，ML）是指致力于利用数据，让机器理解和构建数据之间的关系，提高机器执行某些任务性能的方法，被视为人工智能的一部分。机器学习算法基于样本数据（称为训练数据）构建模型，以便在没有明确因果关系的情况下进行预测或决策。如今，这种算法已广泛应用于医学、电子邮件过滤、语音识别和计算机视觉等领域。

实际上，支持机器学习的大多数技术几十年前就已存在。二十一世纪，以机器学习为基础的人工智能开始爆炸性增长，这是速度更快、性能更高的计算机产品与互联网时代更多可获取数据相互结合的结果，并不代表它自己的理论取得了颠覆性的突破。

与1956年开始的古早人工智能相比，当代人工智能的特点是更加务实。比如，从构建整体智能向谋求实际应用的转变，以及对数据的依赖。人工智能的最初目标是开发一种能像人类那样思考的自动化系统，但几十年过去，人类现今在此领域内所取得的最大成就是：通过收集大量数据、改进计算能力，构建复杂的统计学技术，提高了数学模型（函数）处理数据相关关系的能力。

"播下的是龙种，收获的是绵羊"，虽然离预期还很远很远，但好歹也算有不错的产出。

不过，人工智能这种利用数据训练产生"智能"的能力相当脆弱，只是对旧的输入数据略加微调，人工智能的输

原图

+

0.005× 加白噪声信号

=

加入白噪声图

一幅关于猪的图片加入干扰信息后,在人工智能"眼里","猪"可能被识别为"飞机"。
晨星根据网络原图生成

出可能就会大大偏离正常结果，变得非常荒谬：一幅猪的照片，本来可以被人工智能识别，但仅仅在图像中添加微量的白噪声信号——一种频率和强度为常数的随机信号，海浪拍打岩石的声音、电视机无信号时的沙沙声等都属于白噪声，深度学习（深度人工神经网络）就可能出现非常可笑的错误，比如将其识别为飞机。

对于人类来说，这种白噪声无关紧要，新图像看起来和原始图像没什么分别，完全不会妨碍我们对这头"猪"的识别。但是，目标图像上这种非本质的表面变化足以欺骗人工智能的深度学习模型——相对于普通人，看起来无比强大的人工智能可太好骗了。

围绕人工智能的各种或过度乐观或过度焦虑的情绪自然有其根据，毕竟近十年来深度学习等技术取得了巨大的成就，但他们还是太高看现有的人工智能技术了。这些程序再成功，也属于所谓"狭隘人工智能"或"弱人工智能"的范畴。与之形成鲜明对比，也更容易令人遐想的，是"通用人工智能"或"强人工智能"——也就是科幻电影中描绘的那种人工智能，它们几乎可以实现人类所能做到的一切，甚至更多。

综观目前已经实施和使用人工智能的各个领域，不难得出结论：当下的人工智能仍有许多局限性。

比如对于创造力，人工智能就完全无从下手，这方面的研究还没有任何头绪。人工智能所倚重的脑科学任重道远。

别说机器如何思考，就连人类自己如何思考，需要搞清楚的问题都太多了。哪怕记忆这样最基础的人脑功能，人类也知之甚少，记忆下来的信息不知道存储在哪里，更不知道人脑的记忆活动怎么发生。在这些未知领域探索清楚之前，人工智能也许很难有什么大的突破。这就像一群饥肠辘辘的工人进了食堂，可厨房的大师傅还在去拜师学艺的路上，更可能急死人的是，这位大师傅的师傅也才刚开始学炒菜呢。

至此，我们可以大胆反驳一个常见的观点：人工智能将超过人类智能。

也就是说，目前看来人工智能不可能达到，更没机会超越人类智力。如果非要为这个"不可能"加一个期限，个人认为至少会是一百年。除非人工智能领域能出现牛顿三大定律、爱因斯坦相对论或达尔文进化论这样颠覆性的理论突破，而不是继续几十年如一日地画大饼。

"现状不可描述，未来无法预测，一切皆有可能"，这句话同样适用于人工智能。这也许是人类的不幸，但更可能是人类的幸运。

寡居

骆淑景

在农村，男人往往熬不过女人，留下女人度过漫长的余生。

这是豫西卢氏一个距离县城十里的村子，东坪，我从小生长的地方。如今，年轻人大都搬到公路边了，村里多剩下老年人。屈指算来，现在村里六十五岁以上的老人有二十三位，其中丧偶的十七位。在这十七位丧偶老人中，有十三个是女性，她们年龄最大的八十六岁，最小的六十六岁。加上新近丧偶的半语，五十七岁，村里现在一共有十四个寡居的女人。

2021年4月以前，我至少每半个月要回一次村子。那时我父亲还活着，我回村看他，就经常和这些女人们见面，点头，拉话。坐在炕沿上、小板凳上、茅草窝里，随便谈，东家长西家短，陈谷子烂芝麻，说说自己说说别人，和她们一起哭哭笑笑，热热闹闹。她们什么事都说，年轻时的荒唐艰辛，年老时的感叹醒悟，没有什么是不能说的。知道我"会写"，说到谁家孩子不孝，对待老人刻薄，就说"你不是会写吗？把他写写，给他妈也解解气"。说到村里的什么事，就说"你看咱村这事多典型，把这写写上到报纸上，让大家也知道知道"。

余秀荣

余秀荣坐在堂屋中间的小凳上卷纸烟，烟叶装在鞋盒里。她左手拿一小片纸，右手拈起一撮烟叶，熟练地卷着烟卷。她说，五块钱以下的纸烟都没得卖了，买烟吸太费钱，她就自己卷。村里种烟的人家很多，不缺碎烟末子。

这里原是村中心一个很规整的大院，现在院墙、上屋、南厦房都坍塌没影了，只剩下北边这三间土坯房。房内隔开堂屋和东里间的一面墙也塌掉，房子就成了两间。从堂屋一眼望出去，没有遮挡的院子很敞亮，没有隔墙的里间也一览无余。小儿子让她去和他们住，但余秀荣不去，她说住在这里自由。房间堆满了中草药，铁皮柜子，烂布片子，锅碗瓢盆，还有她拾回来的别人不要的各种东西。

余秀荣八十六岁，属鼠的，1936年生人，牙齿掉光了，但耳不聋眼不花。她说自己当过三十五年乡村医生，现在国家一天给她十元生活补贴费，一个月可领三百块钱，"这钱我都叫小龙领了，我花的是养老金。"小龙是她的小儿子，养老金就是六十岁以上的农民一个月可领一百多元。

在相当长一段时间里，"余秀荣"三个字的使用频率非常高，方圆附近谁有个病，都是"找余秀荣去"。牙疼了，"快去找余秀荣给扎一针"；眼睛上出个疔，"快去找余秀荣给割割"；大肠干了，拉肚子了，也找余秀荣，她会给你弄一些大黄，让你熬着喝，随口还说几句顺口溜："我名叫大黄，四川有家乡。别看名声小，止泻一鸣王。"她的药果然有效，喝下去病就好了。还有谁家媳妇快生孩子了，赶紧找余秀荣。

余秀荣当年是大队的卫生员，有一段时间叫赤脚医生。那时去大队卫生室买药，都是她给抓药。她还会炮制药材。卫生室背后种有牡丹、芍药，还有黄芩等，她负责用碾子碾，用刀切片。打针输液也是她的事，那时输液用橡皮管子，经常看见她用一口锅在煮管子和针头。她白天在大队卫生室上班，晚上回来家里也有药，止疼片、消炎片、红药水、紫药水都有。还有针、刀等手术器械。她会给人割眼，割攀睛眼。潘河乡有一个人得了攀睛眼，去公社医院治不了，医生介绍说"你去东坪找余秀荣"，那人就跑几十里来找她，最后眼睛治好了。

余秀荣说，这手艺都是老辈子传下来的，她父亲解放前就在城里开诊所，给人把脉治病，割眼治疮。她小小年纪跟上学了不少，十八岁嫁到本村后，又去县医院培训了一年，回来就在大队卫生室干，一直干到1990年。她还会刮沙眼，在地里干活时，有人说眼睛痒痒，她就把他的眼皮子翻过来，用缝衣针刮眼里的泡泡。她还用苦苣菜的汁液给人滴眼。我小时候也是沙眼，但怕疼，没敢让她刮。余秀荣更重要的角色是接生员。那时农村穷，生孩子很少去医院，方圆附近的孩子，都是她接的生。

我问她："咱村都有谁是你接的生？"她说："哎啊，多啦，麻胡、建国、文革、留生、龙章，还有建平，都是我接的。"她说的这些人，有六〇后，七〇后，还有八〇后。我又问："你那时接生都接到哪里？"她说："啊呀，都跑到灰胡同啦，城关镇啦，还有周家村，段家洼，前九龙，后九龙，黄家村，柳家洼，我都去过。那时候人可怜，半夜三更来叫，有的拿个手电筒，有的没有手电筒，就打个灯笼。"

年轻时的余秀荣，个子不高，白白胖胖，脾气很好，说话慢条斯理。经常看见她背着药箱子，来了去了，去了来了。她说，最好的待遇是事主骑个自行车带她，大部分时间都是步蹦。翻山越岭，哪儿都去。

到了一户人家，主人赶忙烧水，打荷包蛋，煮醪糟，并拿出好烟招待。余秀荣不慌不忙，一任产妇疼得呼爹叫娘，她上前看看，说："不要急，还老是没哩。"待她醪糟喝完，纸烟抽足，才戴上胶皮手套，帮产妇生产。胎位正的，慢慢等宫口开全顺产；胎位不正的，她给你捏捏、揉揉、推推，让胎头进入骨盆。有时产妇生不出来，她就下手帮着把孩子掏出来。实在不行的，赶快送医院。也有的产前大出血，走在半路上人就没了，各种情况她都遇到过。接了生，有的人家给包两块钱红包，至多三块，还有的包五毛。实在没钱的，她也不计较，反正生产队一天给记十个工分，红包都是外快。

有人说余秀荣胆大手狠。说有一次，岭上一个产妇，胎儿生下来后，胎盘却下不来，家人用担架抬着往医院送。走到后村崖池碰见余秀荣，她就在大路边的核桃树下，给这位产妇收拾开了。最后竟治好了。

穿过层层叠叠吊在半空中的、堆在地上的包包裹裹，我跷腿迈脚来到她睡床所在的墙前，看墙上镜框里的黑白照片。镜框内有全家福，有她年轻时的工作照，有她丈夫的照片，女儿的照片，还有她大儿子景行当兵时的英俊照片。

黑白照片把我拉回到过去的年代，拉回到她家的鼎盛时期，还有她大儿子景行意外身亡的恐怖时刻。

余秀荣生有两儿三女，年轻时她忙着行医、出差、学习，就把孩子甩给婆婆。婆婆去世后，几个孩子就是大的带小的，小的带更小的，饥一顿饱一顿胡乱长大。她丈夫参加过县大队，就是解放初期共产党的县级武装，是有功之臣，所以后来一直当大队干部。七十年代后期，余秀荣在大队卫生室当医生，大女儿初中毕业后就在村校当民办教师，儿子景行当兵回来又安排在大队林场。不管刮风下雨，一家四口每天有固定工分，顶四个全劳力。工分多，分的粮食就多。

春天青黄不接的时候，别人都没啥吃，她家楼上储存的玉米都生了虫。上面来的驻队干部、解放军医疗队，都经常在她家出入，令人羡慕。

有一年，生产队实在选不下队长了，就派她丈夫回村代理。社员们不听指挥，磨洋工，他在会上生气地说："你们都不好好干，地里打不下粮食，扳倒香炉吃灰吧！我怕啥，一天不动弹，家里照样进四十分！"

唯一着急的是，大儿子景行二十岁了，要成家说媳妇，而说媳妇就得盖房子。最后宅基地批在距离她家不远生产队晾牲口的一片场地。地基批好以后，趁人不注意，把界桩向后移动了八米。牲口晒场小了，自家院子大了。这本来也不是多大个事，可是他们忽略了一个致命的问题：房场离崖根太近。崖有十几丈高，崖上树木的根部扎在崖缝里，像慢性炸药，树木长着，把崖缝慢慢撑着。三十年是一茬树木生长的周期，到时候崖就要塌掉一层。据村里老人说，崖面已经塌过两次了。所以盖房子离崖根都比较远。

房子盖好，经过订婚，景行马上就要结婚了。新房收拾一新，家具也买好了，一家人忙得充实而愉快。

那天晚上饲养员去窑里圈牛，牛就是不进圈。饲养员无奈，一头一头往里硬拽。饲养员是有经验的人，看着牛的反常现象，心里就有些怀疑。只是天太晚了，明天早上再上去看看吧。然而就在这天夜里，崖面塌方了，余秀荣家的新房被捂在下面。新房里不单住着儿子景行，还有景行的姨表哥张贵。张贵也是才退伍还乡的,这天在姨家耍得晚了,没有回,表弟兄俩就住在一起。

第一次塌方后,余秀荣在睡梦中听见儿子的呼救声。她和丈夫连滚带爬起了床,刚走出门,就听见又是一声塌方。她喊叫着,我的儿呀!出来一看,却什么也看不见。等打着灯笼出来,看到新房的后墙已被土方推倒,睡床就在后墙根,两口子满村呼救。当人们闻讯赶到现场时,离塌方已有二十多分钟。大家二话不说,上去就用手搬土块。手流血了,头磕烂了,还是继续挖。当有人用手摸到景行的头发时,就大喊:"找到人啦,大家再加把劲!"

就在这个时候,驻军带着一排战士赶来救援。排长让村民们全部撤出,由战士来挖。就在这一上一下之间,几分钟过去了。景行被挖出来时,心脏已停止跳动,鼻孔内被土塞满,只是身体还热乎乎的。而张贵挖出来的时候已经死去。

这是1980年农历八月间发生的事。那夜我父兄都去救人了,我也披衣下床,站在院子里倾听,只见村子上空笼罩着一层浓浓的黄尘,一股强烈的土腥味直钻鼻孔。后来听父亲说,那夜都忙着救人哩,没有顾着看,房子的椽、檩都悬在半空,屋顶倾斜着,随时都有倒塌的可能。大家一阵后怕,倒吸一口凉气,要是再塌死几个人咋办?

俗话说,祸不单行。景行死后不久,土地就下放了,地里的活得自己干。教师一律参加考试上岗,大女儿考试不及格,被打发回来。后来又是公社改乡镇、大队改村,大队卫生室变成村卫生所，余秀荣又被打发回家。一连串的不幸接踵而至，丈夫病倒，这个家也从此一蹶不振。

照片上的景行穿着海军军装，很英俊。我问余秀荣："婶，你还记得景行吗？"她说："唉，可记得，我景行要是在，现在都六十二岁了。"可不，景行和我是同学，很机灵的小伙子，长得白白净净。他的未婚妻也是我同学，两人感情很好。景行死后，未婚妻伤心欲绝，最后嫁到外地。

说起这些死去的亲人，余秀荣口气显得很平淡："你叔不在都十六年了，桂芬得的是食道癌，长林都过三年了，前年过的三年。"桂芬是她的二女儿，十年前去世。长林是她的二女婿，五年前去世。而她的丈夫是2006年去世的，可不是十六年了么。她丈夫得的是气管炎，整天咳嗽，天冷的时候，咳得气都上不来，脸拘得乌青。

大儿子去了，二女儿去了，三个女婿去了一对半，她还很健康。她说她母亲是九十七岁去世的，她大哥今年九十三岁了，还能自己走路，她家是个长寿家族。

余秀荣每天都不闲着，她拽白蒿，挖蒲公英，晒干了拿到城里去卖。她说，白蒿两块五一斤，五块钱一公斤。她让我看她簸箕里晾的白蒿，还挺干净的。她说，前几天庙坪去药城卖药的人回来给她说："你再去药城卖药走南门噢，其他几个城门闹疫情都封了。"她说，卖下钱，买些药片，称些糖，白糖，红糖。她老了，就爱吃甜东西。

余秀荣掂一包药，踽踽地走着。在公路上遇上谁的车就把她捎上。到地方了，她给人家说："我老了，没有钱，我儿子不管我。"就不给车钱，对方也不要。到了收购门市，店主不要她的药，说她的药里面夹杂有黄蒿，还有其他杂草，再说也过了季节。但经不住她的央求，店主收下，给她按斤算价，一二十块或者几十块，她就很高兴，拿上走了。

余秀荣说，她孙女在市里教学，会开车。孙女说，奶奶，我星期天回来，开上车带你去卖药。孙子在市里上技校，孙子比孙女小八岁。外孙女在县中学教学，外孙子还会修电视机，在县城开有维修门市。她有时会把卖药的钱偷偷往孙女怀里塞，孙女不要，说自己有工资，但她还是塞。

村里有她的大女儿桂芳，还有她的小儿子小龙，住得都不远，对她很照顾。但她对别人说，儿子女儿都不管她。儿女们听见了，很生气，但也没办法。

村里谁家有婚丧嫁娶，她风快地跑去了，自己吃了后，还用塑料袋给儿子再掂一包，还往家里拿馍拿烟。儿子嫌她丢人，嚷她不让她往回拿，但说了多次她还是不改，也就由着她了。

黑婶

黑婶小儿子的房子修在大路边，我每次去娘家路过那里，都看见黑婶在忙。离老远她就打招呼："又来看你大你妈了？哎，真是个孝顺女子啊。"我也赶快问候她："婶，你在忙啥呢？"说话间，电动车停在她身边，两人亲切地聊起来。

她说："他们栽烟哩，老是忙嘛，我帮他们干点小活。"他们，是指她的小儿子和儿媳。每次黑婶不是在劈柴火，就是在扫院子，有时在做饭。我说："婶，干活要悠着点，不要累着了。"她说："就是嘛，能干多少是多少，老了，不中用了。"接着她又问我："你妈这一段时间啥样？"我说："还凑合吧，拄个拐棍能走两步。"她说："那就好，那就好，恁大岁数了，能送了水火都很不错了。"水火是啥，我后来才知道，就是能自己上厕所屙屎尿尿。说了一会儿话，我要走了，黑婶又说："到屋坐一会儿嘛，急着咋哩？"我说："不啦，闲了再来吧。"

黑婶并不黑，相反还很白，只是她小名叫黑女，因此叫她黑婶。黑婶年轻时是个美人坯子，当过多年的妇女队长。虽然现在已八十五岁了，但身材依然腰是腰，胯是胯，走起路来袅袅娜娜。

黑婶当妇女队长的时候，正是三十七八岁的年纪。那时农村妇女还穿大襟布衫，黑婶的碎花花大襟布衫短短的小小的，从脖子到左边胳肢窝，五个盘盘扣一扣，细溜溜的身材就凸显出来：胸脯向前挺，屁股往后翘，中间的腰就显得格外细长。走路时一扭一扭，把周围的男人都扭得心慌意乱。

生产队上工铃声一响，黑婶就领着一群青年妇女上地。

她们扛着锄头或拿着镰刀,一溜行,从谁家门前走过,扭成"一二一,一二一"的样式,很是精神。黑婶领着这群年轻女人干活,她们身手矫健,动作敏捷,生产队有什么要紧的活路,都让她们去突击,比如给棉花打药治虫啦,比如割麦子啦。

在地里干活,是黑婶最快活的时候。休息时和男社员绊跤,一翻一骨碌。趁乱处,你摸我一把,我捏你一下,嘻嘻嘻,哈哈哈,什么乏呀累呀都烟消云散了。但一回到家里,笑声就没了。黑婶的男人老程,比她大七八岁,一条腿有点跛,一天到晚阴着脸,好像谁欠他二斗黑豆钱。黑婶见了他,也像老鼠见了猫。

据说老程当年是国营农场的工人,每天给猪煮食烧木柴样子,产生大量的"火附炭"。火附炭冬天可以取暖,当时没有煤,市场上的木炭太贵,一般人烤不起,黑婶家离农场不远,经常去挖火附炭。老程不制止,还帮着她往筐里装。黑婶的娘感激老程心肠好,又是工人,就把黑婶许给他。

老程后来下放回村,黑婶也跟着回来了。结婚后,黑婶不歇气地一连生了四个孩子,两儿两女。老程勤快,干着队里的饲养员,还捎带着拾柴火挖药。柴火拾回来,再剁成短截,靠墙堆成一摞一摞的,很齐成人。黑婶能干,当妇女队长还有补贴。别人家都缺吃少烧的,她家的口粮却年年有余。村里人就说黑婶家的日子是"油和面光景"。

黑婶做饭麻利人又干净,驻队干部经常派在她家吃饭。

一开始，老程觉得这是一种光荣，时间一长，他发现妻子和驻队干部眉来眼去，就很生气，夜里就打黑婶。老程打黑婶下手很狠，总是在夜间，孩子们都睡下后，他用牛皮绳蘸上水，照住黑婶的屁股和脊背抽。黑婶的脊背和屁股上经常是青一道紫一道。但吵过打过，第二天黑婶还是照样，该说说该笑笑，见了男人照样打情骂俏。

黑婶长得俏，月白色的洋布小衫，尿素布袋做的黑裤子，穿到她身上就显出一种妩媚。别的女人都梳两条长辫子，黑婶却留着齐耳短发，头上别个黑发夹，走路一甩一甩。除了驻队干部，黑婶在村里还有几个相好。这让老程很不放心，他背后给老表诉苦，老表劝他："儿女都一大群了，管她呢，睁一只眼闭一只眼。你年龄大，腿又不利索，要知道咱有缺陷啊。"但老程想不开："她嫁给我了，还嫌我球大？"轻易抓不住妻子把柄，抓住了就往死里打。

那时候生活用品相当紧缺，像火柴、肥皂，还有碱面，都很难买到。买不到火柴就用火镰，火镰就是用一种钢片，在一种叫作火石的石英石上快速摩擦，产生的火花点燃纸媒，轻轻吹燃，然后点火做饭。黑婶交际广泛，不但和驻队干部老曹关系好，还认识了他的妻子高桂花。高桂花是县百货公司的营业员。逢年过节，黑婶都带上农村里的稀罕物去看高桂花，核桃啊，柿饼啊，酸枣啊，因此别人买不来的东西她都能买来。她去供销社买毛巾买布头，售货员都愿意为她效劳。邻居们有时买不上东西，都托黑婶。那些年黑婶没少帮村人的忙。黑婶还认识县医院的大夫，谁家女人有病了，黑婶就带上她去县医院找熟人看；谁家孩子结婚要买被面了，黑婶就托熟人为他买。

老程五十岁上得了肝癌。据医生说是由生气引发的。老程死后第二年，土地就下放了，黑婶领住四个孩子拼命干，种地、挖药、打洋槐籽，两年后就盖起三间房子，给大儿子娶了媳妇，随后又把大女儿发落出嫁。当了婆婆的黑婶，依然拾掇得头光脸净，浑身上下利利索索，依然是爱说爱笑。同龄人说她"老来俏"，她就自嘲"老来俏，老来俏，老来不俏没人要"。

黑婶家法很严，她打孩子都是让他们跪着。儿女都怕她，都很听她话。但大儿子后来娶了个厉害媳妇，儿媳妇看不惯黑婶的行为，经常敲鸡骂狗，指桑骂槐，有一次还抓住婆婆的把柄，大骂一通。黑婶拿儿媳妇没有办法，儿子在人家手里捏着呢，她要敢接腔，儿媳妇就不做饭，夜里还摆治她儿子。

黑婶受到儿媳妇的制约，行动处处不自由。有人说，黑女恐怕守不住，早晚要嫁人。最后经人介绍，黑婶嫁给洛阳一个退休老干部。儿媳妇知道后，又骂她"丢人卖怪，老不要脸，一辈子欠汉子"，挡住黑婶不让走。黑婶最后在小叔子的帮助下，夜里偷偷跑到车站，等天明才坐车去了洛阳。

黑婶走的时候，大儿子已生了一个男孩。黑婶心疼儿子，就经常偷偷往家里捎钱。儿媳妇知道后，又是大骂。

黑婶把老干部伺候得体贴入微，老干部喜欢得不得了。她在洛阳还给人看自行车，捎带卖些小物品，加上老干部零零碎碎给的，手里就攒了一些钱。据去洛阳回来的人说，黑女在城市可享福了，天天早上喝油茶，吃麻花。

后来，大儿媳妇又接连生了两个男孩，黑婶想回来看看，老干部又不愿意，黑婶只能给家里寄钱。儿媳妇一边享受婆婆的贴补，一边骂婆婆："嫁了个白胡子老汉弯弯腰，不值！"

黑婶的大儿子小生，是改革开放后村里第一个承包工程的人。他头脑灵活，交际广泛，带着村人外出干活挣了不少钱，但在一次给部队盖房子时，不慎从房上摔下，伤了腰。后来又得了肾癌，辗转看了几家大医院，花了几万块钱，最后人还是走了。小生英年早逝，村人无不叹息，这对黑婶更是一个沉重的打击。儿子去世时才三十六岁，留下三个嗷嗷待哺的男孩。她总觉得对不起儿子，只有源源不断地给家里寄钱。

2006年秋天，老干部去世了，离家二十年的黑婶又回到老家。

黑婶回来后，没有回村，住在县城大女儿家。她回来就是投奔大女儿的，女婿有工作，家里还有一个菌种场，日子过得不错。黑婶是个能干人，住在女儿家也不闲着。她纳鞋垫，做虎头鞋，在东门外桥头摆摊卖，也能挣一些零花钱。女婿人品好，待她很不错，早早就把棺材都给她准备好了。

就在黑婶感到生活平稳、日子越来越好时，2010年春天大女儿却突然得病，胃癌，一发现就是晚期。治疗一年多后，撒手人寰。

靠山山倒，靠树树歪。大女儿病重时，亲戚邻居都悲伤不已，黑婶却没有哭也没有喊，她到街上给女儿买了全套的内衣和外衣，给女儿洗净身子，排排场场发落入土为安。随后她回到村子，拿出几万块钱，帮助小儿子在公路边建起一所小院，暂时和小儿子住在一起。春节临近的时候，小儿媳和小儿子却打起了架。小儿媳骂小儿子没本事，挣不来钱，买不起年货。黑婶一看情况不对，就拿出六千块钱给小儿媳，让她过年用。以后两口子一没有钱就打架，一打架黑婶就给媳妇掏钱。这样下去，她也贴补不起啊，黑婶就找个理由搬了出去。她对小儿媳说："我老了，和你们吃不到一起。我想把菜煮烂点，你们想煮轻点。我想吃清淡点，你们口味重。我现在搬出去自己做着吃，以后动弹不了时，还不是得靠你们？"

黑婶就在距离小儿子不远的前店村租了一间房子。她春天挖蒲公英、挖白蒿，夏天刨远志、刨半夏，秋天上坡摘酸枣、打洋槐籽，一年也能挣不少钱。黑婶弄俩钱，总想贴补小儿子。小儿子性子软，被媳妇捏得紧紧的，想吸烟没有钱，她就偷偷给儿子买盒烟送去。

黑婶不爱诉苦。她大女儿刚去世的时候，有时老远看见她，我都准备一肚子的话，想安慰安慰她。但黑婶不给我

87

机会，她不谈这事，总是把话题绕过去。不管什么时候看见她，都是满面春风，精气神十足，老远就给你打招呼。

黑婶租住的那户人家在市里做生意，院墙塌了，进门的路拐弯抹角。靠崖的地方是两孔窑洞，窑洞也塌了，黑咕隆咚像两只眼睛。三间正房门锁着，黑婶只住靠边的一个梢间子。踩着高高低低的小道，来到她住的房间。进到屋里，一张床，一张桌子，地下扫得干干净净，墙上糊着报纸。一只灯泡悬在半空，屋里摆设很简单。

厨房在院里，是她用竹竿、木棍，还有油毛毡搭建起来的。周围坍塌的地方都种着菜，还有几盆美人蕉。她让我去厨房看看，厨房里有案板、锅头、水缸，还有码得很整齐的柴火。我说："你一个人做饭，买个电磁炉方便些。"她说："电磁炉有哩，但我喜欢吃柴火做的饭，现在出去门到处都是柴火，多方便。"在她的房间坐了一会儿，我要走，她说再坐一会儿。我说，出来没有给爹说，怕他絮记。

2021年秋天，黑婶的大孙子搬到公路边了，黑婶想回村子住到孙子的房子里，但大儿媳妇不同意。大儿媳妇说："这个家，身没她的，袖没她的，想回来住，没门！"其实这房子当年还是黑婶领着儿子们盖的。村里也有不少闲置的房子，但没有人敢让她住，怕她的大儿媳骂。

黑婶是个热心人，方圆附近谁家有事她都去帮忙。我父亲去世时，她也去了。她看我悲痛，就劝我说："女子，想开点，你大快快走了不受症，没有延床卧枕，多好。唉，我现在都是哪黑哪住店，桩子硬了多撑几天，到时候不行了，只求能嘎巴干脆死，都是万福了。"

成群

成群住在村中央最好的房子里。说最好，是二十多年前的标准。那时谁家有个明三暗五出前檐的房子，外带一个小院，就是最好的人家了。成群原来住在村北头的槐树洼，九十年代后期，大侄子一家搬到城里居住，就把这一所院落便宜转给她家。

院子没有院墙，树木花草还有篱笆就是墙。春天迎春花开了，夏天木槿花开了，还有丝瓜、葫芦的秧蔓扯扯落落点缀其间，显得很红火很热闹。一条狗，两只猫，一群鸡，就是她的伙伴。儿子明德白天进城干活，夜里骑摩托车回来住。明德六十多岁了，也没有成家。以前多是干一些出力活，卸水泥、背面袋，常常弄得一身灰。现在年龄大了，村里把他报成五保户，每月有几百元院外供养费，娘俩日子过得还不错。

成群每天很忙，吆鸡打狗，喂猫，到菜地种菜。白菜，萝卜，葱，蒜，莴笋，豆角，黄瓜，西红柿，什么季节种什么菜。种的菜自己吃不了，就送给邻居，送给小侄子。小侄子一家种二十多亩烟叶，劳力紧缺，成群和明德就经常去给他们帮忙。侄媳妇是退休教师，每月有四千多元退休金，每年栽烟收入都在十几万，但挣下的钱都存成死期了，准备给两个孙子一人存一百万，接续不着时，还到成群跟前借钱，村人就说："真是阎王不嫌鬼瘦！"

从院子后门出去，就是水泥大道，新农村建设修的路，宽敞平坦，一头通到县城，一头通到后岭上。成群经常扛个篮子，头上包个花头巾，在这条路上晃悠。村里人少，显得场院很大，天阔地迥。

成群的男人文生死去三十年了，她今年也八十一岁了，但大家都说，成群越活越年轻，脸上有红似白的。文生老弟兄三个都死了，妯娌也只剩她，连转给她房子住到城里的大侄子两口都相继去世，她还活得很旺势。成群有时就骄傲地说："我现在就是杨家的佘太君了。"她夫家本姓杨。

成群年轻时当过女民兵，训练打靶，还参加过宣传队，以前在大集体干活时，就经常给大家表演节目。现在村里人少了，没有人听她唱，她就自己给自己唱，唱完"我们走在大路上"，再唱"社会主义好"，再唱"日落西山红霞飞，战士打靶把营归"，还唱"飒爽英姿五尺枪，曙光初照演兵场。中华儿女多奇志，不爱红装爱武装"。她边唱边踏着步子，像踩着鼓点。

成群的丈夫文生，在本村算是旺族，大哥当过大队支书，二哥当过生产队长，后辈人当兵的、教书的，都很有出息。但文生从小过继给姑家，姑家是城里人，做点小生意，还有几亩地。姑夫待文生很好，从小供他上学，一直供到高中毕业。文生脑子很聪明，上学时数理化功底很扎实，1977年恢复高考时，城里还有人上门请他辅导功课。

文生高中毕业是1957年，国家正是用人之际，就有几个地方争着要他。经过短暂的培训，文生被分配到洛阳某单位当会计，但他干了不长时间就跑回来，后又被上边找回，分配到洛阳荣军学校当教师。但不久他又跑回来。问他为什么，他说"父母在，不远游"。后来才知道，他是离不开家的"娇滴滴"。

成群名成群，她妈却只生了她一个。她年轻时长得很漂亮，皮肤白皙，眼睛很大，比文生小几岁，两人住前后院。她上学上到初中毕业，正准备升高中时，却发现怀孕了。那年她才十七岁，不得不辍学，速速和文生成了婚。

文生回到家里参加农业生产劳动，但城里地少，又逢三年困难时期，家家都缺吃的。文生又结交了一帮社队干部子弟，伙伴们运用游击战、运动战，跟看管庄稼的民兵斗智斗勇，偷红薯偷玉米，只要是能吃的东西都偷。他们白天休息，晚上出动，夜夜满载而归。文生觉得这样的生活很刺激，也没有想过要学一门手艺。不久上边发觉不对头，加大看护力度，公安人员经常夜里行动，今天这个被抓了，明天那个被收审了，事情都和"吃"有关。文生发现偷盗这一行不太方便了。

这时边远山区开始流行小片荒、自留地，集体的庄稼长不好，年年不够上交，而社员小片荒、自留地里的庄稼却长得茂盛。文生听说农村土地广阔，能吃饱饭，比城里强，就打算下乡。很快，通过兄长把一家五口都迁到本村，有成群妈，他两口，还有一儿一女两个孩子。农村不缺住处，只要肯花力气，到处可以打窑。兄长给他指了一处叫槐树洼的地方，背风向阳，僻静清爽，不但能打窑，还可以盖一排房子。文生一家很快安顿下来。

来到乡下，成群又接连生了两个男孩，一共是三男一女四个孩子。庄稼活不用学，人家咋做咱咋做。生产队混天天，干活随大流。按"人六劳四"的分配原则，人口多就占便宜，加上有当队长的兄长照顾，文生的日子过得还不错。就是有一条，家里的事情，都是成群说了算。成群对别人说起文生从不提名，总是"我那鬼娃子货，我那鬼娃子货"，也不知道是赞美呢还是贬斥。日子久了，"鬼娃子货"就成了村里妖妮女人对自己男人的一种爱称。

农村有句俗话："男人是个耙，女人是个匣。不怕耙没齿，就怕匣没底。"意思是在农村生活，夫妻俩紧密配合，紧抓紧挖，能把日子过囫囵都不容易。如果男人是个大撒把，女人心里没成算，那光景就成了"马尾巴穿豆腐——提不起来"。村里读过书的女人很少，成群就觉得自己很有文化，经常吹嘘在城里时怎样怎样，一吹起来就忘了干活。文生是个热心人，谁家有事他都前去帮忙，自己家里的活却拖拖拉拉，加上儿女多，日子就过得稀里糊涂。

一晃十多年过去，文生的大儿子明德该是订婚的年龄了。岭上王老汉和文生很能谈得来，就想把自己的孙女嫁给明德，主动托媒上门提亲，本以为一说两响，谁知成群听后嘴一撇："哟，那女子没文化，不行！"转身又对文生说："你没看咱那两个侄媳妇都是教书的？咱去找个文盲，在一家子面前也说不起嘴呀。"这事没说成，以后又说了几个，不是女方嫌男方没房子，就是男方嫌女方土气。文生的嫂子也劝成群，不敢要求太高了，不然会误了孩子婚事。但成群反驳道："我只要生下娃子，就不愁说不下媳妇，鞭子扎起一大群！"这话够噎人的，以后没人敢再劝她。

文生在城里有两间土木结构的房子，姑夫姑姑过世后，房子就租了出去。有人建议文生把城里的房子卖掉，弄俩钱，美美在村里盖两座像样的房子，能安插两个孩子。这话被成群知道后，跳着脚在村里大骂："我城里有两间房子，钻到他眼里头了？捣着让我把房子卖了，回城没处去，他就高兴了？"

二十世纪八九十年代，村里人都是自己烧砖瓦盖房子，只要有劳力，木头什么也不缺。但文生父子四个壮劳力，逛逛荡荡几年，到底也没有盖下房子，住在槐树洼，连个正经厕所都没有。成群妈眼睛不好，有一次夜里出去撒尿，掉到红薯窖里。等到发现时，已经死了了啦。

文生的大哥担心文生没有房子，儿子不好找媳妇，就商量着把生产队的三间库房卖给文生。库房又矮又小，既当趣，西蒙、纽厄尔自然将麦卡锡引为同道，研讨会的事情麦卡锡之前跟他们通过气，这次他俩也同意参加。

"机器感知之父"塞尔弗里奇（Oliver Selfridge）也被提名出席会议。明斯基说，自己非常了解塞尔弗里奇，所以不必征求这位大佬本人的意见。他强烈要求将此人列入参会名单。

四个人坐在办公室里，就这么左一下右一下，写下一大串名字，似乎要把天下英雄悉数纳入帐中。那段时间，也不知道有多少全球顶级或者当时并非顶级、后来成为顶尖的科学家，在不知情的情况下，被他们安排进了这个八字只有半撇的会议。

1955年9月2日，麦卡锡、香农、明斯基和罗切斯特四人联名向洛克菲勒基金会递交了一份资助申请书，里面有这么一段话：

> 我们拟于1956年夏天在新罕布什尔州汉诺威的达特茅斯学院发起一项为期两个月、数十位人士参会的人工智能研究计划。该项目基于以下假设展开：原则上，人类智力活动的方方面面和各项特征都能够被精确描述，以至于可以制造一台能模拟人类智力的机器……如果邀约一些有志于此的科学家前来，花一个夏天研究这些问题，我们相信一定能取得重大进展……就目前的认识而言，人工智能项目被认为是一种让机器具有人类行为方式的研究。

住室又当鸡圈，人鸡同笼，实在不合适。孩子们大了，同居一室，别人都觉得别扭。孩子们的婚事仍无着落，大儿子没说下，二儿子也到年龄了，三儿子也不小了，文生的大哥急得亲自出马，到处张罗，托亲戚找朋友，为侄子说亲。好不容易有一位邻居做媒，给介绍城里西关一位姑娘。姑娘比文生的大儿子明德小七八岁，长相不错，体格健壮，只是小时候得过脑膜炎，听力有障碍，和别人说话多是看口型理解意思，发音不太准，大家都叫她"半语"。

半语从小没了娘，但家务活样样精通，过光景是一把好手。邻居以为这是个好茬口，就来文生家提媒。文生不在家，邻居就先给成群说了，成群一听就说："你说的这家我知道，她爸是个死狗货，你就不要给我那鬼娃子货说了，首先我就不同意！"当下给邻居弄个难看，连门都出不来。

经过成群的几次伤感（方言，意为不感谢，伤人面子），村邻们慢慢都退避三舍，转眼间明德三十多岁了，媳妇说不成，一来二去越发不愿到人前去，变得沉默寡言。

改革开放后，政策变了，以往下乡的城里人可以回城了，但文生由于没有过硬的关系，酝酿多次也没有回成。城里有两间房子牵挂着，一家人在村里也不安心，总是嚷着回城回城，却总也不见回，就这样拖拖拉拉，什么也弄不成。这时文生的大侄子全家转市民，搬到城里住了，就把村里房子让给文生。成群高兴地对人说："面包会有的，牛奶会有的，一切都会有的！"

二儿子没有人给提过媒，三儿子经过自己的努力谈了一个对象，对象还来家里住过一段时间。但成群嫌女方年龄偏大，想给三儿子找一个小些的，就和村里一个半吊子商量，想把半吊子的女儿说给三儿子。两人暗中捣鼓，不知怎么被三儿子的对象知道，就主动退了婚约。而半吊子的女儿并不愿意，跟上一个打工青年私奔了。三儿子一头挑担一头抹担，气得整天在屋里砸东西，发脾气，骂天骂地，要杀要砍，半年后得了尿毒症，没钱医治死亡。又是半年后，文生也突然中风去世。

成群的三个儿子都长得一般，但女儿小琴却出落得亭亭玉立。小琴就成了成群的骄傲，人前人后总是忍不住说："你看我小琴，哎哟，吃啥子了嘛，个子长得长的，好高啊。"再不就是："你看我小琴，死女子，眼睛咋恁大呢。"说着看小琴两眼，嘴一抿，脖子一扭，似有无限的骄傲洋溢在心头。

部队在山上设了一个转播台，小琴去放牛，和在山上看管转播台的战士黄保卫谈上了恋爱。成群逢人就说，黄保卫给她女儿买这了，买那了，将来要带女儿回他老家，老家是大平原，经济条件咋好咋好。村里人背后说，真是个骡子球货！家里三条光棍不着急，女儿找个当兵的，就烧得七死八活，整天拿女儿腥人，有本事娶两个儿媳妇回来叫看看！

随后小琴跟黄保卫结婚回了山东老家。大儿子看看在家里没什么混头，就到城里饭店给人家帮忙，洗碟子刷碗挣俩钱，最后经人介绍，和一个女人同居了。为啥是同居而不是结婚？女人的丈夫犯罪判了十年刑，有两个女孩，本人已结扎，因养活不起，暂时招个人帮忙。这女人还经常去看望丈夫，两人并没有离婚。不管怎么说，明德暂时有了个落脚地方。家里只剩下成群和二儿子，成群嫌孤单，就把小琴的女儿从山东引来在自己身边。成群又开始夸赞外孙女长得如何漂亮。外孙女一岁多引来，一直长到十三岁也不让回去。女婿来领过几次，都没有领走。村人劝说："孩子还是跟上父母好，你把人家女儿占住，也影响她上学呀。"成群说："我得让她将来给她二舅养老哩。"直到上初中，外孙女才回到自己的家。

老二在家里孝敬母亲，也不想出去打工。小琴为他找了一份不错的工作，但成群三番五次催着回家，他就辞了工作，回家来放了几头牛。转眼四十岁了，小琴就又把老二叫去，这次给他入赘到一户人家当上门女婿。

十年过去，明德同居的女人，丈夫出狱了，那女人带着两个女儿又回到丈夫身边，明德又成了光棍。

现在政府不收农业税，种田还补贴，基本生活不用愁了，成群也好像年轻了许多，每天除了干活，就是看电视。河南台的《梨园春》搞得红红火火，成群也跃跃欲试，几次嚷着要去报名上《梨园春》。

如今成群和大儿子明德、一条狗、两只猫，还有一群鸡生活，过得有滋有味。时不时，她还会扭着脖子对人说：

"我现在身价都几十万啦，怕什么？"这是真的，城里的两间土房子，被开发商开发成楼房，分了两套单元房。

前几天，村里一户人家的孩子结婚，前去帮忙庆贺的人很多，成群也坐在麦场的碌碡上在那里观望。忽然她站起来，面朝天大声喊道："自己不能把自己估计太低了，向前看不如人，向后看还有人不如呢。"帮忙的人都莫名其妙。成群喊完，又大声哭起来，嘴里"唔里哇啦"说些什么，没有人听得清楚。

涂玉兰

涂玉兰住在自己的老房子里，房子有八九十年的历史了，土墙很厚，冬暖夏凉。中间经历过几次翻修，最近一次是2020年，门前的地面用水泥铺过，平平坦坦，宽宽敞敞。她很庆幸自己没有听女儿们的话，丢掉老房子。

别的老年人都忌讳说"七十三，八十四"，涂玉兰不忌讳，她直接说自己今年八十四岁了。她有四个女儿一个儿子。三个女儿都嫁在外地，只有小女儿嫁在本村，现在就靠小女儿招呼她。

她唯一的儿子澄宇在二十八岁那年，因为开拖拉机翻车死亡。那是1996年，那一年村里接连有五个年轻人离奇死亡，澄宇是其中一个。而她的丈夫永约是1995年去世的。三个嫁在外地的女儿条件都不错，接她去和她们一起生活。但她去住一段时间，还是想回来，好像守着老房子，就守着儿子似的。

涂玉兰的丈夫永约当过志愿军。永约的老家在小沟河，距离县城一百多里。他住在本村是从煤矿下放以后的事。

解放战争末期，永约参加了解放军，在陕南一带剿匪。朝鲜战争爆发后，他所在的部队整体入朝作战。永约这个人胆子很大，但动作很慢，村里人给他起个外号叫"肉蛋"。一次作战中，连长分给他的任务是施放烟幕弹。但永约一个不小心，"咕咚"摔了一跤，未到指定时间指定地点，就把烟幕弹提前放了，被连长批评一顿，关了三天禁闭。还有一次，他们一组五人奉命通过铁丝网去抓"舌头"。别人都顺利通过，永约却被铁丝挂住走不脱。前边四人又勾回来解救他。拖延之间，已被敌方发现，"舌头"自然是捉不成了。任务没完成，永约又受了一顿批评。

永约这样慢腾腾的人，不是捉"舌头"的好人选，却有一个长处，那就是挖坑道很拿手。遇着挖工事打坑道，就大显身手了。他撅起屁股，不抬头，"吭哧吭哧"一会儿就能挖几米。据他说，上甘岭战役就是他们部队挖的坑道。在这一次挖坑道中，永约火线入党。

从煤矿下放后来到本村，永约的长处在打窑洞时得到很好的发挥。二十世纪六七十年代，这里人一般都住窑洞，借着一道崖坎，把崖面刷齐，凿上一个十几米或二十几米深的窑洞，把里面刷齐抹泥一下，堵一道土坯墙，一栋住处就形成了，又省工又省料。永约就和几个人包工打窑，挣几个零花钱。别人打窑全靠人工一镐一镢地挖，而永约是用雷管和炸药，速度和效率提高了许多倍。雷管和炸药，只有永约敢用，别人没这个胆。他熟知炸药的性质，知道用多少，能崩多远。

永约未参军时，就由父母包办，和涂玉兰订了婚。但涂玉兰本人并不愿意，她那时还在上学，根本看不上他。永约后来成了"最可爱的人"，涂玉兰才勉强答应了婚事。转业后永约被照顾到煤矿工作，涂玉兰也随永约到煤矿，在矿工小学教书。

永约到煤矿后，提出一个条件，就是坚决不下井。但他又没有文化，就只好挑选不要文化的工作，烧锅炉、护矿队都干过，最后他学会了理发，给下井的工人理发。永约不下井，一是怕出事故，还有一个原因，那就是监视妻子。涂玉兰活泼可爱，耍心大，她比永约小五六岁，永约自然不放心。只要有空闲时间，他就跟在涂玉兰屁股后面看着。但一个人要想看住另一个人并不容易，时不时的，涂玉兰还是能离开永约的视线，搞些小动作。

永约还有个毛病，就是一有空就吃东西，手里不离馍，嘴里总是"咕蠕咕蠕"不停地嚼着。据他说，这也是在朝鲜战场上留下的毛病。在朝鲜打仗时，敌机经常在空中骚扰，战士们吃饭像打仗，永约吃饭慢，就经常饿肚子，为此他一有空就吃。在战壕里监视敌人，右手拉着手榴弹弦，左手还在往嘴里塞炒面。为这事受过上级多次批评，就是改不掉。

不管永约多么留心监视妻子，还是没能奏效。几年时间，涂玉兰生了三个相貌、脾性各不相同的女儿。永约好像并不在意，生在我炕头就是我的。后来有人说，只有大女儿是他的，还有人猜测，永约可能不会生吧。尽管已经是三个孩子的妈了，涂玉兰还是提出了离婚。永约这时才发现，妻子周围的情人不少，此地不可久留，于是提出辞职，投靠亲友来到本村。

正是上级号召城里人下乡的时候，这个理由很好。但在煤矿上是吃食堂，回到农村就不一样了，做饭是妻子的事，永约吃饭慢，就吃大亏了。饥一顿饱一顿的，他的身体逐渐消瘦。

涂玉兰女学生出身，追求进步，是村里少有的女党员，经常参加各种活动。大女儿小时候，由于无人带，一个人锁在家里哭，时间长了，眼睛就成了斜视。涂玉兰对永约就更不关心了，到农村以后，她又生了性格、相貌各异的一儿一女。人口大，嘴多，靠队里分的一点粮食不够吃。涂玉兰也不擅长家务，给孩子纳的鞋，没穿多久就开线，不是露前脚趾就是露脚后跟。供销社来了花花洋布，涂玉兰一扯两丈多，不管男孩女孩一人纳一身衣裳穿上。日子艰难，永约想重操理发的本行，才发现时代不同了，自己的手艺早已过时，只有个别老汉来理一下，生意很不景气。

农村的日子不好过，永约一家就很怀念煤矿。1983年，忽然有一天，村里来了两个干部模样的人，手里提着包，自称是某某煤矿矿务局的，来寻找当年的矿工家属及其子弟，为其提供就业，并指名道姓找涂玉兰。涂玉兰高兴万分地接待了来人，人家说三天后到矿务局体检身体，临走时丢下二百元路费，并再三交代，你们到某某站下车，我派人来接你们。

涂玉兰高兴得不得了，第三天带着两个女儿欣然前往。在火车上遇见一个熟人，问你们这是往哪儿去？涂玉兰说了情况，熟人听了说，当前国家正在调整国有企业，许多工人都待业了，哪还有起用停职多年的老工人家属的事？我看这里一定有诈，你们可要注意，现在贩卖人口的事很多，你们可不敢到他指定的车站下车，人家是集团作案，你只要进入人家设定的圈子，就很难逃脱。

涂玉兰仍半信半疑。熟人说，你在农村信息闭塞，这种事情在这里天天都有发生，我给你们返回的路费，赶紧回家吧。涂玉兰只好带着两个女儿回到家里。几天以后，熟人来信证实，那个贩卖人口的团伙已在新安县落网，十几个妇女被救。

永约是功臣，组织上也没有忘记他。民政部门组织抗美援朝老战士去疗养，永约在疗养院住了四个月，身体就好了许多。永约在疗养院一边疗养，一边出去拾破烂，几个月下来还弄了几百块钱。有人问，你来疗养了，咋还拾破烂？他说，在这里能吃上现成饭，又没事干，正好拾破烂。永约从疗养院回来时胖了许多，脸红堂堂的，还带回几个二手收音机，倒卖给村人。

这时土地又一次分到农民手里，永约的长女、次女、三女都已成婚远嫁，妻子对他还是"闺女穿她娘的鞋——老样"，每天不让永约沾身。涂玉兰睡南屋，永约睡北屋，没有人拾掇，乱得像狗窝。永约饥饱劳困，日子一长，就得了病。家里没有钱，民政局也没有熟人，最后因无钱医治而亡。

永约的儿子澄宇，性格强悍，一点不像父亲。家里穷，直到二十八岁才结婚。澄宇处事公道，大伙就选他当了村民小组长。正月初六结婚时，来的人特别多。大家捧柴火焰高，婚礼上朋友上的礼至少都是五十元，这在当时还是很像样的。

澄宇很知道干活挣钱，他买过一辆二手拖拉机，给别人拉煤送货，打算得很周到。但澄宇继承了母亲马大哈的性格，拖拉机开得慌里慌张，把机子摔坏过两次。幸好人跳得快，都没有出事。这次他又买了一辆小四轮，没有刹车装置。邻居大叔劝他说："开小四轮没有刹车，等于不要命。你不敢开这种车！"但澄宇不在意，仗着技术高身手敏捷，还是照开不误。

农历二月初十，澄宇在给岭上人拉炕烟用煤时，在转弯处车翻了。澄宇没有来得及跳下来，窝在车头与车斗中间，大腿骨折，骨头扎进腹腔。

有人飞快跑去给涂玉兰报信，说澄宇翻车了。涂玉兰还笑呵呵地问："啥样，没事吧？"正在住娘家的澄宇的新婚妻子闻讯，身子软得提溜不起来，两个人把她架到急救室和澄宇见了一面。澄宇这时还清醒，对妻子说："不要哭，死不了，我还能丢下你不管？"然而由于脾脏破裂，澄宇最终撒手而去。

澄宇是结过婚的人，涂玉兰想把他埋在村里，但在老坟边子打墓时，张三出来阻挡说，这是他的地，澄宇老年轻，不能埋在这儿。到八亩地打墓时，李四又出来挡，说这地是他承包的，埋到这里他来干活时老害怕。最后澄宇被埋到村外最高处的柿子树行。

澄宇死了，三个月后妻子也另觅家远嫁。涂玉兰在村子里无家可守，就到三个女儿家轮流住。一家人四零五散，只有三间土房子还孤零零地伫立在村子中间。

十年后，涂玉兰又回来了。她帮忙带大了女儿们的孩子，现在女儿们都当奶奶了，她嫌那里嘈杂，一个人回来住。她找匠人翻修了三间瓦房，平整了院子。每天除了做饭，就是看看电视，听听戏。还和桃枝等人散步，锻炼身体。

2022年春节前，涂玉兰有病了，女儿们又接她去看病。村人都以为，她这次可能回不来了，毕竟八十四岁的老人了。谁知天气暖和后，她又回到老房子。白天去小女儿家吃饭，夜晚回来住，看起来精神还好。

涂玉兰不爱去地种菜，也不爱栽花种草，更不喜欢喂鸡养猫。她说自己年轻时就不爱下地干活。她说，人能干不能干最后都一样，有时候折腾还不如不折腾，越能干事越多。

王叶

王叶1952年生人，个儿小，只有一米四，看起来弱不禁风。走路若在她后边，总想张开双臂护住她，怕一阵风来把她吹跑了。她母亲先后生过四个孩子，最后活下来的只有她一个，因此十八岁不到，父母就给她招了一个女婿。女婿杨新元，本村的，一个很能干的小伙子，由于成分不好，怕说不下媳妇，早早入赘到人家门上。

结婚后的王叶比村里其他女人都享福。她二十五岁之前就生下两儿一女，完成了生儿育女的任务，整天在家里带孩子，不用下地干活。母亲那时还年轻，包揽了全部家务。地里活有父亲、新元在干，淘粮磨面、担水劈柴等力气活，他们都包了。还有赶集上店、置办货物、人情往来等，都有新元在前面撑着，不用王叶操心。

事情的转折发生在丈夫有病以后，两个儿子又肩挨肩，一前一后进入二十岁，这在农村已经到婚娶的年龄了，着急盖房子，给儿子张罗娶媳妇。这时王叶的母亲已经去世，她不但要负责全部家务，还得帮着新元挖土烧砖盖房子。别人盖一处新宅即可，他们家要盖两宅。任务重压力大，加上新元性子急，干活不惜力，房子还没盖成，他就病倒了，脑血栓。

那时农村还没有新农合，农民住院看病全是自己掏钱，盖房子已经欠下了外债，哪有钱给新元看病？王叶不得不抛头露面，借本家，借乡邻，凑了六百块钱，还到信用社贷了八百元。在医院住了三个月，新元心心念念还是房子。有一次他从昏迷中醒来，指着病房说："这房子敞敞亮亮，给咱老大娶媳妇都能中。"护士分辩说："这是病房，怎么能娶媳妇？"但他还是说这房子娶媳妇好。王叶苦笑着对护士说："你不要给他讲理，他害病都糊涂了。"等病情稍微稳定，新元就闹着要出院。回到村里，房子还得接着盖，最后盖成六间房子，两个儿子一人三间。

王叶的两个儿子，一个姓王，一个姓杨。姓王的由王叶的老爹惯着，姓杨的由新元惯着。这就产生了许多矛盾。

1992年新元有病这年四十二岁，去世时五十二岁。十年时间，他不时犯病住院，花了不少钱，欠下许多外债。第一次住院的时候，儿子们都还没有结婚，王叶还可支使他们，接送、陪护、借钱，随叫随到。到第二次住院时，两个儿子都结婚，有管教了。推诿扯皮，两家厮靠。住院花的钱都是王叶出的，在医院陪护的还是她。女儿正上高中，成绩非常优秀，但为了给父亲治病，不得不辍学外出打工。新元第二次出院这天，老二媳妇挡住不让老二去医院接新元："接啥子接哩，他自己好了不会回来？"到新元第三次犯病，口吐白沫，抽搐不已，两个儿子大眼瞪小眼，不说送医院，也不说不送。最后还是王叶做主，又一次把丈夫送到医院。但这次出院不到一个月，新元就去世了。

那天是新元一个人去崖上玉米地里转悠，蹲下解手时，倒地不起。等人发现时已经不行了，几个人帮忙把他抬回来放在床上。两个儿子到场后都不吭气，寿衣没寿衣，棺材没棺材，也不说怎样发落。两个儿媳妇吸溜着连声说："哎呀，这咋弄？这可咋弄？"一个说："我闺女感冒了，都没有钱看。"另一个说："我给儿子买个凉鞋都没有那三四块。"王叶听了很生气，说："那这事不着急，他死了，不吃不喝，也不会喊闹人了，就放到这儿，等你们有钱了再埋人。"说完她出去了，找着本家、邻居，还有村干部，商量新元埋葬事宜。

她托付邻人进城买寿衣、扯白布，还在邻居家吃了饭，休息后，傍晚才回家去。两个媳妇四处找她，沟沟坎坎都找遍了，看见她说："好我那妈呀，你去哪儿啦？咋不言传一声，把我们都吓死了，害怕你想不开。"王叶说："你们怕啥？这一个老害祸都发落不了哩，我还敢再去寻死，给你们找事？"

第二天村里人都来了，村干部、本家叔，拧住两个儿子讨论埋人一事，谁做棺材，谁承担埋人费用等。二儿子脑子转得快，对本家叔说："这事我想这样办吧，我爷的棺材是现成的，现在先让我大用了，以后再给我爷做。"本家叔一听就识破老二的诡计，说："这不中吧？你爷也是病病恹恹，有今没明的，只怕是发落了你大，马上就挨住你爷了。你大的板，该做了做。咱村几个木匠呢，还能连一副板都赶做不出来？"逼着两个儿子找人放树、解板、做棺材。

棺材做成，埋人的钱两个儿子都不想出，最后还是王叶拿出卖牛的钱做埋葬花销。埋人后还剩一千块钱，两个儿子一人五百悄悄把钱分了，但埋人吃的十袋面，却没有人打发。粮油门市人来要，二儿子说："我妈的囤里还有不少麦，你去拉去。"门市人硬着头皮找着王叶，王叶："我囤里是有不少麦，但我跟我伯还要吃呢。我把麦给你，到时候问他俩要，能要下不能？谁去拉你面，你找谁，不要打我的主意。"又过了几天，两个儿子带人上门来拉麦了，老大说："妈，你这麦让人家先拉走吧，放在窑里，都泛潮了，还有老鼠啃，虫子咬，都糟蹋了。让他拉走，以后你没啥吃了，我们再给你拿。"王叶说："麦子潮了我不怕，老鼠啃虫子咬我愿意，你管不着。谁去拉人家的面，谁还人家。是你们埋爹的，又不是我埋人，凭啥拉我麦？"两个儿子讪讪地走了。

但这十袋面还是没有着落，就在那欠着。王叶就给粮油门市人出主意："他们不给你，等他们在场里打麦时，你拿上布袋去装。"果真，头一年七月埋的人，一直等到第二年麦收，两个儿子在场里打麦，粮油门市人闻讯才去装了。

还有丈夫第一次住院从信用社贷的八百元，两个儿子都不想还，王叶也还不起。利滚利一直滚到三千元，五年以后才还上。

新元死后不久，王叶的老爹就瘫痪在床。王叶身小力薄，还患有大骨节，腿疼，坐下起不来，起来坐不下。她给父亲翻身，换被褥，喂水喂饭，端屎端尿。儿子们偶尔也来帮忙，但日夜陪护都是她的事。辗转病榻三年，终于父亲也走了。

就剩王叶一个人住在寒窑里，两个儿子要她下去和他们一起住，但她不去。她知道去了就是给他们扛长工的，家务活、地里活，样样得做，无穷无尽，两个人还争不停，给那个干多了，给这个干少了，生不完的气。儿子们各自都栽了十多亩烟，每天忙得鬼吹火，他们自己都吃不上饭，还会关心她？

王叶自己拾柴火，自己挑水，烧火做饭，只是吃粮需要两个儿子供应，但总是接济不上。邻居们给她建议，你面没有吃完就给他俩要，不要等吃完了再要就跟不上了。但她再提前要，他们还是不给，拖拖拉拉，断断续续，有时就断了顿。有一次她去女儿家住了三个月，女儿嫁在外地。回来后二儿子说，那得扣除这三个月的粮。王叶去找村干部，村干部对她儿子说："你要扣除三个月，那这三个月让你妈把嘴缝住？"在村干部的强力干预下，儿子才给她送了一袋面，吃完又没有了。

邻居都搬走了，周围都没有人了，有一次她病了，躺在床上烧了三天三夜。还是表哥来看望她，才叫来村医给打针输液退了烧。

2006年，丈夫去世的第五年，熟人给王叶介绍了一个老伴，是个退休工人，比她大十来岁。王叶犹豫再三，拿不定主意。她一是怕村里人笑话，二是嫌老头岁数大，还跛着一条腿。王叶和我嫂子最能谈得来，这时就来找我嫂子商量。嫂子劝她说："你现在这个样子，柴不来水不去，吃不上喝不上，都快饿死了，还怕人说三道四？找个老伴逃个活命吧。人家再不济，也有一份工资，有你一碗饭吃。人老了，就是找个伴，你还是啥金身银身舍不得？"一番话坚定了她的信心，王叶就嫁给了这个退休工人。

来到城里的王叶，慢慢习惯了城里人的生活。她和老头每天早上坚持走路锻炼身体，在路上看见树枝了，一个人拾，一个人拉，配合默契。两人一起到街上吃早餐，一起到超市买生活用品。她走路慢慢吞吞，一挪一挪，老头一条腿跛着，一拐一拐，两人互相搀扶，倒也相宜。

王叶说，老头也是个可怜人，老伴去世后，他和小儿子一起生活，小儿媳见不得他，他就出来租房住。先是租住在西关，房子很阴暗，像地窨子一样。和王叶结婚后，他们租住到位于半山上的农科所院内，农科所是一个大院子，里面有果园，有树木花草。一条水泥路通向城里，买东西也方便。每天早上，都有下面的人上来锻炼，跑步，呼吸新鲜空气。站在这里,可以望见城里的高楼大厦。

王叶和老头过了十年平静日子。老头待她很好,把她像女儿一样宠。老头的儿子们也很明事理,感谢她陪伴父亲,逢年过节,给她买礼物,还给她一些钱。这十年里,她的身心都得到了充分滋润,人胖了,身体好了,见多了世面,眼界也不一样了。

2010年上海世博会,两人一起旅游,到上海、南京、杭州等转了一圈。村里人说:"咱村多少能人,但除了王叶你们谁去过世博会?"十年时间,她和老头一起出游了四次,北京、西安、开封、武汉都去过,留下许多照片和美好的记忆。我问她:"你们是跟老年团出去的?"她说不是,出去先住到旅社,然后再找导游。我说:"你不害怕?"她说怕啥,不知道就问。现在出门好人多,问路啥的,人家都给你耐心讲解。我问你俩出去,谁照顾谁?她说,全凭我呢,我照顾他,他眼睛不行。

这十年里,王叶的两个儿子先后得了脑血栓。老大病情稳定,还能干活。老二一条腿跛着,只能在门边转圈圈。儿子们住院期间,她给送饭,陪护,资助钱款。儿子没有养活她,她反倒成了他们的支柱。孙女在城里上学,节假日总想来她这里住,在这里能吃上好的喝上好的,就不愿回村里。

2018年9月,老头去世了,享年八十岁。临终前交代她,有事找他的大儿媳妇。大儿媳妇处事公道,在她的主持下,把老头去世补发的工资都给了王叶,并说:"姨,我伯不在了，但房子你随便住，这工资本上的一万块也留给你，权做房租用。"房租一月八十元，够王叶租住十年。

王叶很知足，她只要了补发工资的一半，加上这些年攒的，手里有几万块钱。有了这些钱，她就有了底气。

王叶现在住在农科所二楼一个二十多平米的筒子楼里，另一间同样的房子做厨房。房间里有一张床，一个大立柜，一个长沙发，桌子上放着治疗心脑血管病的药，丹参滴丸、阿司匹林、辛伐他汀等。房间里还有一台新电视机，一台冰箱，她说，这都是老头临走前买的。吃水要到下面去提，去厕所也要跑到后院，但王叶很满足，她说比在村里好多了。她说，这里的人，各人过各人的光景，谁也不打听谁的事。

王叶说，亲家母还等着看她笑话呢。亲家母就是二儿媳妇的娘，一个村的，两家吵过架，现在见面都不说话。亲家母对人说王叶"看她将来落个啥下场"。王叶说："烂麻绳还熬过铁曲链呢，看我落个啥下场，谁走到谁前头还不一定呢。"

我问："你一个人孤单吗？"她说："孤单啥？有邻居呢，这里的邻居都可好，有人给我送面，还有人给我送油，出去门就能碰见人。"春天里的一个下雪天，王叶一个人上山锻炼，路上碰见一个老师。她走得慢，老师走得快，怕她一个人害怕，那老师就走一截等等她，再走一截再等等她。还教她，有啥事需要帮助时可以打110，有病了要打120。

王叶现在胆子很大，哪儿都敢去。老头去世后，她听人说有遗属补贴，就去县为民服务中心询问。服务中心的人不清楚政策，让她去民政局问。她到民政局，跑了四个部门，最后一个副局长接待了她。副局长说："姨，没有了，以前有遗属补贴，现在没有这一项了，你不要再跑了。"她说城里那些单位人态度好，说话和和气气，不像村里人粗声野气，日娘捣老子的。她去银行存钱，银行的小娃小女对她也可好，帮她分析怎样存着方便，怎样有利息赚。她有冠心病，听说有慢性病补助，就去县医院办了医保手续，每月去找医生开一次药。

儿子还是不知道心疼她，端午节前夕，大儿子打电话，想让她回村帮他干活。问：妈，你在哪儿？她接住电话说：我在医院。儿子咔嚓一下挂断电话，也不问她是有病住院了，还是去医院买药了，不问，什么也不问。王叶说，她不敢指望儿子，只有女儿经常给她打电话问候，不时给她打俩钱。她现在很满足，也不想那么多，她说："活好每一天，死了管它狼拉狗啃！"

日子就这样过下去，农忙时她还回村里帮儿子种烟，闲暇时就回到城里的出租房住。她说，这样好，可以拉开距离，减少是非。前些天她回村帮儿子干活，成群的小侄子还撩骚她说："你现在有钱了，该雇个车回来哩。"王叶回击道："我要是像你那样有钱，我就买个车，再买个司机，想去哪里就让他给我送到哪里。"

应文

我刚走进村子，迎面就碰上应文，挥舞着扫帚在扫路。她儿子小康四十多岁了，还没有成家，村里就把她报成贫困户，安排她扫从小亮家门前到竹园根这一段路，每月补助六百来块钱。

应文七十四岁，有一儿两女。大女儿当年嫁在后岭上，后来整体搬迁到前面小区，距离本村并不远。但大女儿和她关系不好，平常不来往，见了面都不问她。据说当年大女儿找的对象，她不同意，从此就结下了仇。大女儿的孙子满月时，她拿着礼物也去庆贺了，但女儿招呼其他人坐桌热热闹闹吃饭，把她一个人晾在一边。

儿子小康长年在外打工，年儿半载都不给她打一个电话。2022年春节期间也没有给家里打电话，现在都不知道他在哪儿。

只有小女儿小燕对她好。小燕大学毕业后在成都安了家，本人在上海工作。小燕曾接她到上海住过。她回来说："上海的东西太贵了，早上喝一碗胡辣汤就要十五块钱。"小燕还接她去成都住过。她回来对村人说："成都那地方真好，平渐渐的，那里的老年人很洒落，一天到晚就是喝茶打麻将，没有看见一瘸一拐的。"我们村水土不好，得大骨节、关节炎的人很多，人一上岁数就硬胳膊硬腿，走路一瘸一拐，所以她对这一点印象深刻。她说成都的亲家母对她也很好，顿顿给她炒八个菜。还对她说："你一个人回去干啥？就在这里生活，也帮我带带孙子。"但她不习惯，觉得还是在村里生活方便。

我问她，都转过成都哪些地方？她说，去过大熊猫基地，还去过都江堰。她坐过高铁，还坐过飞机。小燕在网上给她买好票，让人把她送到车站、飞机场，到那边有小燕去接。但她说，每次在那里待个一星期，就着急想回来。一个人自由惯了，在家里想坐就坐，想睡就睡，横竖没人管。出去门楼上楼下，各种不方便。

应文住在村中心一个院子里，残破的大门楼上，还能看见精雕细琢的花纹，看来很有些年头了。上房早已坍塌不见，对门是一家老两口，老两口有个独生女嫁在城里。老两口相继去世后，这院子就剩下应文一个人了。她每天出出进进，拾柴火，扫路，到地里种菜，偶尔到县城置办些生活用品。天不管地不收，感觉很自由。

应文的男人去世也有三十多年了。男人外号"二火神"，是个急性子。当生产队长时，有时刚下工，他舀上饭让饭晾着，就去敲上工铃。哐哐哐，铃一敲，一碗饭下肚，背上家伙就又上地了。这时有的社员饭还没熟，有的才端上碗，大家就骂他是"催命鬼"。土地下放后，他给自己干活，性子更急。担粪时，装满满两箩头，还要用锨啪啪再拍两下。担柴火，担麦子，一担挑一百八十斤。最后早早把自己挣死了。

男人活着时，经常打应文。锄地慢了打，做饭迟了打，孩子发烧了也打，并且抓住啥子打啥子，有时是火钳子，有时是锨把，有时是拖拉机摇柄。应文的脸上和身上就经常青一块红一块。有时打得狠了，村里人看不过，就让村干部出面调解。但过不了多久，男人还是打。有一次，在场里集麦秸垛，男人让应文在上面踩，他在下面挑麦秸。不知道因为啥，挑着挑着，男人抓住木杈就向应文扔上去，木杈扎到应文的腰间，当下扎断了两根肋骨。

急性子男人四十多岁就得病死了。村人说，应文算是逃了一条活命，要是男人还活着，不定啥时候就把她打死了。

男人死后，她领着一儿两女过日子，虽然艰难，但平静了许多，家里不再有吵闹声。

大女儿初中没毕业，儿子小学没有读完，只有小女儿小燕是读书的种子。小燕上学时很困难，东家借西家凑，加上县里的"春秋助学"奖金，总算上完了大专，以后又考上研究生。小燕学的是理科，现在是算法工程师。在上海打工，每月可挣两万多。

我想起大约十几年前，有一天我回村里，在河边洗衣服，小燕从学校回来，对我说的话。那时她刚高考完毕，找老师帮她填报志愿。老师说，她的估分不够本科，只能填大专。小燕对我说，我要向小阳姐学习，我将来也要考研究生。小阳是我的大侄女，高考时成绩不理想，只考了个专科，后来专科毕业工作两年，又考上兰州大学研究生，现在西安工作。小阳就成了当时村里孩子的楷模。小燕后来也是大专毕业又考的研究生。上研究生的学费，都是她当家教、送纯净水挣来的。

小燕能到大城市工作、安家，比别人付出了更多的努力。她也是这个家庭的希望。

应文不爱和其他人搭伴，她喜欢独来独往。有人就说她是"独过兽"，还有人说，她脑子"缺相电"。"缺相电"就是指脑子不够数，说当初男人打她，就是因为她不够数。也有人说，她是被男人打成不够数的。到底是什么，谁也说不清。

关于她"缺相电"的具体表现，有人举了一个事例。政府照顾贫困户，帮她把房子翻修了，还用水泥把院子铺了，但院子只铺了一半，属于对门老两口的那一半没有铺。当时施工的人都说，你给对门老两口在城里的女儿打个电话，把剩下的一半院子也铺了，以后不管谁住这里都方便。你让她掏点钱，她肯定愿意。两袋水泥的不是，也值不了多少钱的。但应文非常固执，坚持说，只铺自家的一半，另一半不管，也不给对门老两口的独生女儿打电话，导致现在的院子，一半是平渐渐的水泥地，一半是坑坑洼洼的土地，走到边缘都要小心崴住脚。她经常一个人在院子晃来晃去，也很不舒服。

不管别人怎样看，她自己感觉好就行。她每天有活干，有收入，一个人住一个大院子，不受男人欺负，自由随便。

这就是最好的光景了，还想咋？她说，小燕月月给她打钱，每星期都和她视频。她说自己也花不了多少钱，就是买点面，割点肉。穿衣服，买一件就穿好多年。

据国家卫健委2018年的统计数据显示，中国女性平均寿命是77.37岁，而男性只有72.38岁，差了整整五岁。这还是平均数字，事实上，在广大农村，女人和男人寿命之差更大。由于体力劳动强度大，情绪管理能力差，男人往往熬不过女人。年轻时他们靠蛮力应对这个世界，年龄稍微一大就消耗过度，最后就把自己弄病了弄没了，留下女人度过漫长的岁月。

具体到应文，可以说，没有了男人的骚扰，她才能活得好。

桃枝

桃枝一个人住在竹园边一个院子里。2022年农历三月初四，是她的七十岁生日。她生有两儿两女，两个儿子都把房子盖在公路边了，小女儿嫁到外地，大女儿是个憨子，也嫁出去了，但还需要她操心。

桃枝早年遭遇坎坷，如今两个儿子都结婚成家，孙子孙女也都被她带大了，害了多年病的男人也被她送终了，应该过上安生日子了。但一个憨憨女，就把她弄得身心俱疲。

憨憨女名叫小云,是桃枝十五岁那年生下的,生下来像个软鸡娃子,长到三岁才会跑。长大后,家人才发现小云智力有问题,生活不能自理,穿衣吃饭都要别人帮忙,月经来了也不会收拾。

小云长到二十五岁,终于找了个婆家。李家坡有个大她十多岁的光棍,想把小云娶回去,生个一男半女。说只要生下孩子,就由婆婆抚养。可是小云结婚后并没有生下孩子,婆婆去世后,小云的丈夫也伺候够了,就不想要她了,想把小云送回来。但小云不是件东西,想要了要,不想要了就退回。桃枝说自己年龄也大了,没有精力管小云了。女婿却时不时把她送回娘家来住,一住就是月儿四十。

小云吃喝拉撒都要人管,有时候还大声嚷叫,扰得四邻不安。桃枝气得打骂一番,过了又心疼。她是个憨憨,啥也不知道呀。每次送走小云,桃枝都像害了一场病。村人说,桃枝遭的罪多会儿才到头呢,她都快挣死了,憨子却看着没样。

话说桃枝的娘家在后岭上,她十岁上死了娘,和爹爹、哥哥过日子。父兄只知道闷头干活,也不知道关心她。桃枝十多岁就放了一群牛,整天和男孩子一起,山里、林里、风里、雨里奔跑。十四岁那年,桃枝在山上放牛时被邻居良才性侵怀了孕,等到邻居大婶发现桃枝不对劲时,已经是六个多月了。不能流产,只好赶紧给她找个人家,嫁出去了事。

村里有个拴子,家穷,一条腿还是小儿麻痹,二十五六岁了还找不下对象。拴子妈听说这事，赶快央人去提亲。桃枝爹满口答应。置办了两桌酒席，就算成了亲。三个多月后，桃枝生下一个女婴，起名小云。

良才被判了七年刑，但村里人一直津津乐道这件丑事。一次，几个女人指着小云向外村人介绍："这女子不是拴子的，是桃枝做大闺女时生的野种。"这话被拴子妈听见，扯着嗓子骂开了："哪个扯老婆舌头的！敢说小云不是我拴子的？生在我炕头就是我家的！谁再敢扯闲话，就撕她的逼……"小姑子留女也在后面帮腔说："从上逼撕到下逼！"自此，没人再议论这件事。

桃枝个子不高，脸粉嘟嘟的，虽然小小年纪就遭遇不幸，但从未见她哭丧过脸。桃枝抱着小云在村子里玩耍，有婆婆、小姑子罩着，她的日子倒也不难过。

可是"一打三反"运动来了，造反派们可能觉得光斗地富反坏右实在没劲。不知谁的创意，就把桃枝也拉了去，在脖子上挂了一串破鞋，前怀挂一块纸板，上面写着"流氓坏人犯"，和一群地富反坏右一起，到处游村挨斗。在大队部、在学校、在各自然村的中心位置人多的地方，桃枝都得站在一条窄窄的高凳上，面无表情地接受人们的批斗。十八岁的桃枝，小小的个子，粉嘟嘟的脸上还洋溢着一层少女的稚气，走到哪里，都引起人们的新鲜和好奇。后面跟着一群小孩子，喊着"不要脸，破鞋；破鞋，不要脸"。

被人欺负，现在又遭批斗，桃枝仅有的一点尊严和面子被撕碎，她不想活了，她想寻死。这时婆婆、丈夫、小姑子轮流看着她。小姑子给她打来热水，帮她烫站肿了的脚，婆婆安慰她说："运动嘛，总有过去的时候。你要是有个三长两短，咱小云可老可怜。看在孩子的分儿上，可不敢胡思乱想。"在婆婆一家人的关怀下，桃枝终于熬过了难关。

两年后，桃枝为拴子生下一个男孩小亮，再两年又添了儿子小水。生了儿子的桃枝，少女的身材似乎一下子抽了条，胸脯饱满，浑身都鼓胀起来；而拴子不到四十岁就开始衰败，腿瘸得更狠了，走路一颠一颠，五十岁就干不了农活，拄着拐杖，冬天寻墙根晒暖暖，夏天找树荫乘凉。

这时婆婆死了，小姑子留女也出嫁，桃枝没有了庇护，她和瘸子丈夫带着几个不懂事的小儿小女艰难度日。

桃枝是个乐观的人，她的口头禅就是"天塌下来有地顶着"。男人是个病秧子，家里还有个憨子女，她要是心眼小，早就愁死了。还有人说她过光景是"仰板脚尿尿——流到哪儿是哪儿"，她听后也只是一笑。事实上，地里的农活需要她干，吃穿用度，淘粮磨面，哪一样都要她，哪一样都要时间，她只有大大咧咧，粗粗拉拉，日子才能应付过去。

但这天，桃枝坐在夜色笼罩的十亩地头，嚎啕大哭起来。犁了一天的地，还有六七行没有犁完，她明天不想来了，但牛也饿了，不管桃枝怎样喊叫，就是不走，还拖着犁耙到地边啃草去了。想想家里不懂事的孩子，想想嫁给瘸子后的种种艰难，桃枝忍不住，越哭声越大。哭声被旺泉听见了。旺泉喜欢桃枝，每每看到细皮嫩肉的桃枝做重活，心里都不好受，但想帮忙又不敢。

旺泉没有吭声，他把牛套上，使劲用鞭子抽两下，吆喝道："回来——来，踏犁沟！"牛重新开始犁地，不一会儿就犁完了。

旺泉属于一人吃饱全家不饥的那种，早年因为成分不好没有讨下老婆，后来年龄大了没有想头了，一直靠给人家打短工挣俩血汗钱，除了养活自己外，攒下点钱或物，就拿去"填唤"某个女人，换来一夜情或者多日情，半辈子就这样过来了。

犁完地，旺泉收拾好犁具，把牛吆上，拉起桃枝，轻声说"回吧"。两个人踏着夜色"扑踏、扑踏"往家走。

桃枝默许了旺泉的帮忙，旺泉很高兴。每天哼哼咛咛，像是换了个人。

有初一就有十五，从此旺泉就经常帮桃枝干活。夏天麦子熟了，旺泉磨了两把镰刀，磨得"噌噌噌"风快，趁着夜色他和桃枝一人一把割麦子，撵天明，五亩麦子就摺倒了；秋天收玉米，旺泉在前面杀玉米秆，桃枝在后面掰。两人配合默契。累了，坐在地头，我抽一支烟，也让你一支。

旺泉不但帮桃枝干活，还培养了桃枝的烟瘾。桃枝以前只是在干活累了时，或者心情不佳时抽一支，后来旺泉不间断地供应，她就吸上了瘾。旺泉给人家盖房，一天除了工钱外，还要求主家给他一盒烟。十几天的活做完了，烟也攒了一条。旺泉就屁颠屁颠地给桃枝送。

桃枝和旺泉好的闲话很快传出了，小姑子闻讯，赶过来和嫂子大吵一架，当着众人骂道："你从小就是个卖逼精，不要脸，浪汉子！"并且要去找旺泉算账。本家大娘一把拉住她，劝说道："留女你算了吧。你嫂子她容易吗？你哥瘸咧宝贝的，还是个病恹恹，这些年不是你嫂子撑住，这个家早散伙了。你哥都不说啥，你能啥能？把这个家搅散伙，你就不能了！"留女气哼哼地走了，从此不和桃枝来往。

留女这一吵，就把事情挑明了。既然落了个"卖逼精"，桃枝似乎也想开了，光棍们跃跃欲试的帮忙，她都来者不拒。这个给她担粪，那个帮她锄草。桃枝也帮他们缝缝连连。

有了这些人的帮忙，桃枝的日子就好过多了。

农村总不缺少光棍。过去是因为成分不好找不下对象，现在则是因为穷，农村女孩都外出打工奔向城市不愿回归，使得大量条件差的农村男子成不了家。村里有老光棍、小光棍、半大光棍，他们的性生活如何解决，没有人太清楚，但肯定得解决。

桃枝与外人来往越亲密，对自己的男人越体贴。谁要说拴子坏话，她就护着说："拴子可怜，他身体不好。"

桃枝从不把野男人带回家，只在田间地头给他们一点甜头。光棍们也以双倍的精力回报桃枝，有啥好东西就给她送。二三月间的红薯，新摘下来的豆角，甚至过年送她新衣服，她穿上了，送的人远远看见，就高兴得合不拢嘴。

桃枝的儿子渐渐大了。许多人找对象难，但桃枝的大儿子外出当了几年渔工，挣下几万块钱，回来盖了一栋小平房，媳妇就跟着来了。结婚时，帮忙的人很多。小温半夜两点就起来给她起面，蒸馍；旺泉天不明就来给她切菜；小伍不会干巧活，但有力气，就给她挑水，把两大缸都挑满；还有狗剩，给她抹桌子洗碗。事情过得轰轰烈烈，排排场场，还省下不少东西。

大儿子结婚了，小儿子没有房子结不了婚，桃枝就给大儿媳妇做工作，大儿媳妇主动搬出平房，在村里寻了一间旧房住，把平房让出来，让弟弟结了婚。人都说，桃枝一座小平房娶了两个媳妇。憨子小云也嫁出去了，桃枝一下子轻省许多。

桃枝不用干重活了，她成了总调度。家里种了十几亩烟、几亩辣椒，每年收入好几万。她指挥儿子媳妇们干这干那，拴子就只管吃饭。

桃枝的烟瘾很大，她每天的惯常动作是坐在院子里，架着二郎腿，点一根香烟，吸两口，吹一下，很过瘾的样子。村里人就编顺口溜说："日头出来暖洋洋，嘴里叼根纸烟棒。拉着孙子满村逛，一群傻子背后忙。"

2002年，拴子得了脑中风，偏瘫在床。桃枝又辛勤伺候。夜里瘸子的被子没盖严，桃枝实在累得不想起来，就用脚尖挑起被子给他盖。五年后，瘸子终于死了。

她又帮助两个儿子盖了新房，搬了出去。

如今桃枝年龄大了，身体不好了，前几天又摔了一跤，胸腔子疼。那些围着她转的光棍死的死亡的亡，还有两个和她同龄的老光棍，也不敢靠近她了，只怕惹上麻烦。桃枝空前地寂寞起来。

2021年，桃枝患上了失眠症，夜里不瞌睡。我说，你看看电视，追追剧。她说，我不爱看电视。我说，你跟桂芳学学耍抖音，也很有意思。她说，我不想学，我嫌嘈杂。我说，那你跟上谷换祷告吧。她说，我不信耶稣。我说，那咋办呢？后来她就跟上涂玉兰散步，两人一早一晚沿着堤坝慢慢走路，每天走个七八千步，治疗失眠，效果还不错。

桃枝现在最熬煎的还是小云。她说，小云要是死在我前头，我把她发落了，心就安了。要是我死在她前头，她可咋办？

桂芳

桂芳就是余秀荣的大女儿，村子里最新潮的女人，抖音玩得溜熟。她的粉丝有四千多个了，点赞也达到十几万，最近开始搞直播。她说直播带货很挣钱，为此儿子还给她买了一个自拍杆。桂芳很早就会用手机拍照，然后美颜，把自己的各种美颜照发到抖音上。

抖音上那个女人，涂着薄薄的红嘴唇，画着细细的弯月眉，俨然只有三十来岁，惹得一群半老不老的男网友，争着给她点赞打赏。还有的给她续话费。有一次桂芳有病住院，还有网友不远百里去看望她。

一俊遮百丑，桂芳的俊就是白。脸白腿白身上白，任日头再晒也晒不黑，山风再吹也吹不裂。虽然都六十八岁了，但脸上还没有一个斑点，皱纹也是细细碎碎轻易看不出来那种。和同龄人相比，年轻十岁。

但桂芳说自己命苦。丈夫十年前去世时，留下一堆债务和一个清冷的大院子。

桂芳的丈夫家是西南山的，原本有一份工作，他细高挑的个子，两只丹凤眼，看起来一表人才。桂芳就是因为他好看，才一意孤行嫁给他，又费劲巴力把他的户口落在村里。两人结婚后生了一儿一女，这本是最理想的模式。按当时计划生育政策桂芳要去做结扎手术，她也确实去做了手术。但随后却接连怀孕，又生了两个女儿。她说是医务人员把结扎手术没做好。村人却说，她母亲是大队卫生员，当时就是假结扎。不管怎么说，因为超生，桂芳的丈夫被单位辞退，丢了工作。

回到村里的丈夫由帅哥变农民，为养活四个儿女，两口子甩开膀子拼命干。丈夫性子急，心贪，栽烟、育核桃、种辣椒，"野鸡占荒坡"，啥钱都想挣。有一次，他半夜起来趁着月光去锄地。锄着锄着，发现前面有一个白衣飘飘的女子，引逗得他一直往前追，最后追到一座坟前。回来后，一来二去就得了病。后来去医院一查，结肠癌。当时丈夫没有入新农合，治病全靠三个女儿，你五千她一万地凑。治了一年多，花了一大笔钱，还是一命呜呼。

两个女儿远嫁，一个儿子初中毕业就去城里打拼，十多年了也没有站稳脚跟，不时回来要钱要物。桂芳两口子就把累死累活挣下的钱，都拱手送给儿子一家在城里享用。

丈夫去世之初，桂芳原本准备再找一个老伴的，但相了几个后，都无疾而终。有退休工人，有机关干部，还有一个企业厂长，皆因她提的条件太高望而却步。她要人家拿出二十万，她立马和他去登记。儿子知道后骂她："你咋恁不要脸呢，你个死老婆子，哪值二十万？黄花大闺女都要不了二十万呢。"儿子说话没大没小，桂芳也不生气："我还不是想给你攒点钱买房子吗？要是光我，要恁多钱干什么？"

老伴没找成，桂芳慢慢也死了心。日子还得往前过，地还得种，不能让丈夫留下来的基业荒废。以前种七八亩烟，现在还种七八亩烟；以前育六七亩核桃，现在还得继续管理。只是她一个六十来岁的女人，一没有力气二没有技术，儿子也不肯搭把手，这地怎么种？

有办法！和别人搭帮。栽烟的时候，桂芳托亲靠友，东家烟炕带几十串，西家烟炕带几十串，她则给人家搬烟、串烟，以此换工。这样种了两年，看着不行。栽烟需要劳力多，人家都是一大家子齐上，车拉人扛，爬高上低，她沾别人光也不是长事。于是第三年，她就把地全部改种成庄稼，种小麦种玉米，这些大路货技术性也不强，容易找帮手。

桂芳需要找帮手，刚好就有帮手。这不，村里来了个聋子，一家三口都是劳力。聋子是后岭上人，他母亲嫁到本村，母亲和继父过世后，聋子就下山来住进他们的窑洞，安顿下来。

聋子心灵手巧，种地、修房盖舍，拖拉机、旋耕犁等农用机械，还有修理热水壶、电暖器，样样拿得起。不管啥活一看就会，只是从小听力不行，人称聋子。聋子长到三十来岁，说不下媳妇，经人介绍，就娶了一个智力不全的女人。女人叫改英，口齿不清，连饭也做不熟，只能干些拾柴火、刨地等粗活。结婚一年后，改英就给聋子生了一个男孩。男孩长得虎头虎脑，十分可爱，但七岁上一年级时，有一天在教室里犯了病，口吐白沫，抽搐不已。送到医院一看，诊断为癫痫。以后再三医治也治不好，又送到聋哑学校上了几天，也不行，干脆回来。聋子给儿子买个自行车，整天在门前骑来骑去。

村里年轻人外出打工的，出国打鱼的，都是走户跑户，聋子一家死心塌地住在村里，哪儿也不去。聋子租种别人的一些撂荒地，自给自足，吃喝不愁；一家三口还有低保，加上残疾人补助，日子还过得去。

桂芳和聋子成了邻居，中间只隔着一户人家。丈夫在世时，农忙时节也喊聋子帮忙，现在丈夫不在了，更需要聋子。麦收过后，桂芳到城里买来新品种玉米种子，聋子拉着犁耙，一家三口都去桂芳地里帮忙。前面犁着，后面撒籽。七八亩地两天就种完了。玉米出苗了，苗长壮了，地里的草也跟着长上来了。聋子不等桂芳交代，掂上锄，就去帮桂芳锄草。到玉米收获时候，聋子又开上拖拉机，一家三口去帮桂芳收玉米。收回来后，又帮着串玉米。等玉米穗子干了，聋子又把自家的玉米脱粒机扛到桂芳院里，一家人帮着脱粒。最后，又是聋子开着拖拉机装上玉米，桂芳也坐上进城卖玉米。村里人说，桂芳种庄稼容易，有长工，有短工，她最后只管数钱就是了。

桂芳喜欢打扮，啥花哨衣服都穿得出。夏天她穿上女儿退下来的吊带裙，在院子里走来走去。冬天穿上女儿的羽绒服，红的绿的，什么颜色都有。她还拾起女儿用剩下的口红、眉笔、香水等，整天描眉画眼拍抖音。

桂芳性格活泼，喜欢热闹，吸引附近几个闲汉都来围着她转。桂芳经常给他们发视频，教他们玩抖音。前村磨欠，后村绑成，来得最勤。磨欠有老婆，但还是得空就来。有一次，为争着给桂芳犁地，磨欠和绑成差点打起来。两个人都把犁扛到了地头，一个说，我昨天都应承她了；一个说，她一个月前都靠给我了。最后还是桂芳说，这次你犁，下次他犁，才平息了事端。村里还有两个小光棍，农忙时村人出钱一天给一百二，让他们帮忙搬烟，他们都不干。但桂芳一招手，他们就风快地跑去了。

几年下来，桂芳不但还清债务，手里还攒了些钱。她说，她一年玉米、辣椒、核桃等各项收入算下来有五六万，不比村里一个男劳力挣得少。挣下钱，桂芳也舍不得花，最后都送给儿子了。她说："从我掌柜死到现在，我前前后后都给儿子七八万了。"儿子一家四口住在城里，吃喝拉撒，花销很大。桂芳说儿子很孝顺："我前几天早上起来，猛然发觉脸上不对劲，喝水顺着嘴角往下流，不听指挥，起来照镜子，发现嘴有点歪，我就赶快给儿子打电话。一个电话一打，我儿子马上回来接我去住院，医生诊断说我得的是面瘫，幸好去得及时。冬虫夏草，蝎子蜈蚣，啥药贵吃啥药。住了十天院，花了七八千。"她给我传授经验说："你要想让你儿子对你好，你就得能干，就得有钱。你要不能干，死吃活埋，想让儿子对你好，那可不中。"

聋子不但帮桂芳种地，还帮衬着做许多事。家里厨房锅台水泥掉了，他赶快找点水泥给抹上；看见猪圈墙塌了半截，他又赶快找些砖给垒上。桂芳腰肌劳损，痛得直不起来。他帮她熬药，喝了药水后再用药渣敷痛处，聋子又帮她仔细敷药。改英有时不满意聋子和桂芳在一起，经常口齿不清地对外人说："不要脸，老在一起。不要脸，老在一起。"但她的抗议无效，两个人谁也离不开谁。

聋子帮桂芳，桂芳也帮聋子。她说，我们是互相帮助，鱼借水，水借鱼。她把儿子女儿源源不断退下来的衣服送给聋子一家穿，还把儿子送回来的肉、蛋、奶等好吃的送给聋子一家吃。家里的多余家具，她也送给聋子用。聋子给她干活，一到吃饭时候，她就给他们蒸一锅米饭，炒一大锅菜，让改英和癫痫儿子都来，四个人坐在一起吃饭，其乐融融。她还把自己退下来的手机送给聋子，教他玩微信。

月亮地里，聋子坐在院子梨树下，痴迷地玩着手机。一次我从他家门前路过，聋子高兴地说："啊呀，这个东西太神奇了，你看这里面啥都有，想看啥有啥。"桂芳也不忌讳，对邻居说："找老伴太麻烦，牵扯儿女、财产，这了那了，弄不成事。这样也中，他媳妇是个憨憨，我没有男人，互相帮衬，过一天算两晌，不想那么多。"有时她也会对知心女伴说："聋子可捣蛋了，做啥可细心了，比我掌柜那会儿伺候我还周到。"

核桃熟了，桂芳叫上聋子一家，到地里帮忙打核桃。聋子会上树，在树上用竹竿打，桂芳、改英，还有十五岁的癫痫儿子，都在下面拾。人多力量大，不几天就打完了。

核桃晒干后，桂芳的小女儿就帮她在淘宝上卖，装成一小袋一小袋，比平常卖法收入要多上一倍。

桂芳的儿子也很懂事，每次回来都带些礼物去看聋子，对聋子说："叔，我经常不在家，我妈一个女人家不容易，谢谢你帮我妈的忙。"

前年儿子又生了二胎，是个孙女。小两口忙生意，没时间带，就把孩子送回来交给桂芳，然后不管不问了。桂芳夜里搂白天抱，有时连饭都吃不上。急了，就喊改英帮忙。改英抱着孩子，像手里端着一盆鸡蛋，小心翼翼地在门前转，或者坐在小凳上，一抱就是一上午。

聋子和桂芳的合作最近遇到了一点麻烦。聋子是贫困户，政府在城区给贫困户盖了安置房。一口人二十五平米，聋子三口人分得了一套七十五平米的房子。上面来检查，要求聋子一家必须住到安置房里，否则就取消他一家的低保待遇。这倒是个问题，桂芳就给聋子出主意，上级来检查时你住进去，他检查一走，你再回来。聋子也不愿意去住楼房，住在村里的窑洞里，自由自在，种地方便，改英每天可以上山拾柴火，下地刨红薯，儿子还可以骑上自行车在门前跑来跑去。要是住到楼上，不把人急死？时间长了，吃啥喝啥？

到春节，上级是一定要检查的，聋子就去城里过了个年。春节过后，聋子一家又回到村里。夏天，县里安全大检查，说聋子一家住在窑洞里不安全，塌死人了谁负责，非让他搬出不可。聋子又在窑洞前盖了两间小平房。按照政策，贫困户住进新宅，旧宅是必须扒掉，归还村集体的。好在聋子户口不在本村，本村没有权力扒他的两间小平房，有权力扒他平房的人又来不到这里。大家说，聋子这是钻了政策空子。只是他需要一会儿去城里住楼房，一会儿再回来住平房。来来去去，和政府打游击。

这两年玉米行情好。桂芳早早地又在西坡包了五亩地，种玉米。聋子一家，还有磨欠、绑成等，大家齐心协力帮助桂芳收玉米，几天光景就全部收回来了。一群人在前面干着,桂芳在后面给他们拍照,发抖音。然后黄灿灿的玉米就堆满了院子。晚上桂芳招待干活人吃饭喝酒,儿子也回来了,大家五魁首六六顺地吆喝,一派丰收景象。

留当

留当是黑婶的大儿媳妇,六十六岁。丈夫去世那年,她才三十四岁,三个男孩,老大七八岁,最小的刚会跑。她一个人带着三个孩子,种地,压面,开小卖铺,硬是把三个儿子养大成人,娶妻生子。现在,三个儿子一人一所院子,日子过得都不错。

每次看见她,都给人一种心疼的感觉。一张黄巴巴的脸上,只显一张大嘴和两只黑眼眶,胳膊腿儿细瘦。啥时候看见她,都是头发扎多大,忙忙慌慌问一句,赶快去干活。去年她买了个三轮车,每天骑着三轮车,来回奔跑,进城卖菜,接送孙子,忙得不亦乐乎。

有句话说,把男人当牲口使,把女人当男人使。留当就是把自己当男人使唤,村人好像也忘了她是个女人。

留当家的房子盖在村中间一块三角地带,院墙外一条小路通向村子最南头,南头还住着五户人家。她在小路外侧盖了一个猪圈,又在内侧盖了一个厕所,厕所凸出来占了半边路,然后又用建筑工地上拾来的护板子,围了一面圆弧形的墙，生生把小路挤成葫芦把。小车过不去，只能停在场边的烟炕子处。三轮车勉强可以通过，但不是撞住她家猪圈了，就是撞住她家围墙了。若撞了，她就气势汹汹找上门去，说三道四。

有一次一个邻居实在生气，就找到当年管事的人，拿出她家宅基地审批时的手续照量一番，看桩子打在哪儿，看她家到底占了多少路，然后向村干部报告，希望村干部给调解一下。谁知村干部不作为，怕得罪人，在中间和稀泥。问题没有得到解决，消息还透露了，她就上门兴师问罪，说告她状了，欺负她一个寡妇了，吵吵嚷嚷，缠夹不清。

现在她已经随儿子搬到公路边了，但村里房子的蓝色护板子还戳在那儿，看起来很盯眼。住在南头的几家人，过来过去还是很不方便。

留当的丈夫小生，就是黑婶的大儿子，九十年代就是个包工头，组织全村人打工挣钱。有一次工程结束，结算后拿回来一笔钱，这是村里人筛沙、打石子、垒墙干活挣的。钱拿回来后，小生交给留当暂时保管。但留当一保管，就不想拿出来了。村里人来问小生要工钱，小生拿不出，急得东躲西藏。

几次三番发生这样的事，让小生在村人面前颜面尽失。夫妻俩为此吵吵闹闹，打架斗殴。眼看过不成，小生就提出离婚。

离婚时，他们已有两个男孩了。村里有个叫爱芹的姑娘，比小生小八九岁，也跟着小生干活。一开始爱芹是来向小生要工钱的，但看到小生愁眉不展的样子，就有点同情他，一来二去，两人就产生了感情。爱芹从小没有娘，爹娶了后妈后，不想要她，她就来到外婆家，在外婆家长大。和小生相爱后，两人相携跑到苏州，不久爱芹又怀了孕。

这时，小生的二叔三叔还有姑姑，在一起商量，说小生离婚对孩子伤害太大，两个孩子太可怜了。小生妈嫁到洛阳了，咱们在村里的长辈应该尽到责任，劝他复婚。咱这边给留当多说些好话，夫妻之间能有多大的仇？爱芹的舅舅，本来就对外甥女跟上小生私奔很生气，现在得知小生这边长辈的意思，更加生气。他立刻坐车跑到苏州，把小生和爱芹捉拿归案，然后带着爱芹去医院打了胎，又给她在苏州托人找了个婆家，速速结婚。

小生无奈，只得回到村里。叔叔姑姑轮番上阵，让小生看在孩子的脸面上，去给留当说好话，给她表个态，求她答应复婚，以后一心一意过光景。

经过离婚、复婚，留当牢牢掌握了主动权。复婚不久，她又怀孕，生下一个男孩。如今她有三个男孩了，对小生更不关心，还时不时揭他的短："你不是跑哩吗？咋不跑了，赶紧去找你的相好呀，去呀。"

小生心里很懊悔，一方面感觉对不起爱芹，一方面又恨自己太软弱，顶不住长辈们的压力复了婚，又得不到妻子的谅解和关心，越想越丧气。不久，小生在给部队盖房子时，从房上摔下伤了腰，干不了重活。

一年后，小生又得了病。他让妻子拿钱给自己看病，留当说："我娘们都没啥吃哩，哪有钱给你看病？"最后还是小生的两个妹妹把他送到医院。一检查，说是肾癌。小生那年才三十五岁，求生的愿望很强烈。他对大妹妹小菊许愿说："你现在出钱给我看病，病好了，我就把老三给你。"小菊生了两个女孩，很想要一个男孩，但计划生育不允许，现在若能把小侄子收养过来，一是解决了哥哥的困难，二是弥补了自己的缺憾，岂不两全其美？小菊的女婿也姓程，孩子引回来，连姓都不用改，多好。

其实即使不为收养小侄子，她也要出钱给哥哥看病的，兄妹四人，就她光景好一些，能拿出钱。小菊最后前前后后花了几万块钱，也没能挽回哥哥的性命。哥哥死了，嫂子也翻脸了："想要我这娃子，想得美！怹能，她咋不自己也生个儿子呢！"

小生死后，小菊从城里来奔丧，她一眼看见哥哥睡在草铺上，身上还穿着一身旧衣服，当下气死在地。被人掐醒后，她跑回城里，给哥哥买了一身西服穿上入土。

不管嫂子如何对自己不好，对母亲不善，小菊还是不遗余力地帮助她，毕竟三个孩子都是哥哥的亲骨肉。过年过节，她掂着大包小包往村里跑。逢着收种季节，她还拉着丈夫一起来帮忙。三个侄子的上学，她更是操碎了心，明里暗里帮忙。但她的付出没得到回报，还招来嫂子的多次谩骂。有一年夏天，在场里打麦，不知谁提起小菊想收养侄子一事，留当当着许多人的面，大骂起来："眼气我三个儿子，我就是十个儿子也不嫌多，想让我送人，想死她！"骂着骂着，又扯起以前的事，说当时爱芹怀孕后，黑婶高兴地对人说"又是一个热乎乎的孙子"。这话不知道怎么被留当知道了，她就骂婆婆说："放着正谷子正行的孙子你不喜欢，却想把那野种抱回来，你咋不抱呢？"当时场里很多人都听见了，也没有人接腔。小菊干了一晌活，气得饭也没吃就走了。

小生死后，留当还招过一个上门女婿，是三川人。那男人长得五大三粗，很能干。留当说自己有五六千块钱外账，要想结婚，先把账还了。那男人就给留当五千块钱，让她还账。但结婚后，她嫌男人吃得多，经常把柜子、箱子锁住。男人待了一年多，没打招呼就跑了。两人也没有办离婚手续，至今她的户口簿上还是"已婚"。这期间，留当还收养了一个女孩。女孩是她姐不知从哪儿抱来的，说留当没有女儿，让她养大了，也有个小棉袄。但她每天忙得很，顾不上管，就把女孩放在家里随便爬。饥一顿饱一顿，女孩就瘦瘦弱弱，像失水的豆芽菜。长到三岁多，有一次发高烧，没来得及医治，夭折了。

留当和我妈娘家是一个村的，都姓王，没出五服，还是一辈人。她就经常跑到我家，姐长姐短地叫，让孩子给我妈叫姨。我妈心肠软，经常挖些面给她家端去。蒸了馍，也用盆给她拾一盆端去。打下糁子，也给她挖一些拿去。我家葡萄园的葡萄熟了，我妈还让她摘了拿去卖钱，还帮她摘。那时每家每户都不宽裕，我妈经常偷偷摸摸给留当家送东西，让我嫂子很反感。嫂子对我说："咱妈对自己的亲孙女也没有这样亲。"

村里人看三个孩子可怜，也是直接间接各种帮忙。收麦天，她家的麦子拿不回来，文生父子四个壮劳力齐上阵，帮她割麦、打麦，连她一口水也没有喝。还有的给她孩子送穿的，鞋、衣服等。

有时候看见留当，我就想，城里人两口子养一个儿子，都喊叫不容易，而她一个人养三个儿子，她是怎么做到的？这个骨瘦如柴的女人，哪来那么大的精神？我问过村里几个人，他们说，看咋养哩嘛，吃糠咽菜也是养，穿金戴银也是养。人只要生下来，只要长两只手，都不会叫饿死。还有的说，留当是抖住劲了，女人一旦抖住劲，啥事都能办到。

留当家的三个男孩慢慢长大了，长成牛高马大的男子汉，站在那里像一堵墙，威风凛凛。大儿子后来还当上村干部，让她在人前扬眉吐气，张口闭口"我三个小伙子咋着咋着"，让村里那些没有男孩的人家很反感。他们背后贬斥她说："稀罕你那三个娃子，看你都过得啥光景嘛，值得拿来腥人！"

儿子们长大了，留当又忙着给儿子们说媳妇娶媳妇，忙着给儿子们争取宅基地，整天吵吵闹闹，争东道西。

现在她不但拥有三个儿子,还有三个儿媳妇,四座院子,六个孙子孙女。走在路上,前边一个扯着衣裳襟,后边一个拽住胳膊。叽里呱啦,甚是热闹。以前是别人笑话她光景过不前去,现在轮着她笑话他们身单力薄势力小了。

半语

2022年农历三月十四,是半语小儿子小辉娶亲的日子。这一天全村男女老少只要是在家的,都前来帮忙了,热热闹闹过事情。大家都感叹着半语的不易。一个女人,一个口齿不清的女人,拉扯两个儿子长大,还培养了小辉这个大学生,太不容易了。

婚礼主要由小辉的大伯张罗,而这一天,距离半语丈夫二娃去世仅仅隔了三个月。人们叹息道,二娃没福,没有看到小辉结婚的场面。还有的说,二娃还是有福的,娶了半语这个能干媳妇,又生下两个有出息的儿子。依他的家境,要搁现在,都是打光棍的料,哪能娶妻生子呢?

半语,就是那个当初介绍给成群家的明德而成群不要的女子。她大名叫六英,家里有六个女孩,按一二三四五排,到她跟前是六,就起名六英。六英小时候得过脑膜炎,导致耳聋,只能说半句话,人们就叫她半语。

半语个子高大,红光满面,很有力气,干活是一把好手。且心灵手巧，针织、裁剪，样样精通。除了和人交流有些困难外，其他的一样不少。

半语家的菜地，就在我家门前下面。每次我从城里来，一走到那条小路上，她就看见我了，总是很热情地打招呼，呜哩哇啦说一通，意思是"你回来啦？吃饭没有？"，同时两只手比比画画，我听得半懂不懂。

话说当初邻居给成群的儿子明德介绍碰了一鼻子灰，出来门坐在场边的碌碡上生闷气，看见二娃背着锄从地里回来，邻居就问："二娃，你想要媳妇不想？"二娃说："想啊，但是我家太穷了，谁会跟我啊？"邻居说："想要媳妇就跟我走。"原来这天半语的大姐来邻居家走亲戚，邻居把二娃引到家，对半语的大姐说："你看这孩子跟咱六英般配不般配？"半语的大姐看了看二娃说："只怕人家嫌咱六英是个半语。"邻居说："没事，我敢打保票。"

邻居这样说，是因为他太了解二娃家的情况。二娃弟兄三个，上边一个哥，下边一个弟，还有一个小妹妹。一家五口人住在一眼窑里。二娃的爹名字叫成财，早年是个劁猪匠，属于大队兽医站，推着一辆破旧自行车，走乡串户，给人家劁猪挣俩零花钱。后来兽医站散伙，他就回到村里。但他不愿干地里活，就日日寻思着走捷径挣大钱。听人说养土元最挣钱，一斤能卖四五十块。他就到信用社贷了三千块钱，按照熟人提供的地址，购买了土元的种卵，一心一意养起来。土元又叫地鳖虫，是一种名贵中药材。成财见人就谈他的土元，整天忙着到处搜寻麦麸子、米糠，还有什么黄粉虫喂土元，把家里的玉米都磨了喂土元。但忽然有一天早上，他起来到窑里一看，自己养的土元全没了。原来是饲养池墙角的塑料纸不知什么时候烂了一个小窟窿，这些看起来傻乎乎的地鳖虫一夜之间溜之大吉。老婆孩子爬到墙根下、水缸底、灶火边，四下寻找，帮他找回了一些，但大部分都没了踪影。成财不死心，又筹措一些钱买了种卵，把饲养室改造一番，又养了起来。等他拿着养成的土元来到原来承诺回收的养殖公司，一看连个人影都没有了。

养土元失败，欠了一屁股账，他又瞄上了养蜂。每年四月，洋槐花开放的季节，许多蜂场都前来追赶花期。门前的公路上排满了一箱箱的蜂。他看放蜂人挺舒服，一年四季跟着花走，身不动膀不摇，天天坐那儿摇蜂蜜，就心血来潮买了几箱意大利蜂。但他沉不下心来钻研技术，冬天又没钱买白糖喂蜂，没等到第二年花开，蜂就死的死，跑的跑，弄了个精光。

成财不死心，不久又迷上养花，到处搜集花种花籽，院子里盆盆罐罐，玉兰、月季、桂花、淡竹叶、指甲草，木本的草本的都有，摆了满满一院子。春天，花儿姹紫嫣红，争奇斗艳；八月桂花一开，半道村子都香喷喷的。但花好看是好看，不顶饥也不顶渴，想象中的城里人并没有蜂拥前来购买，毕竟人们的生活水平还达不到。村里人说起二娃爹，就说他是个"倒崽鬼坯子"，干啥啥不成。二娃娘是个小个子女人，手慢，干活不出活，说话还结巴。她管不了二娃爹，只好由着他的性子来。家里的光景就一天比一天烂包。

眼看弟兄三个都长大了，大娃最后娶了一个山里姑娘，找了一眼窑分了出来。为娶这个媳妇，家里又落下饥荒，所以临到二娃，他就没敢想这回事。现在有人给他说媳妇，他是既惊喜又惊慌。

邻居对二娃说："你回去给你爸妈说，叫他买上礼物，明天叔带你去相亲。"二娃爸妈一听说，赶快前来谢媒："总算有人给咱二娃提亲了，不管成与不成我们都要谢谢你。"第二天邻居引上二娃进城相亲，六英的爸首先同意，六英也很高兴，连说带比画，意思是："以往提的几个年龄都太大，倒像我叔、伯。这个行，行！"

六英和二娃两人一拍即合，很快成了亲，从提亲到结婚，前后不到三个月。

婚后三年，生下两个儿子，二娃到山西煤矿打工，六英在家里带孩子，间或干些零工。几年后攒了一些钱，就在公路边盖了一栋房子。

二娃在山西煤矿打工。煤矿工资高，但有一年出事故，一起去的一个同乡被砸死，二娃吓破了胆，从此不在煤矿干了。二娃回来，只在县城附近干活，又染上赌博的毛病，有时挣俩钱，还没有回到家，就在村部附近被人拦住打牌，把钱输光，转身再去干活。半语消息不灵通，管不住二娃。

慢慢的，儿子长大了，老大初中毕业就去青岛打工，供老二上学。后来还从青岛带回来一个媳妇,生下一个女孩。老二小辉智力超群,在县一高是数理化尖子,学校除免除学杂费外,还有奖金。高中毕业一举考上郑州大学,毕业后又去武汉工作。2021年带回来一个女孩,是同乡同学,2022年就举行了婚礼。

二娃去世前的十多年里,他得了半身不遂,拖拉着一条腿拐来拐去,家里地里的活都是半语在干。

村人说:"成财不成才,成财的孙子成才了。"半语给人家串烟、搬烟、拔烟杆,啥活都干。她干活手快,别人一天串一百杆烟,她能串二百杆。前几年串一杆烟三毛,现在要八毛,一天下来也能挣一百来块钱。她给谁家干活,干了多少,都记得很清楚。活干完了,她去给人家要钱,右手大拇指和食指在主家面前搓着搓着,意思是"给钱给钱",谁也不好意思敷衍她,当场就给了。搬烟是论天,以前一天工钱八十元,现在一天一百二。还有拔烟杆,也是论天。半语干活踏实,人们都喜欢找她。她就一年到头不停地干,挣下钱给二娃看病,支撑家里的开销。

在婚礼现场,人们议论着,半语的苦日子熬到头了,小辉一结婚,马上就要生孩子了,以后把半语接到武汉,半语给他带孩子,就可以在大城市生活,再也不用苦苦巴巴打工了。半语能干,又不会和人吵架,没有婆媳矛盾,多好。

大哥

王 琴

我们的那点高兴像黑夜中天边的一颗星星，忽闪一下就消失了。

1998年春节刚过，父亲拿出五百元钱，吩咐二哥去把大哥找回来。他想了想，对我说，小李也一起去，多一个人多个商量。

小李是我的爱人，我叫他老李，我们结婚刚一年。二哥结婚早，女儿都几岁了。这是大哥离家出走后的第三年，他已经有三个春节没在家过了。前面的两个春节，我忙着恋爱忙着成家忙着去另一个家。这一年，我才注意到了大年三十躲在厨房角落里偷偷抹泪的母亲，她只是撩起围腰一把一把地擦脸上的泪水，哭得没有声响，看到有人进来，拿起火钳凑到灶门前，装作生火，低着头说话。年夜饭也没吃，她说吃不下。

我不知道父亲是怎么想的，在母亲和我看来，大哥的出走与父亲有关。从大哥高中毕业没考上大学开始，父亲就没给过他一个好脸色。

1990年，我和大哥同一年毕业，他复读高三我初三。有了大哥的前车之鉴，家里不再同意我报考高中，中专或者中师都可以，先脱了农皮。

大哥复读，父亲和母亲是下了狠心的。家里经济不好，每一分钱都要计划着用，除了父亲那一点民办教师的工资，其他的收入在田地里，卖油菜籽卖稻谷，卖生猪卖鸡蛋，卖蚕茧卖柿饼，所有能换钱的都得卖。大哥平时的成绩不错，家里没有准备他复读的钱，都盼着他能像三队周家的大儿子一样，考上师专，国家发饭票发生活费，三年后领工资不再花家里的钱还能帮补下家里。但大哥考砸了，连预选都没进。我不知道落榜后的大哥每一天的日子是怎么过来的，那时我还在读初二，没心没肺只知道玩自己的，尽管所有和他有关的事我都在看在听，但从未仔细想过落榜对大哥、对这个家意味着什么。

村里已经有人陆陆续续去外地打工，有招工到广东的，也有去新疆的，都是些年轻人，有些比大哥还小。父亲有些犹豫，一边是打工马上就能挣到现钱，一边是毫无把握的复读。母亲心疼大哥，她说，大哥的身体太弱了，出去打工她不放心。说着，就开始抱怨父亲不会带娃，让大哥很小就吃了那么多的苦。大哥三岁时掉到一座十多米高的桥下，摔断了右腿，第一次没接好还接了第二次，大腿到现在都是一圈的疤，身体也一直没养好，瘦弱得很。或许出于内疚，父亲说，那就听红娃自己的，看他自己怎么选。

红娃是大哥的小名。他小时候多病多难，母亲就取了个女孩子的名字。

大哥一直瘦，如果是现在，一眼就能看出明显营养不良，皮肤粗糙黯淡，头发偏黄，身体裹在一件宽大的黄色衣服里，走路慢腾腾的就像没吃饱饭。那时，不会有人关注一个高中生的身体，注意力全部在那些分数上。我在堂屋里的饭桌上写作业，看到大哥和父亲母亲坐在屋檐下的长凳子上，大哥挨着墙，整个后背都靠在墙上。父亲没说话，都是母亲在说。母亲没有说打工的事，只是问他有什么打算。大哥沉默着，母亲继续说，三队陈家老三没考上大学，还戴了副眼镜，农村里的活路一样都挑不起，到现在都没娶到媳妇。堂屋离屋檐只有五六步，母亲的那些话我听得清清楚楚，心里着急大哥怎么不说话，放下笔，几步窜出门，说，肯定要复读啊，我听晓玲说她姐姐也要复读。父亲依然不说话，母亲看了我一眼，这一次没有吼我。

那是个夏天的傍晚，有风吹来，很凉爽。大哥没有看母亲，他在看外面的院坝。山里雨水多空气湿润，没有硬化的院坝长出一层薄薄的青苔，几只母鸡还未进圈，咕咕叫着埋头啄食。院坝周围长了一圈蒿草，这种草可以止鼻血，我流鼻血时，母亲一边让我两只手高高举起抬头看天，一边跑到院坝里扯一把蒿草揉几下塞到我鼻孔里。挨着院坝的是我的同学晓玲的家，也有个落榜生。

我顺着大哥的目光看了一眼外面，想回去写作业，又想听大哥怎么说，看看母亲没有吼我，就坐在门槛上，等着大哥。我不想看到大哥像村里其他年轻人一样上山背粪，下田插秧，成天背上都有一团被汗水打湿后乌黑的印痕，一年四季身上都有股酸味。如果不去复读，他只有两条路，留在村里务农，走出村子打工。

我还是看着院坝里的母鸡和那些杂乱的蒿草，大哥好像也在看。过了好一会儿，他说，想再读一年。

那一年大哥是怎么过来的，我依然不知道。他在县城高中，我在离他三十多公里外的镇中学。我不是个让家长担心的娃，母亲经常说，家里养了三个，偏偏最小的这个最让人省心。她的注意力在大哥身上，我想她最担心的应该是大哥如果考不上大学，回到农村可能也娶不上媳妇，那大哥一辈子就完了，她也就跟着完了。母亲一直说的一句话就是，子女过得不好，当父母的咋可能过得好。

那一年，我没有多大的压力和变化，周六爬一座山回家，周日又爬那座山返校，每年拿回家的奖状似乎就是对家里人的保证。大哥很少回家，钱和粮要么母亲送进城，要么请人捎进城。后来，听大哥说他吃不进去学校蒸笼里的饭，父亲想办法让他去老师的小食堂吃饭，那又是另一笔额外的开支。母亲开始挣各种钱，村里有户烧瓦的人家，瓦窑离公路还有两三里，有人买瓦，那家人要临时雇人背瓦到路边，一匹瓦片几分钱。我周五回家时，遇到背了满背筐瓦片的母亲，她一脸的汗水，看见我也没有停一下，边走边说，锅里留了饭菜快点回去吃。我的心里是难受的，那时还小，只觉得心脏好像在往下掉，有些憋气。

我心里早就有了主意，知道自己讨厌晒太阳，讨厌每周往返在家与学校之间的那座山，讨厌母鸡乱拉的鸡屎，讨厌下雨天院子里那些一脚踩上容易滑跤摔倒的青苔，我要早一点离开这些环境，到一个干净的地方去。

而那时，我还偷偷喜欢上了一个男生。现在想起来，可能很多女同学都喜欢那个叫赵挺军的男生，长得太好看了，成绩又好，每天早上我们在教室里高声读课文时，他在操场上打篮球，跟他一起投篮的还有我们的班主任，老师给了他特权，学习内容和进度都不跟随班里走。我不知道有多少双女孩子的眼睛都在他身上打转，大众场合下，当她们说着一些有关赵挺军的话题时，我装作毫不在意地做自己的事。只是偶尔和他相遇时，我会迅速低下头，脚下踢着一个小石子，一直到和他擦身而过也没看他一眼。

初三的那一年过得好快，似乎还来不及做很多事，就临近毕业了。考试，升学，除了一纸通知书，我还收到赵挺军的一张明信片，正面是一片茫茫的湖水，水边有几杆飘摇的芦苇，背面写了一行字：流水从不留恋两岸的风光，所以他的步伐永远向前。这张明信片，我夹在学校发的红色毕业册中，跟随我在以后的岁月中东奔西走。

大哥当然也再次毕业了，再次考试了，只是他没有等到那张足以改变他自己和我们这个家庭命运的薄纸。

如果用宿命论的观点来看,大哥可能没有那个命,不然为什么连晓玲的姐姐都羡慕地说,你哥哥肯定考得上,每次摸底考试他都在前面。而最终他还是和上一年一样两手空空地回到家,什么也没带回来。

我没有为大哥做过什么事,只是一次和晓玲说话时告诉她,如果我和大哥都考上了,家里又没钱,那肯定得让大哥读。直到现在,我还能清晰地记得说这句话的情形,我和晓玲站在教室外,我双手放在背后,交叉握在一起,有一下没一下地轻轻触墙,说这话时很严肃也认真。我相信,如果真是这样,我会毫不犹豫放弃的。在对自己家庭的认知中,我知道父母供我们读书是多么艰难,村里那些娃只读了几年小学的家庭,任何一家都比我家的日子过得好。我想,我不读书也不会待在农村,我会出去打工,当裁缝,当服务员,进厂,都比留在农村好。大哥不一样,究竟大哥怎么不一样,我说不清。

1990年,我们家里五口人,有三个参加考试,我中考,大哥复读高考,父亲参加的是民办教师转公办教师的考试。父亲的考试,算得上是个固定的程序,只要县文教局有这个考试他必定参加,就像每一年的春天,种子是要下到田地里的,至于收成怎样那就看天了。

尽管我和父亲都拿到了通知书,家里也并没有喜庆多少,大哥是这三场考试中最重要的,他没有好的结果,我们的那点高兴像黑夜中天边的一颗星星，忽闪一下就消失了。

父亲要去邻县的师范学校读两年书，我要去市里读三年书，这看似只是简单陈述一件事一个结果，而这件事这个结果却隐含着其他的信息：家里连父亲那一点民办教师的工资也没有了，父亲这两年不仅挣不了一分钱，可能还要从家里拿走一些钱；我也一样，每一个月都需要家里按时打给我一些钱；二哥是个小混混，从不管家里的事；母亲一个女人家，又能挣多少钱。大哥呢？是啊，大哥呢？奇怪的是大哥这一年居然没有第一年没考上时那么沮丧。一家人都沉默时，他说，对父亲说，对我说，也是对母亲说，让我们放心，有他在家里，再艰难，这几年都会拖过去。

1990年的初秋，父亲去学校了，临走时只是叹气，没有一句叮嘱，对大哥对母亲都没有，我想可能他觉得说什么都没用。我也去学校了，母亲倒是对我说了很多，都是些关于女孩子安全的话，家里没人送我，县城车队的亲戚顺便捎带着我去了市里。大哥去了离家二十多里的一个村小学当代课教师，要过河也要爬山，一天一个来回。

开学的前几天，家门口那棵核桃树上的核桃熟了，有一些核桃皮已经裂开，一个个光溜溜的核桃掉下来，落在树下的杂草中。大哥对母亲说，要把一树的核桃都打下来，卖了给我买些东西。我不同意，我知道家里缺钱，前几天，母亲又去摸母鸡们的屁股，她说还差三个鸡蛋就凑成二十个了。大哥吼了我，他说，听你的还是听我的？于是，母亲和大哥各自举起一根长竹竿，一阵噼里啪啦，树上的核桃连同树叶纷纷落下，母亲围着树看了又看，看到还有隐匿在树叶间的核桃又是几竹竿。核桃树下长了一种叶子上有刺的植物，我们叫"火麻"，为捡起每一个核桃，母亲和大哥手脚碰上火麻，长了一团团的疹子。我有了通知书，仿佛跟家里其他人的身份不一样了，这些事都不让我参加，母亲也难得露出笑脸，问我以后有钱了养不养她。

母亲送我到县城的亲戚家那天，顺便带我逛了百货商店，买了很多生活用品，还有一块手表。她从兜里拿钱出来时，手上的五根手指看上去就像没有洗干净一样，全是青黑色，那是剥核桃留下的污渍。

大哥开始上班挣钱，而隔壁家晓玲的姐姐晓琼，又去复读了。

我相信母亲不是故意要给我压力，但她反复提说的那些话，还是给了我无形的巨大的压力。

她说，晓得啵，供你读书那几年你大哥有好辛苦，每天走那么远的山路去代课才挣六十块钱，五十寄给你，他只留十块，就是这十块钱也是家里用了，他自己没用几分。

这些话让我一直觉得大哥艰难的人生历程跟我有关，如果他不供我读书，应该也会像晓玲的姐姐那样继续复读，说不定就考上了，那他的人生将会是另一种，和现在截然不同，会有轻松的工作稳定的收入，美满的家庭健康的身体。

某一次，听到另一个学校的老师说自己考了八年才考上大学。同事们都在笑，只有我笑不出来，我又想起大哥，他哪里需要八年，越想心里越难受。直到现在，这个难受的感觉丝毫没有减弱，一直顽固地盘桓在我的脑中，提醒着我应该为大哥做一点什么。

大哥的人生仿佛一直在做选择题，表面上看这个选择的权力在他的手中，实则他只能被动接受生活的选择。

他只代了两年课，落榜的高中生多，代课的岗位少，每年秋季开学前都会有新的变动，增加几个新的代课老师，就会减少几个在岗的代课老师。两年后，父亲成人师范毕业，家里的经济好转了一些。文教办通知大哥，要下一批代课教师，让大哥有个心理准备。而此时，大哥又面临着另外两个选择。1992年，教育改革已经开始，各类学校都在尝试面向社会招生办班。父亲姑母的一个亲戚在市财贸学校工作，学校有面向社会招生的财贸班，姑婆知道大哥的情况，向她的亲戚要来一个名额，找人把通知书带给父亲，说这是一个好机会，学财会只读两年，毕业找个好工作不难，只是这两年都是自费，学费三千多，生活费另算。同时，镇办企业又在招工，只需要花一千多元买个城镇户口就可以进厂。那是一个花岗石厂，当时效益很好，厂子里的工人经常穿着好看的工装在镇上走来走去，很惹眼。

读书还是进厂？读书，家里的经济又会紧张起来，还要紧张好几年；进厂，眼看着不错，进去就有收入，只是不知道这个厂子能不能办得长久。

大哥的心思我知道，他肯定想去读书，两次高考失利是他心里的隐痛，能再次走进校园读书，就是治疗这个隐痛的最好药方。但是，家里又把这个难题抛给大哥，让他自己选。

后来我每每看到大哥日子过得艰难时，对父母的抱怨就会在心里再发酵一次，当年咬一咬牙就过去了，可他们偏偏不去做那个稍稍偏向大哥的决定，明知道他不是个只想着自己的人，不可能不顾一切地只为自己着想，他们在逼迫大哥按照他们心里期待的那个方向做选择。

那一年的夏天，我已经在另一个市里开始实习了。初中喜欢过的赵挺军也没报考高中，以全县第一名的成绩去了省城一所省级中专上学。我们没有任何联系，当年心里的那一点微澜已经完全平复，就像我曾经踢过的那些小石子，不知所踪。那时喜欢一个人好像很容易，实习那年，我遇到我的实习老师，一个微胖的戴眼镜的不帅但很亲切的年轻人。相比初中的喜欢不一样了，只要他在，我会找机会跟他待在一起，哪怕还有其他同学，实际上确实有其他同学，心里也会涌起发自内心的高兴。我幸福地沉浸在一种假设的情绪中，很少惦记一百多公里外的家和家里的亲人。

大哥给我来了一封信，我很意外，直觉肯定发生了重大的事。大哥少年老成，不苟言笑，话少，兄妹多年，我记忆中实在记不起有哪一次他轻言细语和我说过几句话，很少的话语都是严肃地提醒、告诫，甚至呵斥。有一年冬天，大哥和村里其他几个男孩子去后山背柴，我听他们说在后山遇见了黄麂子，也想去。大哥不答应，黑着脸说，那么远的路，你一个女娃子跑得赢哪个，不准去！我不管，等他们几个在前面走，我偷偷地跟在后面，心想只要走远了，大哥发现了也不能撵我走。没想到，才爬上屋后的山梁，大哥一回头就看见了我，他站在山路上，大声吼，回去！就那么两个字，我只有转身飞快地跑下山梁。我们的交流是有限的，各自读书，未同时在一所学校待过，相互写信更是从没有过。

信中，大哥说了他面临的两个选择，并没有问我的意见。信很短，普通的一张信签纸写了多半，结尾只是要我注意安全，晚上天黑了少出门，放假了早点回家。我很快地给大哥回信了，坚定地告诉他，肯定要去读书，我再一年就毕业了，有工资了，可以供他。还有一周才放暑假，我心里着急向实习老师请了假，急忙回家了。

不知大哥收到我的信没有，或者他也没指望从我这里得到某种支持，也或者他的心里其实早已有了选择，只是心有不甘，才给我写了那封信。我回到家，没看到大哥，母亲说，他已经去花岗石厂上班了。我哭了，边哭边控诉母亲，说他们会害大哥一辈子，任谁都知道读书肯定比进厂好，偏偏还是让大哥进厂了。我想，我那时是绝望的，虽然我的社会经验几乎等于零，但是我依然肯定地认为，读书才是最好的出路，其他的都不是。

父亲沉默着，母亲唉声叹气，等我平静了，她才说，有人给二哥提亲了，家里得有个人能管住脾气暴躁惹是生非的二哥，只要合适，说不定年后就要办婚礼，家里还得存钱办事。我说，我再一年就挣钱了，可以供大哥读书。母亲只是叹气，说，大哥已经把通知书撕了。

大哥进厂了，和村里很多年轻人一样都是打工，唯一不同的是他有了城镇户口，不知道这对他算不算是一个安慰。

城镇户口相对应的有其他重要信息，特别是学生。技校招生，其中的一个限制条件必须是城镇户口。这是令人异常羡慕的，城镇户口的学生，在学习上似乎不需要多么努力，毕业后就能进入市里的技术学校，然后留在城市，行走在干净的街道上，每个月有稳定的收入，成为城市人。农村户口的学生又少了一条通往城市的通道，任你再不平不甘也毫无办法。我的一个初中女同学，成绩一般，最终留在了市里的一个国企，而我又回到了山里，后来，我们也遇到过几次，她说，你怎么不想办法进城。那时我们都年轻，她那高昂的头和悲悯的语气让我讨厌，哪怕是为了礼貌也不愿意多停留一分钟。

大哥应该也有和我一样的同学，男同学或者女同学，因为一个户口，处境也就有了天壤之别。我记得多年后，在市里某个场合遇到一个女人，有一番简单的交流，聊到一些共同的信息，她居然是大哥的初中同学，她说，我这样成绩瘟的只能读技校，你哥成绩好，考上了高中。这一次，我不认为她的语言中有任何令我反感的潜台词，但是我依然只能在心里暗暗叹息。

花一千多元钱，农村户口换成城镇户口，大哥进厂了。我想，这个城镇户口要是提前几年就有了该多好，这样的想法不知道大哥有没有，他没提他给我写的那封信，我也没有提我给他回的那封信。我尽管不相信他会撕掉那张通知书，也没有继续追问，一切都毫无意义。

花岗石厂就在我们读初中的镇上，在农贸市场对面，那里原来是一片平整的土地，种了粮食和瓜果蔬菜。建成厂房后，临公路的一面砌起一人多高的红砖墙，大门安装上两扇铁门，大哥和一群年轻人就在红墙铁门内上班，我不知道他具体做什么，只是听母亲说，厂子里灰尘很大，噪声很大。

二哥的对象是山里的一个女孩，他们彼此都接受了对方。母亲生怕这门亲事黄了，急急忙忙地开始张罗年底的婚礼。父亲给大哥花钱买了城镇户口，他说，他能为大哥做的事也就这些了，以后所有的事只能靠大哥自己，他也不会再管了。

我继续实习，大哥在厂里上班，二哥的婚事也在准备中，家里的气氛不再压抑，一切似乎都越来越好。就像一个常年弯腰走路的人，终于可以直起腰杆，浑身伸展地前进了，父母也可以松一口气了。

大哥一放假就回家帮助母亲干农活，什么都干，不挑剔，村里的红白喜事也去帮忙。渐渐的，他在村里有了好名声,那个落榜的失意年轻人好像一去不复返了。

我想,如果这样的日子按部就班地过下去,大哥心里未必甘心但肯定也能把日子过好,他的性格就是这样,再不甘心也会接受,努力过好眼前的日子。

一年后,我毕业去了一所镇中学,开始过起了令村里人羡慕的"敲钟吃饭,按月拿钱"的日子。二哥因为女友娘家出了些事,婚期延后了一年。大哥在厂里也算得到了重用,跟着厂长跑销售,省内外地跑。

二哥结婚,家里着实热闹了一次,母亲笑着接受村里人的恭维,穿着新衣忙里忙外地操持,二嫂一整套组合柜的嫁妆也让人称赞不已。大哥是母亲最得力的助手,迎来送往,安排饮食住宿,一刻也没停歇。

大哥身上有着农村青年少有的沉稳,他穿着得体,说话也中听,跟村里的任何一个人都能聊天。给他提亲的人多,本村的村外的都有。大哥不为所动,他总是说,不急,现在不考虑。

可是,老天仿佛总是和大哥开玩笑,镇上的花岗石厂说倒闭就倒闭了,厂里堆着小山一样的磨好的正方形的石块。镇上给招进厂的工人一人退了五百元钱,让他们自谋生路。大哥带着一个城镇户口的身份又回到了村里,那个花了那么多钱换回来的身份并没有带给他好运。

大哥回来后,父亲就很少理他,不管他做什么也不过问,哪怕大哥蒙头大睡也不说一声。

母亲也没有好办法，一边唉声叹气，一边托人给大哥说亲。可惜，过了这村就没有这个店，大哥的年龄在农村算是大龄青年了，又没了工作，按照农村好青年的标准来看，他显然比不上那些有一门手艺或有一身劳力的年轻人，娶媳妇也真的不容易。

父亲究竟说了哪些话，大哥才在临近春节时负气出走的，我没有在场。只是后来听母亲说，快过年了，每家每户都在热热闹闹地准备年货，外出打工的年轻人更是揣着票子回来，逢场赶集买东西毫不手软。应该是母亲说家里也该准备年货了，大哥应该也说话了，无非是买什么买多少。父亲积压了多日的不满瞬间爆发，说了难听的话，全是责怪，说大哥不上进，不晓得找门路，这么大的人了还要父母养着。

大哥一言不发，不声不响地走了。走的那天，离春节只有不到一周的时间。

出去找大哥，是父亲的主意。这些年，按理说家里的日子好过了很多，负担小了，父亲的工资涨了，但是母亲却更为显老，她整夜整夜地睡不着觉。看到村里比大哥小的年轻人一个个结婚成家，母亲只有偷偷地流泪，在人前还要装笑脸。二哥有了女儿，家里经常有了欢声笑语，但是母亲还是突然就伤心起来，叹气骂人。她责备父亲，说只要你一个儿子没有成家，你就莫得好得意，别以为有几个钱了不起，一样被人看笑话。

家里的日子就如夏天的天气，阴晴不定。我偶尔回去，看到母亲疲惫苍老的面容，心里很不好受，旁敲侧击地对父亲说，还是要把大哥找回来，一直在外面漂，将来咋个办，总要有个家。父亲有时候哼一声，说一个大男人，那么一点打击都承受不了，还能成啥大事，我要是像他那样早就完蛋了，这一辈子，我承受的比他多得多！有时候，父亲也只是沉默，不知道他心里在想些什么。

1998年，再过两年大哥就三十岁了。三十岁对于未婚的农村青年来说，是个让人慌张的年龄，没有媒人再上门，意味着这一辈子注定只能打光棍。村里的光棍不少，爷爷辈的，父亲辈的，一辈子孤独冷清，过得都不如人，母亲就以这些人为参照预想着大哥的将来，肯定越想越怕。尽管已是有孙女的人，母亲还是哭闹着要与父亲分开过，她说着狠话，问父亲是不是不认不管大哥了，如果真的不认，那就分开，她也就死了心不指望了。

父亲话少，很多事他只跟自己商量，谁也不知道他在心里经过了哪些思量。他终于开口，要去找大哥回来。出门前，父亲说，找到大哥，就说他得了重病没几天日子了，不这样说大哥不可能回来。

大哥几年没有回家，偶尔托人带口信给母亲，让母亲放心。带口信的人来了，母亲想方设法地挽留，好酒好菜地伺候，总是想从别人的口中知道关于大哥更多的消息，他在干什么，精神怎样，吃得好不，穿得热火不。可惜的是，母亲能得到的确切消息并不多，她刨根究底地问，也不过得到一些简单的信息，大哥在的城市，做的工作，更重要的是，他平安。于是，母亲又是点头又是摇头地擦眼泪，嘴里还骂大哥，他在外面倒是安逸，一个人吃饱全家不饿，晓不晓得家里人在惦记他，心硬是狠。

父亲终于说要去找大哥回来了，母亲很高兴，她叮嘱二哥和我爱人，这次一定要把红娃带回来。她说，就说你老汉儿快不行了，再不回来人都看不到了。听母亲这样一说，我们都有点哭笑不得。

后来的事，都是听老李回来说了。他们换了很多次车，边走边问，才在成都郊区一个小厂找到大哥。那是他在镇上花岗石厂工作时认识的一个石材老板，大哥有一定的工作经验，被老板聘为管理人员。说是管理人员，也不过是跟老板跑东跑西，混个嘴饱，工资一直欠着，说得好听，工钱帮大哥存着，到时候一起给。

到时候是什么时候呢，一年，两年，还是三年？不知道是大哥笨还是他就想有个地方待着，也就不跟老板提工资的事，直到二哥和老李找到他。

老李说，看到大哥时，大家心里肯定都不好受，大哥的精神面貌并不好，头发很长，深冬时节还穿着一双裂开口子的单皮鞋。那个石材厂倒是堆了些切割好的石块，只是并没有几个人，想必生意做得也不好。

找到大哥的那天晚上，他们三兄弟在外面吃饭，饭钱是老李付的，大哥也没有推辞。他们都喝了酒，只是闷头喝，闷头吃，也不知道能聊些什么，境况怎样已经看在眼里了，多问会令大哥难堪。老李和二哥是有任务在身的，他们在路上时，二哥对老李说过，让大哥回家这话得老李说，毕竟是妹夫，大哥不至于发火。话是说出来了，大哥沉默不语。二哥说，妈老多了，你不回去她没有一天好过。大哥不接话，沉着脸不看任何一个人。老李又说，爸爸的身体也不好，医生说他的胃病很难治好了，恐怕……时间也不多了。老李艰难地说着这些半真半假的话，大家都知道父亲是多年的老胃病，他也曾看到过疼得满头大汗脸色苍白的父亲。听到老李这样说，他应该是相信了，他说，过几天就回去，等到老板回来把这几年的工钱结算了。

就这样，大哥终于赶在过年前回到了家里。

母亲又一次哭了，她说大哥又黑又瘦，不晓得在外面吃了好多苦。晚上的第一顿饭，父亲给大哥倒了一小杯酒，说，回来就不要跑了，安安心心学门手艺，成个家，有一家子人，我们当父母的才算完成任务。大哥没说话，端起酒杯就倒进嘴里，也没有问父亲的胃病到底怎样。

春节过后，大哥去县城跟着二哥学起了房屋装修的粉刷手艺，干起了他曾经最不屑也最不想干的事，他还是成了一个真正的卖苦力的读书人。

母亲托了很多人帮大哥说亲，远的近的，山上的山下的。她说，人有了家心才会安稳，日子才会有奔头。

那时，村里和大哥一样境况的大龄青年不止一个，各家的父母都在打着灯笼地找儿媳妇。我们这个村的自然条件在山区县算是好的，有田有地有水有林，从山上嫁过来的女子总是想方设法地把自己的亲戚介绍过来。母亲也央求着有合适的姑娘带到我家来，她积极地参加村里各家各户的红白喜事，就是想有个好人缘。

母亲做的这一切，大哥都看在眼里，不积极也不拒绝，但就是没有一个相亲成功。

母亲又开始整夜整夜地睡不着觉，她的身体状况已经大不如前，换季节时总是要病上一段时间。

大哥是心疼母亲的，他告诫生病的母亲，好好过她自己的日子，婚姻又不是可以凑合的，一个人过一辈子也不是不行。听了这些话，母亲泪水长流，骂大哥不懂事，不晓得体谅父母，只顾自己潇洒。

村上有户姓黎的人家，至今和我家关系都很僵，也是因为早年大哥的事。那一次，母亲托的媒人带了一个姑娘来村里，本来是给大哥带来的，结果大哥不在家，黎家妈妈厚脸皮地喊走了，她家的老三在家，也是未婚。尽管那个姑娘两家都没看上，但母亲一直怀疑是黎家说了大哥的坏话，不然那姑娘怎么对大哥的年龄知道得那么清楚，还知道大哥在外面跑了几年。母亲就从心里憎恨黎家，哪怕是现在，只要记起就要说上几句。

大哥学手艺应该很难，他的心里也肯定不情愿，但现实又逼迫着他不得不放下自尊拾起刷子，一遍一遍地刷着县城里的墙壁。我依然忙于自己的生活，一年中一家人在一起的时间不多，关于大哥的事不是听大哥自己说的，是母亲在说，二哥在说。

我们都不知道的是，父亲已经在存钱准备为大哥在县城买房子了。后来我才知道，父亲对于大哥的婚事不像母亲那样遍地撒网，见人就说。他很冷静地分析，大哥这样一没钱二没本事的大龄青年，想要在婚姻市场有所获，就得有别人没有的优势，最可靠的就是在县城有一处房子，这个才是拿得出手的资本。

父亲没看上县城的二手房，他说，要买就买新房，他给首付，装修和后面的尾款大哥自己想办法。

这一次，大哥没有和父亲强硬气，经过这些年的这么多事，他已经知道服软低头了。房子买在县城最好的地段，也是最好的楼层，四层，俗话说"金三银四"。大哥更加努力地学手艺了，他应该终于明白，这辈子他要靠这个安身立命，有些事得认命。

大哥的新房是他自己装修的，那是第一套他自己独立操作的房子，花了三个多月的时间。现在想来，每每夜深人静时，大哥站在高脚架上，仰起头，一刷子一刷子地粉刷着墙壁，听到那单调的呲呲声，心里不知道是什么滋味。多希望他已经彻底放下了心中的执念，面对现实，和现实和解，只有这样他心里才不会难过才会平静下来。

大哥的第一段婚姻就这样来了。正如父亲所说的，一个在县城里有正式工作的女子经人介绍认识了大哥，很快就结婚了。

这桩婚姻，我父母是满意的，他们心里的执念以另一种方式得到了补偿，娶到了吃皇粮的儿媳妇。大哥的那句话，他们肯定听到了，但是并没有往心里去。大哥说，这个婚是帮父母结的，现在他们在村里该抬得起头了，他们该可以放心了。

婚礼，按照传统风俗，新娘是接到村里来的，时髦的新娘子一下车，我就听到村里的人开始议论了，说好说歹都有。父亲请来了他的同事，母亲请了所有的亲戚，家里院坝里搭了宽敞的喜棚，笑声阵阵。大哥的婚礼比二哥当年的婚礼还要热闹。

大哥的妻子是个瘦高的时髦女子，染了大波浪卷的金黄色头发，颧骨很高。不知道大哥心里的真实想法，我对母亲说过，这个女子可能不简单，和大哥不像一家人。母亲说，你大哥都那么大岁数了，还挑啥子，人家还有份正式工作。我也不知道这个女子看上了大哥的哪一点，她走路哒哒哒的高跟鞋声总是先人一步告诉众人，她来了。其实，我们相处得还好，她对我们这边的亲戚很好，快人快语，也曾给母亲织过毛衣。母亲半是欢喜半是担忧地说，对家里其他人好不好都没啥，关键是要他们两个好。

大哥结了婚，住进了他亲自装修的新房。母亲终于能睡一个安稳觉，父亲的脸上终于也看得见笑容了。

可能操心的人注定一辈子都有操心的事，没隔多久，母亲又开始唉声叹气，她说，大哥本来就结婚晚，还是要赶紧带孩子。可是半年过去了，新嫂子的肚子还是瘪的，一年过去了，依然空空如也。

母亲私下问过大哥，究竟是什么原因。大哥皱着眉头，让母亲不要管这些闲事了，反正婚都结了，有没有孩子又能怎样。

母亲可不这样想，她总是旁敲侧击地打听了解，又说嫂子太瘦了，要多吃饭，不然怀不上。每每这时，嫂子就不搭话，任凭大哥支开话题。

大哥有了手艺，渐渐地能挣钱了，有时候也会去外地干活，半个月一个月地不回家，我们喊嫂子一起吃饭，她也很少来，说忙得很。

大哥从外面回来，我很少能看到他和嫂子一起出门一起散步，总是各走各的路。我问过大哥，他轻描淡写地说，每次出门，嫂子跟他总是要拉开一段距离，好像是两个不相干的人。如果有人请吃饭，她也是要大哥好好收拾一番，洗澡理发换衣服，还喊大哥殷勤地敬酒。久而久之，嫂子的饭局大哥也不参加了。

又过了两年，嫂子的肚子还是不见变化。母亲开始长吁短叹，说，实在怀不上，还是要领养一个孩子，最好是领养亲戚的。

2005年的春节，大哥没有回村里过年。年后，他才说，他们离婚了。我和老李匆匆赶到县城，走进大哥的新家，才知道，家里除了窗帘还在，一张三人座的沙发还在，其他的都没有了，只剩下几间空荡荡的房子和墙壁上那几张如新的大红喜字。

大哥和我们一起回了家。

我能理解母亲，面对大哥离婚一事，她知道不该去埋怨，但又不得不做出埋怨这个态度。

母亲问，这么大的事，为什么不跟我们商量下，你自己就这么轻而易举地做主了，你以为结婚那么容易，你都好大了，怀不上我们也接受了，总归有个家。

大哥沉默了一会儿，他可能在想怎么说，有些话要让母亲知道又不能说得太直白。

他说，没有孩子，他也接受了，关键是其他的事不能容忍。他接着说，人家已经有了另一个新家，就在隔壁小区。母亲不再问了，长叹一口气，转身去了厨房，准备晚饭。晚上，桌子上摆满了各种菜，酒也倒上了，正月十五没过，算起来还在过年。大家都喝，母亲也抿了几口，她有心脏病，不能喝酒，可是我们都没有劝她，喝就喝吧，喝几口酒，可能会好受些。父亲这一次倒是没有多说什么，他甚至还帮大哥倒了两次酒。

母亲去找了黎瘸子。

黎瘸子本来不瘸，他是村里最早出门做生意的人，他家也最早建了楼房。某一年，坐在轮椅上被人推回村，据说是因为做生意得罪人被打断一条腿。断了腿就成了黎瘸子，再不能在外面吆五喝六，干脆算起命来。母亲请黎瘸子算下，看看大哥究竟还要经历多少磨难才会安稳下来。黎瘸子要了大哥的生辰八字，用母亲的话说，闭上眼睛又是摇头又是喃喃自语，伸出的几根手指头还掐来掐去。最后，他点点头说，大哥的名字太硬了，要改一个同音字，笔画简单点，这一年过去就开始顺了，顺风顺水。母亲又问姻缘，黎瘸子一乐，嘿嘿笑道，姻缘天成，你就等好事上门吧。

母亲兴高采烈地回家，仔细给我们转述了黎瘸子的话，她说，大哥的好日子还在后面。

我们跟着高兴起来，父亲也没说母亲是搞封建迷信，只有大哥追着问母亲，给了黎瘸子多少钱。母亲说，八十，不是看在乡里乡亲的面上，要一百。大哥又说，要是算得准，他咋个不给自己算一卦，就不会成瘸子了。

大哥不再出远门，他做事诚实，做过的人家又会介绍亲朋好友，他在县城的生意多了。大哥先是帮装修的人家看材料，核算用料和支出，然后又喊他们再找人算，对比下。渐渐的，他也要找帮手带徒弟了，收入多了，空荡荡的屋子一天天充盈起来，家具家电一点点地搬进去，家又像一个家了。

母亲还是赔着笑脸央求亲戚朋友，有了合适的介绍下。

她说得很卑微,她说,大哥也是个离过婚的,对方离婚也可以,带个小孩子也行,只要像一家人,怎么着都行。

不知道是不是真的让黎瘸子算准了,大哥的生意一好,他个人的婚姻大事也跟着好了。第二年春节,他带回来一个比他小很多的很朴实的女子,微胖的一张脸,头发梳在脑后,牛仔裤配上短羽绒衣,干净利落。我们一家人都很高兴,凭直觉,这才像是兴家过日子的人。更令人没想到的是,这个女子非常坦荡,告诉了我们她的过去。结过婚,对方家是生意人,家底好,就是不心疼人,她怀孕后也不关心,八个月时做家务流产大出血差点命都没有了,是她父亲把自己一半的血输给她才活下来。在医院和在娘家坐月子,男家一天都没来过,后来就离了。她说,家底再好,人不好,也等于零。

就这样,这个女子成了我的新嫂子,没有摆喜酒,俩人拿了结婚证就成了一家人。

新嫂子很能干,爱干净,大哥在外做事,她在超市上班,下班后把家收拾得一尘不染,还做得一手好饭,没过多久,大哥就长成了一个胖子。

最高兴的是母亲,淡忘了大哥以前的事。她说,不晓得大哥是哪辈子烧了高香,遇到这么好的姻缘。又说,黎瘸子还是有两把刷子,算得准。母亲解脱了,她的脸色变得红润很多。以前家里来客人或者逢年过节都是她在厨房忙碌,现在只要嫂子在家,她连菜刀也不拿,只在一边帮嫂子打下手，择菜洗菜，说话闲聊。

这么多年，我终于在大哥脸上看到了那种舒展开来的笑容，他和父亲的关系在一点点恢复，回村的时间也多，投其所好，回村总会买了父亲爱吃的卤菜，嫂子再炒两个菜，父子俩就坐下来对饮。

村里对大哥的议论越来越少了，村里有事，嫂子会跟着母亲去帮忙，有些人又开始恭维起母亲好福气，娶到这么好的儿媳。好笑的是，大哥落魄那些年，闲话说得难听的也是那些人。母亲告诉嫂子，在村里说话不要太老实，有些人就等着套你的话，看笑话说闲话。

半年后，大嫂有了身孕，不再去超市上班，一家人的生计都落到了大哥一人的身上。母亲又开始操心，她随时打电话问的是两件事，第一大哥有事做不，第二嫂子身体咋样。嫂子大月份流产过，母亲肯定会有隐隐的担忧，孩子一刻不落生都不放心。县城比不得农村，一口水一把菜都要钱，没有事做养个家就难。好在县城棚户区改造，拆老房建新房的多，大哥的生意一直不错。只要村里有人进城，家里自种自养的物产，菜籽油，各种应季蔬菜，腊肉香肠，母鸡鸡蛋，都会送到大哥家。

大哥不是个轻易向别人伸手的人，他总是说，他有安排，不会饿着媳妇。我也会送吃的过去，一两次后，大哥黑脸告诉我，不能再给他家拿东西了，他说，各人先把各人的家照顾好，一个家总不可能靠别人帮才能兴起来。

2007年冬天,大哥的儿子出生了。这个孩子比二哥的女儿小十二岁,比我的女儿小八岁,那一年,大哥已经三十七岁了。侄女调侃说,大伯这是中年得子啊。那个"啊"字很夸张地拖出了尾音。母亲终于彻底地放下心来。

嫂子很懂事,从没有对家里提出过任何要求,哪怕已经生了小孩,也没有让大哥在房产本上加上她的名字。母亲总觉得这个儿媳吃亏了委屈了,婚礼没有办,也没有给她的娘家送一点彩礼,像是白捡一个儿媳一样,母亲说,不能人家不说,我们当父母的就不知道为别人考虑。最终,侄儿满月时,母亲替他们在村里办了满月酒,热闹不少于大哥的婚礼,只是这一次,大哥从头到尾都在笑,酒也喝了不少。

2008年5月12号下午,大哥正在县城一户人家的二楼上刷墙,大地震突如其来,房屋摇晃得厉害。慌乱中,大哥从二楼跳下,忍着剧烈的疼痛,一瘸一拐地向家里跑去。侄儿还不满一岁,只有嫂子在家。等跑到楼下,在小区的停车场看到惊慌失措的嫂子,还有嫂子怀里被一床婴儿毯包裹的孩子,他松下一口气,才发现左胳膊已经无法动了。

地震后的第二天,我安顿好学生和女儿,从学校出来去找大哥一家。一路走过,看到县城周围很多空地上都搭起了帐篷。快要走过学校对面的那座铁索桥,看到了大哥,他也正向桥这边走来,左手垂下,贴着身子,很吃力地在摇晃的桥上慢慢走。我喊了声大哥,声音有点哽咽,我知道大哥是来找我的,地震前老李就下乡了,家里也只剩下我和女儿。地震那一年，大哥家的日子又变得艰难起来，他左胳膊骨折，脚也崴了，生意搁下了。他们一家只能回到村里，等着地震造成的所有危害过去，等着一切恢复正常。在家里，大哥变得小心翼翼，生怕惹着父亲不高兴。我能理解大哥的心思，他结婚了，有家有室，还在父母家白吃白喝，心里过意不去。好在有了侄儿，隔辈亲，那几个月，大家相处得还不错。等到确切的通知，住在临时板房和帐篷的人可以返回家里了，大哥一家马上回到城里，他又开始干活，家里需要钱啊。那时，他的胳膊和脚还没好利索，这次算是落下了病根，后来这些年，我常常看见他甩左胳膊，龇牙捶打左肩。

日子过得很快，侄儿上幼儿园后嫂子可以腾出时间上班了，大哥家里的收入渐渐稳定，日子也越来越好。

有一次，我和大哥聊天，说到人生的诸多坎坷。大哥说，他是相信平衡说的，人生的路大家都差不多，有些人前面走得快一点后面就会慢，有些人前面走得慢后面就会走得快，有些小灾难可能会帮助躲过大灾难，所以，接受就好。他还说，人这一辈子，总是在得失之间交替着过，没有谁能一辈子平平顺顺。可能正因为他能想到这些，这么些年来，大哥过得小心谨慎，挣到钱了也不会张扬，生意不好时也没有过多的焦虑，他还不时地叮嘱我，工作上要尽心，但是对于所谓的前途不能太执著，要懂得知足和进退。

隔壁家那个和大哥一样大的女子晓琼，复读三年后最终放弃，嫁到了靠近县城的乡镇。周末上街，我去集市上买熟食，会专门到一个叫"晓玲卤味"的摊位前，和那个围着围裙拿着长筷子的女子聊天。她的女儿考上了省内最好的大学，这么些年，她家的卤味生意也越来越好了，她的脸上再也看不到当年的憔悴忧虑，她戴着眼镜的脸庞圆润了，一阵风一样地在后厨和摊位间转来转去。我们会聊起老家，老家的人，当年的事，也会聊她，聊我，聊大哥，聊各家的孩子。我从她的脸上看到一些和大哥一样拥有的神情，平淡，满足，安稳。

侄儿长大后，读书成绩一般，喜欢运动，小学初中运动会，跳绳和长跑年年第一。他曾经无比骄傲地说，今年运动会都不想报名了，肯定还是第一。这在我们家成了一个笑话，随时拿出来逗他。只是他的文化课很一般，小学毕业勉强上了初中的普通班。

2022年，侄儿初中毕业，考试成绩刚刚跨过县高中的录取分数线。原本以为吃过读书考学苦头的大哥对侄儿会有较高的要求，对这个成绩不会满意。没想到他说，现在不一样了，不能一味追求高分数，最关键的是要品德好身体好，这样的人日子差不到哪里去。周末放假，侄儿第一件事就是去体育馆打篮球，和好朋友玩一阵才回家。大哥和嫂子暗暗地观察他结交的朋友，感觉到有坏习惯和行为时会提醒侄儿。这个时候的大哥是严肃的，他用不容置疑的语气要求侄儿不能再跟着去玩，学不到好的。

我曾经问过大哥对侄儿未来的打算，他淡淡地说，一步一步走好，再好的规划都有变数，只能把眼前做好。

大哥自己的经历让他很平和地面对这个世界了，他曾经的彷徨和迷茫，曾经的得意与失意，都转换成了白发、皱纹、伤痛，成为他身体的一部分。

侄儿再过两年多就要面临高考了。他应该不会再去承受父辈承受过的苦痛，他的可选项比他的父亲多。

大哥已年过五十，时光在弹指一挥间倏忽而过。夏天我们回老家，夜晚，朦胧的路灯照耀下，一家人在星空笼罩的田间小道散步，听着水田里的蛙鸣草丛中蛐蛐的低吟。父亲说，真是好日子啊。大哥看着前面跳跃的儿子，没有说话。

一个历史学家，
不想再对帝王热情

林松果

"关心弱者，为边缘人发声，不正是当下历史学人的重要责任吗？"

故事终于出现

每个未被写下的故事，都在等待一个时机。2020年3月，在北京五道口的家里，北京大学历史系教授罗新意识到，时机到了。

窗外是寂静惨烈的春天。罗新是湖北人，那一年春节，他本打算从广州飞回武汉过年，航班起飞前，武汉疫情暴发，随后封城，他被迫回到北京。最初的日子，像所有人那样，他天天刷微博、看微信，想知道正在发生什么事情。但

※ 原载《人物》杂志2023年第一期，本文有所增订。

他很快意识到，不能一直这样，便强迫自己安静下来。还是要做事情，要看书，写东西。写些什么呢？已经有一个故事在等他了。

三十多年前，罗新还在北大历史系读博，偶然读到一篇墓志，墓志的主人公，是北魏时期的一位宫女。

宫女叫王钟儿，本来生在南方的官宦之家，也已经结了婚，但那是一个南北对峙的年代，三十岁那年，战争爆发，她被抓到北方，进入北魏宫廷，成为宫女。因为出众的服侍能力，王钟儿获得了服侍贵人高照容的机会，当时，高照容正怀有孝文帝的子嗣。在此后的十几年中，王钟儿一直服侍着高照容母子，建立了深厚的主仆情谊。但当高照容之子被继立为太子（即后来的宣武帝），命运的变故再度袭来——根据当时北魏"子贵母死"的制度，高照容被杀，王钟儿也被迫出家，法号慈庆。那年，王钟儿五十七岁。

由于抚育之情，宣武皇帝一直与王钟儿保持着密切的联系，在发现自己的子嗣总是莫名其妙死去后，宣武皇帝再次邀请当时已经七十岁的王钟儿进宫，保护、抚养新的即将出生的皇子。随后，这位皇子顺利继位成为孝明帝，王钟儿也一直服侍孝明帝，直至自己八十六岁那年染疾去世。王钟儿去世前，孝明帝专门前去探望，随后命一位重要文臣为王钟儿写下墓志。

第一次读到这篇墓志，罗新吓了一跳："她怎么和这么多重要的事都扯到一起。"不管是战争、皇帝，还是权力斗争，王钟儿似乎可以是一个中心，历史的经纬线在这里交会，而她的故事，也可以承载那个世界里，无论皇帝、皇后还是大臣，各人的悲哀与不幸。

王钟儿的故事，罗新在北大历史系的课堂上讲了很多年，但一直没下决心写下来。理由有很多，首先是时间，他有很多旅行和写作计划；其次是他作为历史学者的一种犹豫：这个故事是很吸引他，但是，这样一个仅仅出现在墓志上的边缘人的故事，到底有没有历史学的意义，有没有学科价值？

但在2020年的春天，它的意义好像不太一样了——无论是在王钟儿的时代，还是在我们的时代，人都如此容易被巨大的外力打翻，成为夹缝中的人。罗新决定写下王钟儿的故事："看到了那么多具体的人的苦难、彷徨、困惑，我也没什么能做的事情，但做一点是一点。"

故事以王钟儿的视角展开。那是秋天，她在自己的故乡悬瓠城，肯定吃到了本地特产的板栗。顷刻间命运倾覆，在悬瓠城里，那些被卷入战争的普通人，因为敌人射的箭太密集，到井边打水，他们必须背着门板。罗新还写到了王钟儿的同事们，那些命运颠沛的宫女，怎么通过出色的厨艺得到擢升，某种程度上改变了自己的命运。还有那个时代的女性，怎么通过宗教，获得一丝喘息的空间。至于宫廷中的主宰者孝文帝，罗新写的不是他的丰功伟绩，而是他的无能为力和不得已，他的继承人最终变成了对手，最后，他不得不下令杀掉自己的孩子。三十三岁他就去世了，他的精神世界里，始终存在着一个巨大的黑洞。

这是罗新的刻意为之，在接受《界面新闻》采访时，他这样解释自己的动机："我非常讨厌历史学家对皇帝们的过度热情，所以我尽量不写。我写这本书，就是想要抗击民间阅读的这种热情。传统治史的倾向，一般是围着皇帝来说话，我不想再做那样的事情。"

整个故事，罗新断断续续写了两三年。2022年春天终于完成，变成了一本新书《漫长的余生：一个北魏宫女和她的时代》。在后记里他写道："关心弱者，为边缘人发声，不正是当下历史学人的重要责任吗？"

这样一本夹杂着文言文的历史书籍，阅读门槛并不低，却获得了少见的反响。它出现在众多媒体和知识分子的年度推荐榜单上，并在2022年底获评"2022年豆瓣年度图书"，有七千多人在这本书的条目下留下评价。一位读者这样描述自己的阅读感受："登场的荣耀与落幕的颓然，不过都是时间的灰烬，被遗忘的蝼蚁获得了应有的名字。"

何为边缘

罗新有两个网名，相对有名一点的那个叫"老冷"，冷是他的家姓；另一个叫"墨山王"，知道的人少，知道背后故事的人就更少了。

墨山王，出自墨山国。中国历史上，这是一个非常小、几乎可以认为不存在的国家。在现在的吐鲁番南边，西汉时期，这是一个介于楼兰、车师（姑师）、焉耆等国家之间的山间游牧小国。就算在当时的历史中，你也几乎看不到它的存在。但就是这么一个国家，1998年，刚刚博士毕业的罗新研究过它。他认为这条路很重要，至少对当时的人来说，这是罗布洼地和吐鲁番盆地之间最重要的纽带。而在历史学界，知道这个国家的人也不多。罗新用"墨山王"在一个历史学术论坛发帖时，有人还以为墨山国是罗新自己虚构的国家，里面住着的都是舞文弄墨的人。

从这个故事就知道，当时罗新的研究内容多么"边缘"。

罗新是湖北随州人，在国营林场长大，二十世纪八十年代初考入北大中文系，毕业工作几年后又回到北大，转入历史系一路读到博士，然后留校任教。他所主攻的魏晋南北朝领域有几位大家，比如周一良、田余庆、祝总斌，他们研究的是政治史和制度史，自然是以帝王将相为中心的。

一位历史学家，秉承什么样的价值观，关心核心还是边缘，绝不是突然转变。对罗新来说，边缘人，或许正是他一直以来的学术重心。

好像是在不知不觉中，他走上了一条不太一样的道路——硕士期间，他和自己的老师一样做政治史研究，但博士论文选定的方向已经是大动荡时期的十六国。工作之后，他研究北魏，然后延展到更北方，到了阿尔泰学的世界。那是一片广袤的荒原、沙漠和草原，说突厥语和蒙古语的游牧民族、遥远的西域和中亚……在传统史学中，这是边缘的存在，而且这些人向来被当作外敌，不管在道德或者文化上，都是受歧视、被贬低的。一个很简单的例子，中原喜欢用歧视性汉字音译这些民族的名称，比如匈奴、鲜卑，不是"奴"就是"卑"。

这样的研究不好做。首先关于它们的中文史料有限，而且真实性存疑，他只能从头开始学古突厥文、土耳其语。在美国和土耳其访学时，他每天学好几个小时，老师让他每天到菜市场，学习蔬菜的读法。当时资料也少，国内连一本《突厥语大辞典》都弄不到，他就从美国的图书馆借出来复印。高强度学了好些年，才绕过语言的"迷障"。语言是如此重要，他说："那些看起来音译的词，只有找到意义，我们才不会去把它当作一个莫名其妙的声音来对待，而是实实在在的文化成果。"

也因为这个领域几乎是空白，资料太少，研究者必须去到历史的现场。从二十世纪九十年代起，几乎每个暑假，罗新都要出远门，要么去西北，去新疆，要么往正北，去往蒙古国，走过了许多草原、古道、荒漠和枯竭的河道。他回忆自己的无数个暑假："每年夏天，我都是被冻着，从来都是觉得冷，没有被热着过。"

这是一种相当沉浸的生活，罗新的老友李肖刚好是这段生活的见证者。李肖是新疆人,中国人民大学教授,1995年,他从新疆考古所考到社科院考古系读博,经常和罗新还有北大历史系的一群年轻人在一起,聊天、聚会,人人都意气风发,"有做不完的事,有很多的构想"。李肖记得,他们最早去新疆,看到的是最原始、刚刚开放的喀纳斯景区,他们在齐腰深的湖水里捕鱼,到乌苏的天山牧场,就住在牧民的毡房里,大家彻夜喝酒,聊到天明。罗新重视现场,研究古典时期的奢侈品贸易,他们就去了和田,"混"进和田玉的矿场,看和田玉拍卖。有时,罗新也会聊发少年狂,突然在原野上奔跑疾走,"甚至受伤,他都无所谓"。李肖觉得,对于罗新这样研究北朝少数民族历史的学者来说,这些经历都在帮他理解当时北朝人的心理和生活。

边缘,也是罗新在那个时代作为一位知识分子的现实境遇。九十年代,改革启动了,社会贫富差距已清晰可见,学术圈里流行一句话,"做导弹的,比不过卖茶叶蛋的"。高校工资低,很多年轻学者,甚至是最有学术前景的那批人,都扛不住生活压力下海经商。最成功的一批人有了车,稍微差一些的,也开始能穿上好衣服,能在外面吃吃喝喝。在这样的社会氛围里,人文学科大概是最不受待见的一类,知识不能转化成生产力,不能创造收益,亲朋好友会质疑:"做这个干什么,将来有什么意思。"但别人越这样说,罗新越觉得这没什么不好。他不太在意那些物质的东西,相反,在那个时期,他觉得很愉快、平静,每天都有成绩,"内心知识的增加，思想上的提高……的确我觉得很满足"。

2000年后，研究条件好了一些，他开始有机会去到蒙古国。今天蒙古国的哈拉和林地区，在游牧民族的历史上是绝对的核心地带，这里有几条重要的大河，在鄂尔浑河谷地，养育出一个"巨大而肥美"的草原，是游牧民族的天堂。当年，这是世界上唯一一个能养一百万匹马的地方，也是匈奴、柔然、突厥、回鹘和蒙古帝国的政治中心。对一个游牧民族研究者来说，这是一切的原点。罗新去了草原上的许多遗址，寻找游牧民族的遗迹。

这些研究之外，还有一些更显冷门，比如"乐浪郡"，远在朝鲜半岛东北部，只在历史上存在了四个多世纪，西晋灭亡后，它也随之消失。罗新感兴趣的是：这四个多世纪中原王朝的统治，在政治、经济和文化方面，怎么改变了当地人的生活？

所有这些经历，都在帮助罗新理解"边缘"。他在后来总结过："我年轻时游历高原牧区，常听牧民说些瞧不起农民的话，认为种地最苦，收入最低，远不如放牧自由幸福。首先是这些野外的见闻经历，而不是书本上的理论学习，使我明白农牧之间的转换绝非易事。历史或现实中的这种转变，通常只有外力逼迫或生存维艰才能促成。"

理解这些人之后，再掉转头来读中原历史，罗新对历史的看法变了。他无法再用简单的方式来接受古代史料，开始看到传统历史叙述中存在的问题，荒谬的东西，读书人天真地信以为真的东西,"我开始转变,不再把眼光盯着皇帝,而是转向去看那个社会,看那个时代真正的模样。"

墓志与被遮蔽的女性

现在武汉大学历史学院任教的胡鸿,是罗新的第一个博士生。2005年,胡鸿读大三,当时罗新给北大历史系本科生开了两门课:魏晋南北朝专题、中国民族史专题。胡鸿印象很深,当时的罗新像一位大侠,豪爽,浪漫。他讲课不用PPT,拿着一页纸的提纲就去了,但可以把课讲得非常精彩。他会给学生描述大的画面和趋势,同时也会讲自己怎么翻越天山,在河套地区见到了什么,那时胡鸿第一次知道,"历史学家可以去过这么多地方,原来历史学家可以这么潇洒"。

因为喜欢旅行,罗新总穿一身户外的装备。他喜欢美剧,是《星球大战》的狂热粉丝,或许是学术界看剧最多的历史学家之一。

当时,罗新带着英文版的《草原帝国》去上课,胡鸿问了一个问题,他就很大方地让胡鸿把书拿回去看。他的课排在上午十点,胡鸿睡过了,罗新反倒安慰:没关系,本科都是这么过来的。他说自己本科那会儿,连第五六节课都误掉过。

后来胡鸿也成了一名历史学者,他意识到,他们那批学生是很幸运的,遇到了一个学者创造力最旺盛的时期——当时罗新正在学习古突厥文和阿尔泰语言，给学生们看的都是最新的英文研究，在黑板上写下突厥文，说起民族语言的重要性。"如果一个老师已经把研究完全做好了，结论都有了，给学生展示的时候，可能激情就不够了。但当时罗老师还在探索，充满热情，很感染人，那正是对学生最有吸引力的时候。"

在所有的研究材料中，罗新非常重视对墓志的研究。在他看来，墓志是一种很特殊的史料，在正统的历史叙述之外，墓志提供了一种更贴近普通人，也更为均衡的叙述。在很长一段时间里，他一直在整理魏晋南北朝时期的墓志，带着北大历史系的研究生上课，学生们也都需要抽一两篇墓志，做解读、做研究，很多人也都因此发了自己的第一篇论文。

胡鸿也完成过一篇由墓志展开研究的论文，文章的主角也是一位北魏女性——文罗气。与王钟儿不同，文罗气是一位蛮族女性，生活在今天河南南阳、平顶山一带的山区。通过对文罗气墓志的研究，胡鸿还原了她一生的轨迹：早年间随祖父投靠北魏政权，随后被迫迁居北方，但由于不满北魏朝廷的宰制，文罗气的伯父率兵南逃，并遭到北魏军队的追杀，随后，包括文罗气在内的所有蛮人幸存者皆被掠入北魏宫廷，成为奴婢。那一年，文罗气三十三岁，她也由此开始了自己"漫长的余生"，直至七十一岁去世，最终由唯一的儿子为她写下墓志。

在罗新看来，这是一篇非常"漂亮"的论文，胡鸿不仅复原了一位普通蛮族女性的一生，也对北魏后期蛮人群体的命运，以及那个时代北魏王朝在蛮族地区的社会影响和发展做了深入的考察，是很不错的研究。这也是罗新一直强调的关注遥远时代的普通人的意义，"因为他们是真实历史的一部分，没有他们，历史就是不完整、不真切的"。

而这些经由墓志开始的研究，对历史的重要补充和修正还在于，让更多的人看到了很多此前被遮蔽、被忽略的普通女性。

在所谓的正史中，女性是非常少的，按罗新的说法，"好像社会中没什么女人"，但在一个正常的社会里，女性人口并不会少于男性人口。而墓志则不同，无论是男人还是女人，他们公平地拥有墓志，"墓志志主的男女比例，远比史书中均衡得多"。而且罗新发现，墓志里让他印象深刻的、让他震撼的，往往都是女性。他想为她们写点什么。

他较早的一篇文章，是关于孝文帝的妹妹陈留公主。陈留公主经历过三次婚姻，盛年丧偶后，为争取再婚的自主权，反抗皇后逼婚，因此介入了复杂的高层权力斗争。罗新在这篇文章结尾写道："妇女的人生历程，不仅取决于她的意志和性格，无法预计的因素会改写她的人生，夺取她的梦想。"这个故事里有陈留公主的愤怒、偏执和沉痛，还有她对人生无可言说的伤感。

但最令人伤感的，或许是茹茹公主的故事。

茹茹公主有两位，这对亲姐妹是一位柔然可汗的长女和次女。为部落的未来，长女被嫁给了西魏的魏文帝，次女被嫁给了东魏的权臣高欢。第一位公主出嫁时，年仅十四岁，公主的陪嫁可谓浩浩荡荡：车七百乘，马万匹，驼千头。但就在两年后，可能是生孩子时遭遇难产，公主去世了。第二位茹茹公主，十六岁出嫁，她的丈夫已经五十岁，成婚一年四个月之后，丈夫病死，再过一年四个月，她也病死了。

故事还有更荒谬的部分。在第二位公主出嫁前一年，柔然可汗把自己的孙女邻和公主也嫁了出去，当时公主才五岁，她嫁的新郎八岁。到1987年，故事有了一个悲伤的结局：在河北磁县，邻和公主的墓被发掘，墓志记录，她去世时才十三岁。

这三个女孩，来自同一个家庭，同样是作为政治婚姻的工具远涉异国，没有人活过二十岁。罗新写道，正如墓志铭辞所感慨的，"彼美淑令，时惟妙年"，"生之不吊，忽若吹烟"。

如果不是墓志，这些女性的人生与命运都将彻底沉入历史，但墓志证明了她们的存在。罗新和他的学生由此写下的一篇篇文章，也让这些边缘的名字浮出了历史的地表。

"历史学家的美德"

作为一位将目光投向边缘的历史学家，在很长一段时间里，罗新也将自己处于公共视野的边缘，他更愿意确认自己的学者身份。社会上发生什么事，他有看法和观点，但不会做些什么。他一直认为，历史学工作是象牙塔，要和现实世界保持距离。

他是中国第一代互联网网民。1993年，他还在北大历史系读博时，因为担任唐研究基金会的秘书，就得到了一台电脑。当时要办邮箱账号，还要去北京电报局排队。但后来，即便热衷于公共论坛的交流，罗新发起和参与的，也都是严肃的、有学术门槛的讨论。1999年，他在新疆考察途中摔伤，回老家养伤的时候，朋友告诉他，要是闲着无聊，可以去天涯上聊天。当时，天涯社区还委托他创办过一个"有学术性和文化深度"的版面，这就是后来著名的"关天茶舍"，出自陈寅恪的诗句"吾侪所学关天意"。罗新想在这个版块讨论一些重大、严肃的议题，但很快，他觉得这个版面嘈杂起来，与最初的设定已经不符，于是他离开天涯，创办了一个更小众的、只属于文史学者们的论坛，叫"往复论坛"。

2001年3月的最后一天，他写下了这个论坛的开篇词："'往复'正式开版了。这一天我们等了很久。对于游牧族群而言，寻觅冬暖夏凉、水草丰茂的牧场，的确是头等大事。现在，我们这个网络游牧族群，终于拥有了自己的牧场。"

2020年，他在播客《随机波动》里回忆过当时在往复论坛的经历：一帮朋友同事聊天，最早就是炫耀自己买了什么书，读了什么书，他常常向自己的好友们"挑衅"。为了写

185

一篇关于元代苹果的文章，他可能会通宵读书，写的帖子不仅要"炫耀"自己很快找到了信息，还要让对方意识到自己有思考。罗新的好友张帆是元史专家，他就拼命讲元史，让张帆出来纠正，他们讨论得激烈，别人看得也过瘾。他自己全情投入，张帆后来叫苦不迭："你也害苦我了，我什么都干不成，整天都在看书查资料。"

一头扎进论坛，每天醉心于严肃学术辩论的罗新，完全不在乎所谓的"主流"，过着一种完全沉浸在学术世界里的生活。若干年后回看那段生活，罗新说："这个东西，反过来也对我有很大的帮助，为我打下了一些学术基础。"

但在2008年，因为一次网络聊天，他的想法开始变化。

那一年，他和自己北大中文系的同学在网上聊天，有人提到少数民族地区的一些事情，一位同学评论说："给这帮小子饿一饿，他们就老实了。"其中隐含的意思是，他们之所以能活着，是因为我们养着的；我们不养了，他们就活不了了。这句话给了罗新一种特别大的刺激，他完全不能接受，甚至整晚不睡觉，翻来覆去跟对方争论，在很短时间里写了数万字的回复。因为是同学间的辩论，里头有尖刻和讽刺，那种坚决的姿态，以至于一些围观者都觉得过分了："怎么揪着人家一句话不放？"但他就想弄清楚，对方怎么会这么想，想让对方暴露出思路的来历。反复的争论之中，对方的确受不了了，希望和他握手言和。

时隔这么多年，再次谈起这件事，罗新依然表现出强烈的情绪，并解释为何当时自己的反应这么大："他是我觉得挺好的一个好朋友，一个我认为水准很高的人，受过这么好的教育，但你还这样，这就意味着巨大的代表性。这对我刺激特别大，我学了这么多年，写了这么多研究文章，有什么意义？我甚至不能说服一个这么亲密的、受过这么好教育的朋友。"那时，他经历了某种剧烈的动摇，他怀疑自己过去信奉的"为学术而学术"是不是有问题："那些学术研究里觉得理所当然的事情，那些你以为的常识，其实在很多人心中，都远不是常识。"

这也直接促使他行动和改变，决心积极参与现实，去质疑，去重塑常识，"我要选择那些和我的生命有更多关联的东西"。

最直接的变化出现在他的课堂上。此前他的课堂，大家印象最深的，或许是他介绍的最新研究，出了名的视野广博、新锐开放。但在那之后，课堂上开始有很多话题和讨论，让学生们阅读的材料可能也会挑战他们的常识。胡鸿旁听过几次，发现他会涉及意识形态方面的反思和批判，比如：如何理解民族？什么是种族主义？人种是存在的吗？

在更大的学科公共领域，罗新也积极地发出自己的声音。

就在那场争论后不久，罗新写了一篇文章《王化与山险》。这篇文章的根本目的，是想在方法论上对当时做南方研究的人提出不满：中原王朝向南的发展，不是浪漫的江南开发曲，不是英雄史诗，而是复杂的历史运动，里面有征服、压迫、血泪和同化，有体制对个体、强者对弱者制造的痛苦。就像他姓罗，长江中下游地区的罗姓，是蛮人的后代，人们必须直面这段被掩盖的历史。

这篇文章2009年在《历史研究》上发表，不久后他接到编辑部来信，说有人提出了批评意见，对方是一位重要的、被官方认可的历史学家。编辑部希望罗新写一个回应，他拒绝了，此后也不再给《历史研究》写文章，尽管它是历史学界最重要的刊物之一。

在那个阶段，他几乎完全中断了自己从零开始的、关于北方名号的研究，开始转向内亚，代表作之一，就是《黑毡上的北魏皇帝》。他这样总结这本书讨论的问题："中国历史上发挥了重要作用的那些内徙内亚人群，一方面固然深受华夏文化的影响，另一方面又多多少少继承和坚持某些内亚的文化传统。这些内亚传统中的相当一部分在史书记录中或遗忘或变形，依稀仿佛，难以辨认……"胡鸿解释说，原来历史学者的研究，都在说"北朝汉化"，但罗新的研究是在讲，汉文化是一个文化圈，但内亚也有自己的文化圈、文化传统，两者有交集，是并存的，而并非简单的谁吞并谁。在历史叙事中，游牧文化被隐藏了，压在了下层，但不代表它们不存在。罗新是在这种华夏化的叙事中，发掘北族的传统，那些边缘性的声音。

做出这样的选择，追求表达的锐利、真诚、彻底，同时罗新也明白，"这一定不是主流，一定是处处被人防着。但没关系，你这辈子的责任就是这个"。

"被人防着"，体现之一是，很多在他研究领域的会议，本来他是应该参加的，但他不再受邀。2022年秋有这样一次会议，罗新的一位朋友问主办方，罗新怎么没来？对方说，罗老师出差了。但其实，他就在北京。罗新也理解对方的顾虑：在会上，如果真有什么事，他觉得不合适，肯定会发言，不会沉默。想象一个画面里，大家都举手，但有一个没举，不好看。更重要的是，万一领导不高兴，组织者就不好过了。

作为多年好友，同样是高校教师中的一员，李肖对这些事不陌生，他觉得这也正是罗新的可贵之处：很多人会觉得，人在社会中，有时说点不合自己本意的话，没办法。有时候你说了，得到了组织者的赏识，会得到很大的荣誉、研究上的好处，"说俗一点，名利双收，扬名立万"。但退一步，你发言让人家不高兴了，人家不仅以后不请你了，还有可能把你打入另册。但罗新跟朋友们在一块儿，一直说的是"可以有所不为"，每个人说过什么话，可能自己忘了，但社会不会忘，"你是躲不掉的"。

在我的采访前不久，罗新还参加了一次同学聚会。大家好多年没见，不太知道彼此的境况，一位同学看他坐在那儿的样子，觉得他"显然是个领导"，是个做官的，反正，肯定是个有派头的人。直到罗新开口说了一句话，这位同学马上就明白了："这人不可能做领导，说话这么不主流。"

几年前，罗新在"一席"进行了一次演讲，主题是"历史学家的美德"，他对此的定义是：批判、怀疑和想象力。他认同"历史的本质是一种辩论，是一种不同意"，"对已有论述、对已有的别人讲的历史进行质疑，对它纠正、提升，改变它，甚至是和它抗争"，这样才能推动学科向前，形成新的历史，讲述出新的历史。"这才是历史。"他说。

言说，作为一种自觉

见过罗新的人，很多都对他的眼睛印象深刻。那双眼睛不大，但是很圆很亮。陆扬是罗新在北大的同事，他和罗新第一次见面，是二十世纪九十年代初，在美国普林斯顿大学，当时罗新去访学，陆扬对他印象很深。见过那么多的访问学人，大多心态悲观，罗新是少有的非常明亮的人，他看重行动，因为在北大多年，他有培养学生的关怀，因此"有非常强烈的使命感"。

但再乐观的行动派，也无法摆脱来自时间的自然规律。

到2023年，罗新六十岁，尽管时常"以为我才四十多岁"，但还是会在某一刻收到来自时间的提醒——某一天，他去参加一个学术会议，大家轮流做自我介绍时，他一下子意识到，自己是现场年纪最大的那个人了。头发已经白了一些，并且到了要退休的年龄。

时间也会一点点侵蚀学者作为劳动工具的身体。首先是眼睛开始老花，他配了好多老花镜，书房里有，书包里也有，要保证随时能拿出来。但这也不能一劳永逸，他不再看得那么清楚，会写错别字，写《漫长的余生》，他一边写，一边给学生们看，让他们帮忙改错。

接着退化的是记忆。年轻时他记忆力好，读书读到高兴的地方，也不需要做笔记，下次要用，肯定能找到。但后来他发现，有些东西，他明明知道跟正在讲的事情有关，但就是想不起来了，也忘了在哪儿能找到。也许之后某天，这个事情又冒出来，但已经迟了。他开始记笔记，准备了好些个笔记本，但问题又来了：这么多笔记本，要找的东西，到底在哪个本子里？

他依然有野心，想尽力把历史学科的学术天花板推上去，让它接近或者赶上国外的水平。以前，他想的是自己把它推上去，或者是和同辈人一起把它推上去。他在一篇文章里写过，去美国、德国和土耳其开会时，他遇到过一些年轻的乌兹别克斯坦学者，他们对西方学术之了解、英语之流畅、议题之新颖，给人很深印象，"这很让我们中国学人羡慕"。但在某个时间，他意识到自己在学术上"做不上去了"。

这些事都让人灰心，"因为我没有这个能力了，至少，我不能再像年轻时那样做了"。但后来，他逐渐理解了：一代人有一代人的局限，最终大家都只是在过程中接力，而这也是他作为老师存在的意义。

这种压力慢慢卸下来，他突然想到，自己该做点别的事情了，比如公共写作。"我当时之所以投身学术，不就是为了对社会有所贡献吗？那现在，我也可以在这方面做些事情。我可以使用过去很多年里学习到的知识和能力，为我新的梦想服务。"

面对公众写作，对国外的历史学家来说很常见，但在中国的学术体制里，这不是必要的。罗新的选择，是一种自觉，所谓自觉，就是"自己找的""自己决定的"，从某个时间开始，他决定以后就这么做，直到哪天做不动了，但在这之前，他一直都要这样做。

他心中新的读者，不再是学术共同体里小小的一群人，而是所有大学毕业、对历史感兴趣的年轻人，他们数量巨大，可能有上千万人。

如果说还有什么别的理由触动他，那就是在过去的十年里，他逐渐意识到，外部世界那种乐观、积极的精神在慢慢消失，曾经那么多、那么好的声音也听不见了，他觉得自己有责任，加入这种日渐稀薄的时代声音中去。

2022年12月的一个夜里，隔着电话，谈到罗新对自己做出的选择，胡鸿说，他丝毫不觉得意外。他想起来，好像是在好些年前，罗新就跟他们讲过一段话，大意是说："一代人有一代人的责任，但大家都缩着头不说话，因为你已经是北大教授了，可以过得很好，那谁来说话呢？"

胡鸿记得的另一个细节是，大概是在2010年，学生们都开始玩微博了，他们建议罗新也去微博发言。他当时说算了，不想成为公众人物。但很快，第二年，他就开了微博，促使他注册账号的直接原因，是2011年7月的温州动车事故。

北大教授陆扬，和罗新相识三十年，在BBS时代，他们都曾是学术论坛"关天茶舍"的成员，微博时代也都是活跃分子。但陆扬觉得，他和罗新是不同的，微博是他私人生活的出口，但罗新的底色不是这个，"他在北大多年，有培养学生的关怀，有非常强烈的使命感"，后来做公共写作，也是这种使命感的延伸。同样重要的是，罗新还有一种乐观的心态，"他做的这个事情，哪怕只能给一小部分人带来有益的看法，他都觉得是值得的"。

2016年初夏，在北京蓝旗营的一间咖啡厅，罗新向朋友们宣布了一个消息：他计划徒步，从北京走到内蒙古，也就是从历史上的大都走到上都。他想通过行走去写一些不一样的东西，一些主流之外真实存在的人。

六月的一个早晨，他出发了。徒步四百五十公里，经过了山川、长城和草原，最终抵达内蒙古。之后，他把这段经历写成了旅行随笔《从大都到上都》。

在书里，他写到了无数边缘人、普通人。他走过北京的小月河，那里曾是"蚁族"的聚集地，是密集的棚户村，他提到在小月河跳河自杀的女孩。徒步在长城一带，他最关心的，是曾经生活在这里的流民。他们是谁？是汉人、蒙古人、逃犯、强盗、乞丐、难民、农民、牧人……他们组织在一起，如梁山好汉那样生活在明、蒙两个政治结构之外，"有过一段不太长久的自由和快乐的时光"。写这群人，是他在出发前就想好的，他就想写一些不一样的东西。

陆扬说，罗新的写作能力是惊人的，有一支非常快、非常好的笔，是"我们这一代人里边特别突出的"，而且即使在最好的那群人里，他也有特别之处——语言有张力，能把史学和文学性的语言很好地结合，而且他的每一句话，都经得住史学家的评议。

在与我的交谈中，陆扬再次提起了三十年前初见时那个明亮的罗新。在他看来，投身公共写作，也是罗新当年那种明亮的使命感的延伸。

《从大都到上都》出版之后，很快，2019年，罗新又出版了随笔集《有所不为的反叛者》。2022年，《漫长的余生》问世。这几年，除了面向公众写作，他也常常公开发言，接受采访，上播客，演讲，反复地重申边缘人、小人物、普通人的重要性，在关键的议题上，和年轻人站在一起。

年轻人也给出了自己的反馈。《从大都到上都》成了当年的畅销书，在这本书的豆瓣短评中，无数年轻人都留下了类似的感受：受到了罗新老师的感召，要多读书，要多出去走走。

历史学家的价值观，也藏在微小的细节里。历史学家王笛说，读《漫长的余生》时，他被其中一句话触动过："这一年前后，从政治史来看，萧梁平平淡淡，没发生特大事件，显得没什么可记。"在这一句之后，罗新特别加了一句，这意味着社会安定、政治平稳。"我想，确实是这么一回事，当历史没有什么大事件记载的时候，其实就是我们这个社会安定、稳定、老百姓过好日子的时候。"

2022年11月的一天，罗新开车进北大。学校进出要刷脸，在校门口，一位看起来只有二十岁出头、长得很精神的保安过来扫他的脸，屏幕上出现了罗新的名字，保安的表情变得很不一样。"是罗老师啊，"他说，自己刚读完了《漫长的余生》，"我上周日用了四小时一口气读完的，读完立刻觉得心静下来了。"罗新觉得有些感动，对方又补了一句："就像看了杨德昌的《一一》。"罗新说，他从没把这两者联系起来，也从没想过，这本书还有这样的作用。

最后的一颗种子

退休迫在眉睫，在这个时间点，罗新有两个决定。

一个是关于自己的。在北大，教授也是分级的，拿到了教授职称，往上还会分一、二、三、四级。但罗新很早就说过，他拿到教授就可以，这是对他学术的认可。他不会再为了晋级去填表，绝不会为自己的级别再做任何努力。他也很早就说过，到点退休，不会再为了延聘求人。

另一个是关于学生的，他要在职业生涯的最后，为学生留下一些最基本、最朴素的价值观。

这两年,他每年给历史系的大一新生开一门《历史论文写作》,学生们带着应试教育的印痕,而他决定好好冲刷掉它们。

这门课的期末考核作业是一篇论文,主题由他来定。他希望这些主题一定是紧扣时代的,而在他看来,这个时代,世界有两个主题:一个是不平等,另一个就是气候变迁。2020年,他布置的题目是纳卡冲突(2020年9月,亚美尼亚和阿塞拜疆在纳卡地区爆发军事冲突),2021年的命题是气候变迁,2022年就是不平等。大家写什么,怎么写,都可以自由发挥,甚至写"不平等也不一定就不道德"也可以。

台下的学生,是新一代的历史学人。他们中的很多人,以后可能不会从事和历史有关的工作,但罗新依然觉得,这份作业,或许可以在人的心灵里种下一颗种子,"在中国,不是所有人都认为这是时代主题,但我想告诉他们,这就是时代主题,是全世界的主题"。他想用最针锋相对的观点撞上去,让他们知道,至少世界上还有这些不同的说法存在。

在某种程度上,退休也意味着解放。教师生涯会结束,但学者的生活是终身的。接下来,他会拥有更多的时间、更少的拘束,去研究他真正感兴趣的命题,那就是长城。

研究北方民族史,自然无法避开长城。在传统观念中,长城是一个障碍物,是为了阻挡游牧民族南下,但罗新觉得,长城的作用不只是这样,"一个想法能够实行,能够被这样贯彻，它一定还有别的作用，就像很早就有人提出来，长城不只是防北边的人进来，也防自己人出去"。

长城就像一个意象，折射出人类社会的种种。历史上存在过无数的人造障碍物，有长城这样线型的，也有看不见的制度性的障碍物，比如核酸、户口、护照。归根究底，这是一个深刻的社会问题，他想研究的是人类用什么办法把人分开，权力有什么办法把它所控制的人分开，如何让这些人之间不能来往。"很多人认为权力太愚蠢了，这个制度有缺陷了，不是的，这反而解释了它何以变得强大。"

新冠疫情前，他已经考察过伊朗的长城，过去三年里，也走过了陕西和内蒙古交界处的长城。如果条件允许，他还想去大不列颠岛的哈德良长城，罗马的长城，把它们放在一起讨论，让写作变得更有趣。

作为一位资深的徒步爱好者，他还要去继续旅行。

他计划在2023年春天，陪伴美国作家保罗·萨洛佩科从北京走到东北。保罗·萨洛佩科六十一岁，是两次普利策新闻奖获得者，2013年，他开始了自己的全球徒步计划——要像古代智人走出非洲一样，从人类起源地非洲出发，穿越中东、中亚、南亚、东南亚和中国，进入西伯利亚，再坐船跨越白令海峡，自北而南穿行美洲大陆，终点是南美的火地岛。他把这个计划命名为"走出伊甸园"，如今，这项计划已持续九年，行走之余，保罗也一路记下见闻，并挖掘所谓的"过期"新闻。

进行的过程中，他遇到过许多意外。入境缅甸刚好遇上政变，他成了缅甸境内唯一的外国记者。进入中国后，他遭遇疫情封控，在四川、陕西都经过了漫长的延宕。

2022年夏天，罗新和保罗一起在四川徒步过三周。罗新说，他敬仰保罗的行动，也想知道，保罗一边走，一边在想什么，做什么。

他们是不太一样的旅行者，罗新每天都规划走很远，甚至一天能走三十六七公里。后来保罗告诉他，不能再这样走下去了，自己还在为《国家地理》供稿，同时还在写书，这样走，就没办法采访和写作。

在路上，罗新为他寻找可以写的故事。在四川江油青莲镇，李白的故乡，他们遇上一位东北诗人，他是国企下岗后流落到江油的。保罗对诗人的故事感兴趣，他善于提问，能看到人们隐藏起来的东西。这一路，他们遇到过村民的冷脸，也收到过好心人送的黄瓜。

2022年末，新冠在北京大流行，城市也因此变得相当安静。我见到罗新，问他会用什么字总结过去这一年，他的答案是，"憋"——过去一年的疫情，令无数人行动受限，罗新的旅行计划也一变再变，来年春天与保罗的行走计划，也充满了变数。但好消息是，现在，他的愿望可以达成了——像过去那样，自由旅行，与人交谈，这比什么都重要。

人们总是乐于让历史学家来预测未来，认为他们足够了解过去，也因此可以预知未来，人人都企图从一位历史学家身上找到乐观的答案。

这个问题，其实罗新回答过很多次。其中有一次是1995年，那一年，罗新刚刚博士毕业，在北大担任了一个班级的班主任，在班级刊物上写了一篇文章，叫《梦见昌平园落雪》，主要讲那个冬天会不会下雪。

"今年冬天可能下雪，也可能不下雪。科学态度要求我们接受这个结论……但问题还有更深更重要的一面，即我们的情感和愿望。我们期不期望它下雪，我们想不想它下雪，这才是问题的核心。"在这篇文章里，他说："未来也许并不完全是我们所期望的那个样子，但是，如果没有我们投入其中的那些期望和努力，这未来就会是另一个样子，是我们更加无法接受的样子。"

那天，罗新也是这样回答我的："未来会不会变好，我们不知道，但是这也取决于我们想要什么，我们做什么，我们为自己想要的东西做多少努力。"

"我想一个人待着"

玛格丽特·塔尔博特（Margaret Talbot）

但谁知道呢？也许她只是厌倦了演戏。

名声是如此强大，以至于放弃它似乎是一种至高的权力之举。从公众视线中突然消失的名人，如霍华德·休斯、J. D. 塞林格、"王子"，将永远是传奇人物，不管在其传奇形象之外做了什么。

传奇人物的复出传闻总是吊人胃口，引得狗仔队围观，其身份的神秘性也随之巩固。1941年，三十六岁的葛丽泰·嘉宝，世界上最具票房号召力的演员之一，宣告隐退。尽管她在此之后还活了半个世纪，但再未拍过电影。对于一个比其他任何明星都更能"侵入观众潜意识"的超级影

※ 本文原题为"What Was So Special About Greta Garbo?"，刊发于 2021 年 12 月 13 日《纽约客》杂志。
What Was So Special About Greta Garbo? by Margaret Talbot Copyright © 2021, used by permission of The Wylie Agency (UK) Limited.

1928年，嘉宝在洛杉矶为米高梅拍摄宣传静照。
图片来源：Donaldson Collection / Michael Ochs Archives / Getty Images

星——正如罗伯特·戈特利布在他的全新传记作品《嘉宝》中写到的——这是一种主动退位，一种君主般的特权。

但这也是一个特殊的独一无二的人做出的决定，嘉宝在气质上本来就不适合做名人。除了好莱坞宣传机器的努力之外，还有一个原因，那就是她在电影中说的一句台词——"我想一个人待着"——与她的形象十分契合。

隐退这种看似为维系公众关注度采取的策略，也可能确实是出于真诚而坚定的愿望。

很少有其他演员能像嘉宝那样迅速提升到以姓氏代替全名的地位。刚出道时，她跟我们大多数人一样，以名和姓来称呼，但随着围绕她的宣传愈来愈多，名字很快就给扔掉了，如同燃尽了的助推火箭。当她出演自己的第一部有声电影《安娜·克里斯蒂》时，广告宣称："嘉宝说话了！"到了她的第一部有声喜剧《妮诺契卡》，则是："嘉宝笑了！"为什么她会成为这样一种现象？这是电影评论家和传记作者一直在思考的问题。嘉宝一生中只拍了二十八部电影，相比之下，贝蒂·戴维斯拍了近九十部，梅丽尔·斯特里普迄今为止拍了近七十部。这种低产出以及突然消失的行为可能是她神秘感的一部分，但嘉宝甚至在她结束职业生涯之前，就已经获得了一种难以解释的神秘地位——好莱坞像对待皇室一样对待她。她参演的所有作品中只有少数几部在今天被反复观看或欣赏，这似乎也不重要。

嘉宝所提供的，首先是她那张非凡的脸庞。特写镜头能营造强烈的亲近感，激发情感和本能欲望的功效前所未有，但观众对它们还相对陌生，许多被誉为早期鼻祖的特写镜头并没有太让人心动，因为镜头主体通常都是物件：一只鞋，或是一把扳手。但电影制作人很快就意识到，占据整个银屏的人脸对观众有强烈的吸引力。编剧兼导演保罗·施拉德认为，格里菲斯1912年的电影《朋友》中的一个时刻是转折点，镜头紧紧盯着玛丽·碧克馥的脸，揭露了她在两个追求者中左右为难的矛盾心理。施拉德写道："对演员的特写是出于情感上的动因，而这是你无法用其他方式得到的。当电影人意识到他们可以使用特写镜头来实现这种情感效果时，摄影机开始向人靠近。人物形象也变得更加复杂。"

像嘉宝这样美丽的脸庞——巨大的眼眸和深陷的眼睑,爱意、温柔或一些私密而无法表达的愉悦在一瞬间解开了她的眉头,融化了她的肃穆——出现在银幕上时,几乎令人难以抗拒。正如罗兰·巴特所写的,她属于"电影中的那个时刻,即人们对于人的面孔的恐惧使其陷入不安,从而在此过程中失去自我的时候"。这并不是要贬低她作为演员的演技,但嘉宝的演技也许在她的无声电影或有声电影的无对白场景中最为释放。在这些场景中,她的脸庞就是情感的画布。《瑞典女王》(1933年)著名的最后一个镜头中,嘉宝饰演的瑞典女王,身形兼具两性之美,站在船头,即将离开祖国;所爱之人为了她跟人决斗致死,尸体停放在甲板上。嘉宝凝视着远方,她的脸庞有几分像个面具,但并未因此而失去丰富的表现力。该片导演鲁本·马莫利安跟她说,她必须"让思想和内心完全放空",清空脸部表情,这样观众就可以把他们想要的任何情绪附着在上面,然后这个镜头将成为某种"珍稀景点"——"电影把每个观众都变成了创作者"。

嘉宝擅长激发这种投射。不止一个好莱坞同代人指出,她的魔力只有在胶片上才能真正显现出来,就像一种幽灵般的发光体,在胶片被冲洗之前是无法察觉的。导演克拉伦斯·布朗曾与嘉宝合作过七部电影,他回忆说,在拍摄她的一场戏时,他认为还不错,但也没有什么特别之处,然后在看回放时才发现"一些在拍摄现场没有的东西"。他说，在她的脸上，"你可以看到思想。如果她必须用嫉妒的眼光看一个人，用爱的眼光看另一个人，她不需要改变自己的表情。当她从一个人看向另一个人时，你完全可以从她的眼睛里看到这一点"。嘉宝似乎带有一种倨傲的、稚嫩的冷漠，从来没有想过低头去看芸芸众生。据布朗说，嘉宝只在有声电影倒放时才会去看，"这就是嘉宝喜欢的东西。她会坐在那里笑得浑身发抖，一直看着电影倒放。但一旦我们按正序播放，她就不看了"。

多年来，关于嘉宝的文章很多，但《纽约客》的前编辑戈特利布围绕她的生活和工作编写了一份极具魅力、情趣且清晰的指南，他毫无私心，也没有为嘉宝较差的电影辩白。看完这本传记之后，我觉得自己更了解嘉宝这个人，而她身上的神秘光环并没有被完全驱散。就这一点而言，谁又会希望光环消失呢？

嘉宝的举手投足彰显出一种常人难以企及的优雅，能把奢华的时代剧礼服穿出如同皱巴巴睡衣般的随性美，而她其实出身于斯德哥尔摩最贫穷街区，在一间没有自来水的狭窄公寓里长大。她于1905年9月18日出生，本名是葛丽泰·洛维萨·格斯塔夫森，父母来自农村。按照戈特利布的描述，她的母亲"实际、理智、含蓄"；父亲是一个技术一般的工人，但英俊、有音乐细胞、很风趣，葛丽泰很崇拜他。不幸的是，他患上了肾病，作为家里三个孩子中的老幺，葛丽泰总是陪着父亲辗转各家慈善医院。戈特利布写道:"她从未忘记为了求生而忍受的屈辱。"父亲去世时葛丽泰才十四岁,不久就辍学了,也留下了缺乏正规教育的遗憾。她去工作以补贴家用,先是在一家理发店为客人涂剃须皂,然后在一家百货公司卖帽子和做模特。葛丽泰后来说:"从记事起,童年时代都是很悲伤的……我滑过冰、玩过雪球,但最重要的是我想独处。"

除了害羞和喜欢独处之外,葛丽泰还怀有成为一名演员的强烈愿望。小时候,她会一个人在城里晃荡,寻找可以站在舞台门口看演员来回走动的剧院。嘉宝第一次出现在镜头前,是十五岁时为雇用她的百货公司拍摄一部广告片。瑞典有着繁荣的电影业,她很快就辞去工作,出演了几部电影。十七岁,她被斯德哥尔摩的瑞典皇家剧院录取,和一群年轻演员在一个"科学地"分析动作和姿态的符号学系统中接受指导。值得一提的是,她当时的一些课堂笔记保留了下来。她记下了"头向前弯曲等于温和的让步"或"居高临下的态度",而"向后甩头"则传达了"像爱一样的强烈情感"。戈特利布赞许地引用了传记作者巴里·帕里斯的话:"嘉宝在无声电影中会高度运用这种符号学系统。"她在有声电影中也是如此。她在《大饭店》(1932年)中扮演一名俄罗斯芭蕾舞演员时,身体语言是紧张的、神经质的。郁闷的时候,她让自己的头耷拉下来,仿佛它根本就重得抬不起来;而惊讶于与约翰·巴里摩尔饰演的珠宝大盗即将展开的罗曼

1925年7月6日，嘉宝与导演莫里兹·斯蒂勒抵达美国。
图片来源：Bettmann via Getty Images

史时，她夸张地向后甩了一下头。这可能会让人发笑，但它无疑更令人心动。

1923年春天，天才导演莫里兹·斯蒂勒来到斯德哥尔摩的剧院，寻找女演员出演自己的新电影、一部根据瑞典小说《科斯塔·柏林的故事》改编的史诗。斯蒂勒来自芬兰的一个犹太家庭，年幼时就成为孤儿，为避免被征入沙皇的军队，他逃到了瑞典。嘉宝和他从来不是恋人——斯蒂勒更喜欢男人——但他们的关系也许对两人来说都是影响一生的。他的高傲、对奢侈品（皮毛大衣、金丝雀黄色的跑车）的品味，以及对待演员的霸道风格，都让他多了几分魅力。但斯蒂勒信任嘉宝，就算当时（正如一位资深女演员所说）葛丽泰还是"一个无名小卒……一个笨拙、平庸的新人"，而且他爱她。他似乎也是建议用"嘉宝"替代"格斯塔夫森"的人。

好莱坞主动找上了门——路易斯·B. 梅耶为米高梅物色欧洲电影人才，不知道是受到了斯蒂勒还是嘉宝的诱惑，斯蒂勒当然更有名。无论如何，斯蒂勒力保两人是一揽子交易，而且，戈特利布补充说，后来嘉宝的工资被提高到了每周四百美元，这对一个未经市场考验的女演员来说是"闻所未闻的"。两人于1925年一同启程前往美国，在纽约仲夏的热浪中抵达，嘉宝此行最喜欢的部分似乎是科尼岛的过山车之旅。然后他们转坐火车去了好莱坞。

对于像嘉宝这样的无名小卒，电影公司的大亨们往往只提供非常短的实习期。米高梅与这位瑞典女孩签订了两部电影的合同，即《激流》和《妖妇》，电影历史学家罗伯特·丹斯的新书《斯芬克斯之谜：嘉宝如何征服好莱坞》中写道，"如果前两部电影票房失利，米高梅将不会与她续签第二年的合同"，结果这两部电影都很成功。美国电影协会是宣称她的出道之作"圆满成功"的行业机构之一："与其说她是一个演员，不如说是被赋予了某种个性和魅力。"嘉宝成了影迷的最爱，尽管她完全拒绝其他明星所忍受的那种愚蠢的特技动作和略带色情的照片拍摄。当嘉宝像莉莲·吉许一样出名时,她对一位早期的采访者说:"我不会再与职业拳击手和农夫握手,否则他们就会有八卦照片刊登在报纸上。"相反,她与技巧精湛的肖像摄影师合作,他们也为她拍摄了许多光彩夺目的照片。最终,她的电影赚取了足够多的票房,使她能够谈成一份不同寻常的合同,让她有权否决剧本、合作明星和导演。她一直回避采访,以至于她的隐私变成了她的宣传点。

尽管有如此任性的态度,但嘉宝从未真正适应这个新国度或自己的新命运,至少是片场之外的生活。看似精心培养的高傲气质,部分是尴尬、迷失方向和悲伤的产物。她刚来的时候几乎不会说英语,而且不到一年,她得知自己心爱的姐姐、一个有抱负的女演员已经在家乡去世。斯蒂勒也并没有顺利地适应好莱坞,更重要的是,他没有被选中执导嘉宝的第一部美国电影,这对两人来说都是一个打击。嘉宝在写给瑞典的一个朋友的信中谈到了自己的悲惨遭遇:"这个丑陋不堪的美国,全都是机器,令人痛苦。"她还提到,唯一能让她开心的事情是给家里寄钱。戈特利布写道,在年轻的时候,嘉宝发现自己"被困在好莱坞式的巨大聚光灯下",而且没有任何心理准备来应对那种不仅对她,对全世界来说都是全新的超级影星的名气。

嘉宝喜欢运动,身体也不安分,很快就开始了漫长的夜间散步,这成了她的避难所,她习惯性地把帽子拉得很低,隐藏身份。斯蒂勒可能觉得这个年轻门生不再需要他了,于是回到瑞典，并于1928年在那里去世，时年四十五岁，据说他逝世时手里拿着一张嘉宝的照片。戈特利布写道："他似乎从来没有抱怨过她令人眼花缭乱的成名之路，只希望她能够快乐和幸福。"回到瑞典悼念他时，嘉宝和斯蒂勒的律师一起去了存放他财产的仓库，她在那里走来走去，抚摸着他的物品，喃喃自语着他们的回忆。戈特利布说，这段经历肯定是《瑞典女王》中一个场景的灵感来源，在那场戏中，嘉宝饰演的角色在旅馆房间里来回踱步，触摸所有无生命的物品，它们提醒着她将永远不会再与爱人共度一夜。在片场，她有时会轻声地自言自语，说着她的导师可能会要她怎么做——与她合作的一位导演称斯蒂勒为"绿色的影子"。

嘉宝似乎在某些方面心智并不成熟：因失去父亲、姐姐和斯蒂勒而受到伤害，因英语和教育的受限而感到羞赧。虽然她很有幽默感，但在戈特利布的描述中，她是一个易怒、固执、吝啬的人。突如其来的名人效应使她变得更加固执。她从未结婚生子，或者说显然也不想结婚生子；她有过短暂的恋爱关系，主要是与男性（演员约翰·吉尔伯特，或许包括指挥家列奥波德·斯托科夫斯基），可能还有女性（主要怀疑对象似乎是作家梅塞德斯·德·阿考斯塔，用戈特利布的话说，她是一个"毫不掩饰的女同性恋者"，并与玛琳·黛德丽等知名人士有染）。她最持久的关系是与朋友之间的友情，正如戈特利布明确指出的那样，特别是那些在生活方面帮助她、给她提供建议以及坚定地拒绝泄露她信息的

1933年，嘉宝在鲁宾·马莫利安执导的电影《瑞典女王》中饰主角，该片讲述了十七世纪瑞典女王的爱情故事。图片来源：Hulton Archive / Getty Images

人。在这方面,她有相当好的品味,其中最亲密和最持久的关系可能是与莎尔卡·菲尔特尔的友谊。她是一个机智风趣的人,同时也是洛杉矶一个由来自德国的难民作家、作曲家和电影人组成的社群的核心人物。

从她在好莱坞的无声电影生涯开始,嘉宝就经常被塑造成荡妇般的形象——那种在二十年代许多电影中举止轻佻、妖娆魅惑,并破坏别人家庭的蛇蝎美人(参照有着"勾魂荡妇"之名的著名女演员蒂达·巴拉的职业生涯)。正如罗伯特·丹斯所指出的,"通奸和离婚对第一次世界大战后的电影观众来说是一种兴奋剂"。这些角色很快让她感到厌倦,"我看不出穿得光鲜亮丽、除了诱惑男人什么都不做有什么意义"。在工作之外,她摒弃了化妆,喜欢穿着休闲裤、男式牛津鞋和皱皱的毛衣。她的衣柜里装满了定制的男士衬衫和领带。她经常称自己为"伙计",有时在信件里署名为"哈利"或"男孩哈利"。似乎她最喜欢的电影角色是十七世纪学识渊博且热衷变装的克里斯蒂娜女王,这让她可以穿着长衫、紧身裤和高筒靴大步流星,亲吻她的一个女侍的嘴唇,宣布她打算"以单身汉的身份死去"(很多性别研究学者会告诉你,《瑞典女王》是一部酷儿电影)。她表示渴望扮演亚西西的方济各,蓄起胡须,以及奥斯卡·王尔德笔下的英雄道林·格雷。用今天的话说,嘉宝可能位于非二元光谱之上。戈特利布没有强调这一点,但他说:"如果'世界上最美丽的女人'宁愿自己是个男人,那可真是讽刺。"

嘉宝为 1930 年上映的米高梅电影《安娜·克里斯蒂》拍摄宣传静照。
图片来源：Donaldson Collection / Getty Images

嘉宝在另一部1930年上映的影片《罗曼史》中。《罗曼史》和《安娜·克里斯蒂》共同获得第三届奥斯卡最佳女主角提名。
图片来源：Hulton Archive / Getty Images

1926年，葛丽泰·嘉宝和约翰·吉尔伯特在克拉伦斯·布朗执导的《灵与肉》中扮演不幸的恋人。这是嘉宝在美国拍摄的第三部电影。图片来源：Bert Longworth / John Kobal Foundation / Getty Images

嘉宝的第三部美国电影《灵与肉》（1926年）——二十年代电影的终极命题——将她捧上了国际明星的宝座。这部电影讲述一段牵扯了两个挚友的三角恋，两位男主角由极富魅力的约翰·吉尔伯特和英俊的瑞典演员拉尔斯·汉森扮演，嘉宝扮演的女主角处于这种关系的顶端。《灵与肉》也是一部相当酷儿的电影，尽管它似乎没有像《瑞典女王》那样对其能指进行把控。正如戈特利布所指出的，两位男主角永远都在热切地拥抱对方，两人的脸贴得很近，好像要接吻一样。按照无声电影的风格，汉森在某些时候似乎涂了口红，而吉尔伯特则画了眼线，加剧了两人之间的暧昧氛围。《灵与肉》还有一些我在电影中所看到的最色情的场景，其中一个场景是在夜间的花园里，嘉宝将一支香烟叼在她的双唇之间，然后又把它递到吉尔伯特的嘴唇边。她的视线从未离开过他，忽然间他划了一根火柴，照亮了他们美丽而彼此迷恋的脸庞。还有一个镜头，她性感地躺在沙发上，吉尔伯特的头靠在她的腿上，他拉起她的手，将她的手指掠过他的嘴唇。然后是我最爱的一场戏：她和吉尔伯特在教堂的圣餐栏杆前——到目前为止，吉尔伯特的角色已经在决斗中杀死了她的第一任丈夫，而她嫁给了另一个朋友，但他们仍然为对方疯狂——在牧师把圣餐杯递给嘉宝之前，吉尔伯特先抿了一口圣餐杯，然后她把圣餐杯转过来，贪婪地从爱人嘴唇刚刚碰过的那一侧喝下。她的表情是一种缓慢燃烧的狂喜。

吉尔伯特和嘉宝在拍摄这部电影时因戏生情，但两人的故事却以悲剧收场，主要因为吉尔伯特的际遇颇为悲戚。他经常被视为一个无法安然过渡到有声时代的演员的代表，据说他的声音过于尖锐。事实证明，这只是一个都市传说：他的声音很棒。问题是，他最擅长扮演被爱情冲昏头脑的稚气男人，而正如戈特利布所观察到的，大萧条时期的好莱坞更倾向于"明快的对白、黑帮片和歌舞片"。嘉宝和吉尔伯特经历了《一个明星的诞生》式的故事轨迹，两人合作《灵与肉》时，吉尔伯特是一个处于巅峰状态的大牌演员，而他主动帮助嘉宝，确保镜头的角度适合她，每一次拍摄都是最好的状态。有一个传说是，吉尔伯特在自己位于好莱坞山的庄园里种了一片树林，以供嘉宝回忆故乡瑞典，而且他显然多次向她求婚。她表示对自己一直拒绝更长久的亲密关系感到不解，但又的确坚定地保持着拒绝姿态。到1933年拍摄《瑞典女王》时，嘉宝已经拿到了最高的片酬，她坚持让当时已经与他人结婚、在职业上处于低谷的吉尔伯特扮演她的情人，而拒绝了制作方选择的年轻的劳伦斯·奥利弗。吉尔伯特后来回忆说，尽管他喝了很多酒，时不时吐血，而且对自己的表演很紧张，但她在片场对他还是很体贴。"这是嘉宝人生中一个罕见的时刻，"戈特利布写道，"我们终于可以完全欣赏甚至爱她，作为一个人，而不仅仅是作为一个艺术家。"吉尔伯特三年后去世，时年三十八岁。嘉宝的状态还是其标志性的不动声色。她在他还活着的时候说："天哪，我不知道自己看上了他的哪一点。哦，好吧，他还算帅气。"

嘉宝为什么息影？她的明星光环似乎还没有真正衰微，她很早就成功地过渡到了有声时代，完美地演绎了尤金·奥尼尔笔下台词颇多的安娜·克里斯蒂。从她说出第一句台词"请给我一杯姜汁威士忌——别吝啬，亲爱的"开始，她的口音就被证明是一种性感的特征。嘉宝曾四次提名奥斯卡最佳女主角奖[1]。1939年，嘉宝拍摄了浪漫喜剧《妮诺契

---

[1] 1930年，嘉宝凭借《安娜·克里斯蒂》和《罗曼史》两部影片同时入围最佳女主角提名。——译者注

1926年8月28日，拉尔斯·汉森、葛丽泰·嘉宝和约翰·吉尔伯特在《灵与肉》片场检查彼此的戒指。图片来源：John Kobal Foundation / Getty Images

卡》，她在其中扮演一个到巴黎执行任务的苏联官员，爱上了一个花花心肠的伯爵，并发现，正如影片的宣传语所说，"资本主义其实没有那么糟糕"。戈特利布写道，这部电影大受欢迎，在无线电城音乐厅的三周放映中，有四十多万人去看了这部电影。嘉宝的表现非常有趣，在影片的前半部分穿着方正的夹克，理性地点评着茂文·道格拉斯的魅力："你的普通外表倒不至于令人反感。"正如另一位传记作家罗伯特·佩恩所写的那样，这部电影中的表演之所以如此精彩，是因为"它讽刺了嘉宝本人，或者说是她的传奇形象：冷酷的北欧人，对婚姻免疫，庄重而固执己见"。

1928年，导演克拉伦斯·布朗在《小霸王》片场看着嘉宝和吉尔伯特。
图片来源：Metro-Goldwyn-Mayer / Getty Images

嘉宝拍的下一部也是最后一部电影《双面女人》，是一个笨拙的尝试，试图与道格拉斯重新创造喜剧的魔力，却成为了一次滑铁卢，然而她原本可以避免这样的。嘉宝其实考虑过不少项目，但都未能成功拍摄，其他项目则提不起她的兴趣。戈特利布写道，她受邀在希区柯克的《凄艳断肠花》中担任女主角，据说她给经纪人发了一封电报，说"不要母亲角色，不要杀人犯角色"。此后，她慢慢远离了电影这一行。戈特利布还写道，她从不喜欢出风头，而且缺乏像玛琳·黛德丽或琼·克劳馥等同时代人那样的不懈努力。她似乎对自己的美貌并不特别自持，但她很实际，知道其确切的价值，并能预见到其消退的代价。而且，尽管她似乎很喜欢表演，但她从未对结果感到满意。"哦，如果有一次，仅仅一次，我能对样片感到满意就不错了。"她在一次电影放映后如是说。嘉宝不是《日落大道》中的诺玛·德斯蒙德——后者会一遍又一遍地观看自己的老电影，以欣赏自己的形象。巴里·帕里斯的书中提到，多年后在纽约现代艺术博物馆放映嘉宝的一些影片时，她从模仿自己中得到了乐趣："罗——罗——罗德尼，我们这段痛苦的爱情什么时候才能结束？"她曾对演员大卫·尼文说，她不想演下去了，因为自己"演够了"。这些事例都体现了嘉宝的典型特征：鲁莽、神秘、悲观。

田纳西·威廉斯认为，她是"最可悲的人——一个放弃了自己艺术的艺术家"。然而，嘉宝似乎并没有这样看待自己。也许是太了解终老于好莱坞的风险，她搬到纽约东区的一个公寓里，并时常去往欧洲与那些或富有或机智，抑或两者兼而有之的朋友度过了漫长的时光——看戏，收集艺术品。她没有把自己塑造成一个回忆录作家或慈善家，尽管她在1990年去世时遗产价值约为五千万美元，也没有成为任何一种亲善大使。人们喜欢这一切的神秘感，摄影师们总是在追逐她，但她并没有躲藏起来，她只是离开了这场游戏。有人称她为"闹市里的隐士"。

嘉宝是否有丰富的内心生活来支撑她息影后的余年？

没有太多证据表明这一点。她不爱写信，也不爱记日记，甚至不喜欢闲聊，似乎也没有知识分子的求知欲。在电影中，她总是能够传递出内心深处隐藏的感受，那些记忆和感情在一个个角落里闪烁，但从未浮出水面，所以永远迷蒙。她的内心是否也如此深邃、有趣？我们愿意相信确实如此。在嘉宝生命的最后几十年里，她表现出来的对名望的态度，看起来一脉相承：深刻，甚至带着宗教意味，于是舍弃其带来的便利，也摆脱随之而来的牵绊。但谁知道呢？也许她只是厌倦了演戏。

翻译：易　志
校对：覃　天

御海烟云化琼岛

贾 珺

西苑三海历经金元明清四朝和民国时期，直至当代，前后延续了八百七十年。

燕京莲花

天德二年（1150年）七月的某一天，时值夏末，大金王朝第四任皇帝完颜亮在上京会宁府（今黑龙江哈尔滨阿城区）的皇宫中大宴群臣。席间，他突然向一位名叫梁汉臣的汉族官员发问：朕令人在上京内苑的水池中种了二百株莲花，竟无一存活，到底是怎么回事？

梁汉臣回答说，自古以来，在江南生长的橘，一旦移栽到江北，就会变成枳。这完全是不同地势所造成的结果，不是种植者无能。上京苦寒，不适合莲花生长，而长城南面的燕京要比上京暖和得多，可以栽种莲花。他接着又引申话题，说燕京是北方的大都会，虎视中原，如果在此定都，足以建立万世不朽的基业。

完颜亮点头道：那么就依照你的建议，挑个合适的日子把都城迁到燕京去吧。

尚书左丞萧裕当场表示反对，说上京是我朝立国的根本之地，气脉正旺，怎能随意舍弃？

兵部侍郎何卜年则赞同梁汉臣的意见，补充说：上京位置过于偏北，黄沙漫天，不是理想的帝王之居，燕京城市广阔，土脉坚厚，人口众多，堪称礼仪之邦，陛下确实可以考虑迁都。

梁汉臣又说，这事不能仓促处置，我可以先为陛下征召各州的工匠役夫，修整燕京宫苑，然后再正式迁都。

他们所说的燕京，就是今天的北京。

公元前十一世纪，周武王伐纣成功，创立周朝，将这块地方封给蓟国，营修都城，为北京建城之始。公元前七世纪，邻近的燕国吞并蓟国，在此设立新都，遂称"燕京"，城市北面的山脉称"燕山"。秦朝统一天下，将燕国辖境改为广阳郡，旧都城改称蓟县。西汉设燕国、广阳国，以蓟城为国都。东汉一度在此设立幽州，以蓟城为治所。之后城市的建置沿革相当复杂，屡次更名，但多以"燕京"为别称。

唐代天宝年间，此城为范阳郡治所，身兼范阳、平卢、河东三镇节度使的胡人统帅安禄山起兵反叛，僭号"大燕皇帝"，在城内建造宫殿。唐末至五代前期，刘仁恭也曾在这里割据，自称"燕王"。后唐时期，大将石敬瑭为争取辽朝支持他建立后晋政权，将幽州、顺州等燕云十六州（范围包括今北京、天津和河北北部、山西北部）割让给大辽。后周、北宋都曾兴兵来攻，企图夺回这片中原王朝的故地，却始终未能成功。宋真宗景德元年十二月（1005年1月），宋辽两国签下"澶渊之盟"，双方约为兄弟之国，以白沟河为边界，宋每年送给辽银十万两、绢二十万匹，称作"岁币"，此后一百多年基本保持和平。

辽设有五京，以幽州为南京析津府，地位相当于陪都，在唐代旧城的基础上进行扩建，成为其版图内最壮丽的城市，居民以汉族为主。城内西南部建造宫殿，另在不同位置设有瑶池、内果园、长春宫等御苑。辽代皇帝是契丹人，保持居无定所的游牧传统，遵循"四时捺钵"制度，按照不同的季节在境内各地巡游驻跸。从辽圣宗开始，通常以南京为春季捺钵之地。

北方许多邦国和部落都是辽的臣属，其中有一支女真族，古称肃慎、挹娄、勿吉，隋唐时期称靺鞨，世代在关外白山黑水间捕鱼狩猎，民风坚韧彪悍，野性十足，却饱受辽人欺压。辽天祚帝天庆四年（1114年），女真领袖完颜阿骨打率领各部落起兵反辽，次年宣布以会宁府为上京，建都称帝，国号大金。之后金朝军队分两路出击，大举攻辽，很快就占领了军事重镇黄龙府（今吉林农安）和东京辽阳府（今辽宁辽阳），兵锋锐不可当，辽军节节败退。

在此情势下，北宋派使节渡海而来，与金朝签订"海上之盟"，约定双方分别出兵，金军取辽上京临潢府（今内蒙古巴林左旗）和中京大定府（今内蒙古宁城），宋军取辽西京大同府（今山西大同）和南京（即燕京），待大功告成后，宋将以前输纳给辽的岁币转送给金，而金则将燕云十六州归还给宋。

金天辅四年（1120年），金军攻克辽上京。天辅六年（1122年），金军又拿下中京和西京，同年宋军进攻燕京却遭到惨败，最后还是金军攻下了城池。金指责宋未能获得预期战果，拒绝履约，宋答应额外支付一百万贯的"代税钱"，金才勉强交还燕京地区的六州二十四县，并在离开前大肆抢掠人口和财物。

天辅七年（北宋宣和五年，1123年）四月，童贯、蔡攸率领宋军进入燕京，接收的实际上只是一座空城。当年八月阿骨打去世，庙号太祖，其弟吴乞买继位，是为太宗，改元天会。天会三年（1125年）二月，金将完颜娄室俘获辽天祚帝耶律延禧，辽朝灭亡。金太宗随即派遣两路大军南下，展开灭宋之战。

天会四年（北宋靖康元年，1126年）闰十一月，金军攻破宋朝东京开封，俘虏徽宗赵佶、钦宗赵桓父子。次年（1127年）三月，金人将两位皇帝和后妃、皇子、公主、宗室、大臣掳往北方，随行的还有大批乐伎、工匠和无数的财物。大队人马行动迟缓，途中曾在燕京停留了几个月，徽宗被囚禁于延寿寺，而钦宗则被关押在悯忠寺（今北京法源寺前身）。天会六年（1128年）八月，徽钦二帝来到上京，素服入拜金朝的宗庙，金太宗在乾元殿召见他们，分别封为昏德公和重昏侯，迁至韩州（遗址在今辽宁昌图），两年后又移居五国城（遗址在今黑龙江依兰）。

天会十三年（1135年）正月，金太宗在上京明德宫驾崩，太祖十六岁的嫡长孙完颜亶继位，是为熙宗。他有个小三岁的堂弟，名叫完颜亮，是太祖庶长子、太师完颜宗干的儿子，本名迪乃古，字元功，从小生得很英俊，而且风度潇洒，能言善辩，是皇族中出类拔萃的人物。天眷三年（1140年），年方十八岁的完颜亮以宗室的身份从军，在皇叔梁王完颜宗弼（就是《岳飞传》中大名鼎鼎的金兀术）麾下任行军千户，不久升任骠骑上将军，表现出很好的才略，皇统四年（1144年）加封龙虎卫上将军、中京留守，又升光禄大夫。皇统七年（1147年），熙宗将他召回上京，次年以二十六岁的年纪拜平章政事、右丞相，之后又拜都元帅、太保、领三省事，权倾朝野。

随着完颜亮势力的不断膨胀，熙宗对他由信任转为忌惮，有所打压。完颜亮久怀篡位之心，此时深感恐惧，便与兵部侍郎萧裕、尚书省令史李老僧、内侍大兴国等人结党密谋，于皇统九年（1149年）十二月九日深夜入宫杀害熙宗，自立为帝，改元天德。

金灭辽和北宋，威震西夏、高丽，淮河以北尽归其版图，疆域比辽代更广，而首都上京僻处东北一隅，皇帝巡幸、军事调度、物资运输、使节传书的往来路程都很艰辛，不利于统治如此庞大的帝国。此外，上京的宫殿和御苑较为粗陋，冬季漫长而严寒，生活条件明显不如南方。相比上京而言，燕京位置适中，气候更温和，城市和皇宫也更为宏伟，虽然饱经战火，沦于残破，但基础尚在，只要好好重修一下，必定远胜上京。更重要的是，完颜亮有吞并天下的雄图壮志，决心模仿中原王朝进行改革，整顿吏治，鼓励农业，需要一个能全面施展其抱负的新舞台。上京是金朝前三任皇帝的大本营，传统女真贵族的势力盘根错节，旧制难以变革，而且时刻潜伏着叛乱的危险。如果将都城迁到燕京，就可以摆脱这些羁绊，真正掌控王朝的命脉。此外，完颜亮本人汉化程度很深，对充满汉地风俗的燕京也更为青睐。

基于这些考虑，完颜亮在朝堂宴会上故意与梁汉臣表演了一番君臣问答，以种植莲花为借口，将迁都的意图表露出来。此议果然遭到许多重臣的反对，但更多大臣表示支持。

天德三年（1151年）三月，完颜亮下诏，委派张浩、张通古、卢彦伦、梁汉臣、孔彦舟等人主持重建燕京皇宫和御苑，并对城市进行大规模扩建。工程浩繁，征集民夫八十万、兵夫四十万。之前先派画工去北宋旧都开封，将其宫室制度详细绘成图样，然后按图仿建。其间又大肆搜罗宋宫的门窗、屏风、礼器运来燕京，增饰重建的新宫。南宋文人周密《癸辛杂识》记载了一段逸闻：北宋宫殿的很多门窗上都刻有"燕用"二字，应该是当时一位能工巧匠的名字，不料多年后真的被燕京征用，可谓一语成谶。

天德五年（1153年）三月，完颜亮宣布正式迁都燕京，改元贞元，并将燕京更名为中都大兴府，另以辽中京大定府为北京，以宋东京开封府为南京，又称汴京，仍以辽阳府、大同府为东京、西京，形成新的五京体系。四年后，下旨罢去会宁府的上京称号，派吏部郎中萧彦良主持拆毁城墙和城中所有宫殿、宗庙、寺院、府宅，夷为平地。

汴京的一些花木也被移植到了中都的宫苑内。完颜亮有一次来到皇后所居的楼阁，见桌上胆瓶中插了几束金黄色的木樨花（桂花），问此花从何处来，皇后说是孔彦舟从汴京送来的，于是完颜亮作诗云："绿叶枝头金缕装，秋深自有别般香。一朝扬汝名天下，也学君王著赭黄。"

也许是真心喜爱莲花，或者是为践行前言，完颜亮令人在中都城内外广种莲花，城西的一个湖泊从此改称"莲花池"，至今仍荷香四溢。城外东北郊有一个面积更大的白莲潭，范围大致相当于今天的什刹海和北海、中海，水中同样种植了许多莲花。金人还在其南部整治山水，构筑殿堂，营造了一座绚丽的离宫御苑——这座离宫便是元代太液池和明清西苑三海的前身。

当年宋徽宗在东京开封城内东北隅营造艮岳，曾发起"花石纲"工程，从江南太湖流域搜刮了许多珍奇石峰和名贵花木。这些山石在靖康之难中损失惨重，但还有不少剩下的。完颜亮令人将艮岳遗址所存的太湖石千里迢迢运来燕京，沿途全走陆路，比当年走水路的花石纲要艰难得多，每

宋徽宗绘《祥龙石图》。故宫博物院藏

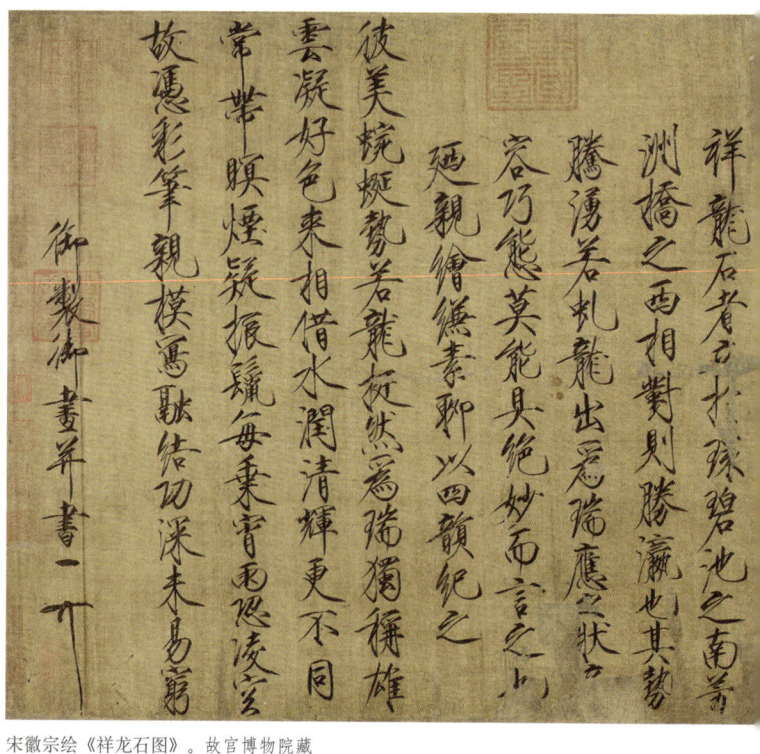

块石头的运费可抵换许多粮食，被民间称为"折粮石"。这些南来的玲珑山石在白莲潭南部的一个岛上堆成大型假山，石间覆土种树，形态模仿艮岳，成为新建御苑的主景。其中部分山石至今仍散落在北海琼华岛上，嶙峋剔透，犹存江南风韵。

明代初年的《北平图经》称，此岛原本是辽代皇帝所筑

的瑶屿，其名源自神话中的昆仑仙境，传说岛上有萧太后的梳妆台。《辽史·地理志》确实提到南京城外有一个瑶屿，但交代得很含混，难以辨明其具体位置是否在白莲潭一带。

关于岛上这座假山的来历，元朝杨瑀《山居新语》和陶宗仪《南村辍耕录》还记载了一个说法：蒙古人所居的大漠之上有一座形势雄伟的山丘，被金朝善于望气的人发现，说此山有王气，对我朝不利，便派遣使者入贡，对蒙古首领说别无他求，只希望移走草原上的这座山，来镇守本国的土地。蒙古人觉得好笑，便答应了，于是金人派大批军士过来挖山掘土，用车运到中都的东北郊垒成假山，同时在周围开辟水池，栽植花木，营建宫殿，作为游幸的离宫。可是不久金朝就灭亡了，一番精心设计的厌胜之术完全无效。

这显然是后世编造的无稽之谈，完颜亮堆造此山时金朝国势正盛，而蒙古各部落还是一盘散沙，臣服于金，金人不可能向蒙古低声下气地入贡求山。

北海琼华岛艮岳遗石。贾珺 摄

太液秋风

北宋灭亡后,宋徽宗第九子康王赵构建立了南宋王朝,维持半壁江山,以杭州为"行在",改名"临安",意为"临时安顿的首都"。金兵屡次南侵,宋军奋勇抵抗,双方几经拉锯,于金熙宗皇统元年(南宋绍兴十一年,1141年)签订《绍兴和议》,维持了一段短暂的和平时光。

杭州在唐代便是繁华的江南名城,五代十国时期成为吴越国的都城,北宋时期是南方的商贸中心,极为富庶。城内闾巷稠密,店铺林立,城外的西湖更是誉满天下,湖上的莲花比中都的莲花池和白莲潭还要茂盛得多,北宋词人柳永《望海潮》曾咏:"重湖叠巘清嘉,有三秋桂子,十里荷花。"南宋诗人杨万里诗云:"接天莲叶无穷碧,映日荷花别样红。"南宋朝廷定都于此,北方的官员、百姓纷纷渡江追随而来,人口激增,城市面貌空前鼎盛。西湖风景区得到进一步的开发,湖光山色美不胜收,水上及四周岸边分布苏堤春晓、断桥残雪、曲院风荷、花港观鱼、柳浪闻莺、雷峰夕照、三潭印月、平湖秋月、双峰插云、南屏晚钟十景,文人骚客吟咏不绝。

完颜亮自幼熟读汉人诗书,对杭州十分向往。有一年他派翰林侍讲学士施宜生出使南宋庆贺新年,在使团中秘密安插画工,将临安的城池街道和湖山风景全部画下来,回到中都后在宫殿的屏壁上重新绘为大图,还特意将皇帝本人的骑

南宋李嵩绘《西湖图》。上海博物馆藏

马形象画在城中吴山之上。完颜亮在画上亲题一诗:"万里车书尽混同,江南岂有别疆封?提兵百万西湖上,立马吴山第一峰。"大有昔日前秦皇帝苻坚南征灭晋时"投鞭断流"的气概。

正隆三年(1158年)五月,完颜亮意气风发地来到白莲潭所在的御苑,在水边的薰风殿召见吏部尚书李通、翰林承旨翟永固等大臣,说自己打算再次迁都于汴京,发兵江南,统一海内,诸位卿家以为如何?李通迎合上意,说此事正逢天时,机不可失。翟永固为人正直,说燕京刚刚重建完成,

百姓创伤尚未痊愈，马上又要营建汴京，民众负担实在太重；况且江南一直对我朝恭敬有加，按时贡奉优厚的岁币，陛下怎么可以兴无名之师，横加讨伐？完颜亮对李通的回答表示满意，斥责翟永固说，你这样的老奴哪里懂得国家大事。

当年十一月，完颜亮正式下诏，令左丞相张浩、参知政事敬嗣晖营修汴京宫殿，打算以汴京为中心，调兵遣将，攻灭南宋。次年（1159年）三月，工程正式启动，征集工匠、民夫达二百万之多，将宫中残存的所有旧建筑全部拆除，片瓦不留，另建新的豪华殿阁。

南宋叶肖严绘《西湖十景图》之"苏堤春晓"与"三潭印月"。台北故宫博物院藏

完颜亮自篡位以来,任用汉族和契丹大臣,厉行改革,重修律法,发展经济,颇有一些作为。但是他为巩固皇位,屠杀了很多宗室,手段残忍,深受女真权贵忌恨。同时又荒淫贪色,穷兵黩武,屡兴土木,令百姓痛苦不堪,民间的怨声很大,统治的根基早已发生动摇。如此情形之下,出兵侵宋绝非明智之举。然而完颜亮不听任何劝告,一意孤行,于正隆六年(1161年)四月令尚书省、枢密院等中央官署先迁至汴京,五月其本人也驾临汴京,张浩率百官到郊外迎接。当天夜里刮大风,吹落承天门屋顶上的鸱尾,明显是一个凶兆,可是完颜亮从来不迷信鬼神占卜,坦然入城,下旨汇集天下兵马粮草,齐聚汴京。九月宣布御驾亲征,尽起四路大军,向南宋发动全面攻击。

战争初期金军进展顺利,迅速渡过淮河,连败宋军,推进到长江北岸。此时突然从北方传来一个令人震惊的消息：东京留守、曹国公完颜雍在辽阳宣政殿登基称帝，改元大定，并向天下昭告完颜亮的几十条大罪，受到金朝臣民的热烈拥戴。

后院起火，完颜亮只能硬着头皮率军继续进攻，希望能先灭南宋，再回师平叛。可是南征将士早已军心动摇，斗志全消，从和州强行渡江，在采石矶遭遇大败。金军移驻瓜洲，十一月二十六日完颜亮下令：三日之内不能成功渡江，即将随行大臣、将帅全部处斩。兵马都统领耶律元宜等人于次日凌晨发动兵变，入帐缢杀完颜亮，然后领军北还，归顺完颜雍。

完颜雍宣布废除完颜亮的帝号，贬称海陵炀王，后来又降为庶人。提兵西湖、立马吴山的美梦至此终结，中都白莲潭的莲花转年依旧盛开，迎接新的主人。

完颜雍本名乌禄，是太祖第三子完颜宗辅的儿子，在位二十九年，勤政爱民，尊崇儒学，选贤任能，减轻赋税，开创"大定盛世"，有"小尧舜"之誉，身后庙号世宗。

金世宗一反完颜亮穷奢极欲之风，注重节俭，很少兴修宫室苑囿，却于大定六年（1166年）令少府监丞张仅言对白莲潭御苑进行扩建，并在湖东引水作渠，灌溉郊外农田。此时白莲潭已经成为中都重要的水利枢纽，上游通高粱河，又通新疏浚的坝河，沿其东的潞水（浊漳河）连接山东、河北地区，可大量运输粮草物资。

大定十五年（1175年），御苑续建完工，题名为"大宁宫"。世宗临幸，嘱咐臣僚：新宫中所有物品，都只用宫内旧藏，不得从民间重新征集。此后大宁宫成为金朝最重要的一座离宫，皇帝夏季多驻跸于此，处理政务，憩居游乐。

大宁宫的宫廷区设有端门、紫宸门和紫宸殿。北部设琼林苑，其中建横翠殿、宁德宫。西部设相对独立的西园，包含大片湖面，沿岸殿堂环绕，湖中仿艮岳堆叠大假山的那座岛屿定名为"琼华岛"，平面接近圆形，宛如满月，岛上广植花木，假山峰顶建广寒殿，比拟嫦娥在月亮上所居的广寒宫，同时又蕴含夏日纳凉之意。其南有一座长松岛，种有高大松树，矫若苍龙，寓意万古长青。西园中还有瑶光台和瑶光楼，元代郝经描写大宁宫旧景的《琼华岛赋》中提到"瑶光楼起，金碧钩连"——这座楼宇铺金陈玉，颇为华丽，有比拟瑶池仙阁的意思。

续建大宁宫之外，世宗于大定十三年（1173年）下旨恢复会宁府的上京称号，八年后重建城墙，但并不打算将都城迁回去，中都的地位非常稳固。

大定二十年（1180年）大宁宫发生火灾，少府监左光庆奉命修复，次年竣工，更名为"寿宁宫"，不久又改"寿安宫"。大定二十八年（1188年），这座宫苑迎来一位特殊的客人——全真教著名道士丘处机。

全真教是道教的重要支派，由王重阳于大定九年（1169年）正式创立，以"三教圆融、识心见性、独全其真"为宗旨,在北方影响极大,信徒众多。王重阳的七位嫡传弟子合称"全真七子",各立法脉,其中以长春子丘处机的声望最高。金世宗久仰其大名,将他请到中都,先入住城内的天长观,御赐巾冠衫系,随后下旨在寿安宫西部建造一座全真堂,供他居住修行,并在这座宫庵中为纯阳真人吕洞宾、王重阳和丹阳子马钰三位全真祖师塑像。丘处机作诗进呈,对世宗大加奉承:"九重天子人间贵,十极仙灵象外

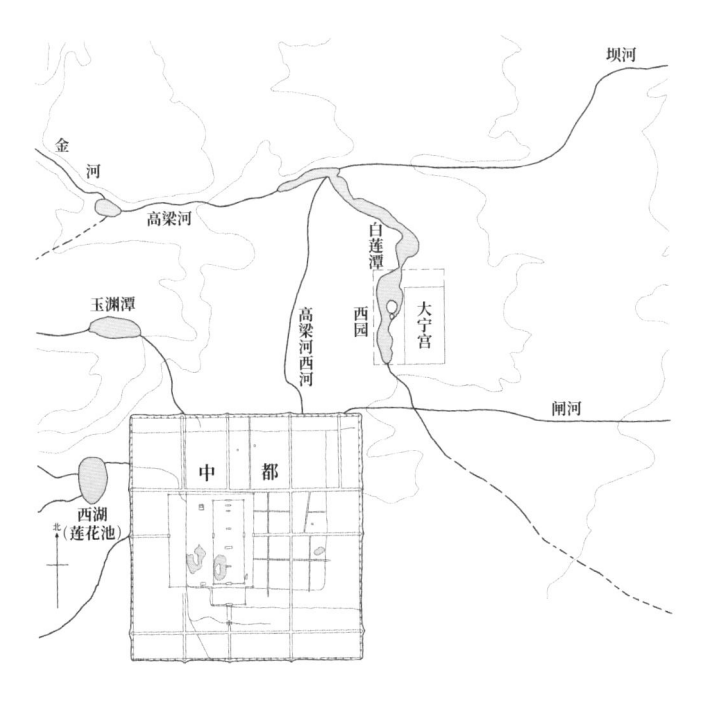

金中都与大宁宫位置示意图。戈祎迎 绘

尊。试问一方终日守，何如万里即时奔。"

当年五月十八日和七月十日，世宗在寿安宫长松岛两次召见丘处机。丘处机为皇帝解说"天人之理"，并献上"持盈守成"的忠告，世宗深以为然。

很多读者受金庸《射雕英雄传》《神雕侠侣》影响，以为全真七子曾积极抗击金人和蒙古侵略，但实际上全真教历代宗师一直与异族统治者紧密合作，多次得到朝廷敕封，从无反叛之举。丘处机欣赏了寿安宫的园林景色，作《瑶台第一层》词，说苑中有"玉楼金殿广，更月台风榭临池"，人入其境，可以乘彩船泛游、铺凉席下棋、在松下论道，怡然自乐。

大定二十九年（1189年）世宗病危，临终前降旨，要求将自己的灵柩安置在心爱的御苑寿安宫中。这个想法不合礼制，世宗驾崩后，其嫡孙完颜璟继位，与群臣商议，仍在大内皇宫的正殿大安殿停灵。

完颜璟本名麻达葛，庙号章宗，本人拥有极高的汉文化修养，能诗会画，一手瘦金体书法酷似宋徽宗，在位二十年间继承祖父遗志，更新旧制，推行汉化，金朝逐渐脱离往昔的粗豪草昧之气，呈现出文采灿然、经济繁荣的小康之境，史称"明昌之治"。在其统治期内，金朝的皇家园林建设也达到顶峰，中都城南设南苑，皇城北部设北苑，东西两侧分设东苑（东明园）和西苑，皇宫内苑中有鱼藻池，此外还有寿安宫、建春宫、长春宫等离宫别苑，其中以寿安宫的景致最为优美。

明昌二年（1191年），寿安宫又更名为万宁宫。章宗通常三四月来这里连住几个月，八月秋凉后才回城内的皇宫。明昌四年（1193年）四月，群臣在万宁宫前的紫宸门聚集，请求为皇帝加尊号，被章宗拒绝。紫宸殿是这座离宫的正殿，地位相当于大内的大安殿。从承安元年（1196年）开始，每年的七月二十七日天寿节，章宗都在紫宸殿举行生日庆典，百官恭贺，还经常在此殿召见大臣，处理政务。

有一年冬天，章宗登上另一座御苑东明园中的楼阁，见到屏风上绘有一幅园林山水图，问内侍余琬这是什么地方。余琬回答说，宋朝宣和年间赵家皇帝从东南地区运送花石纲，修筑艮岳，导致败家亡国，先帝世宗特意令人将艮岳景致画在屏风上，引以为戒。其实琼华岛上就有从艮岳移来的山石，比图画更加真切。也许是受到祖父的感召，明昌六年（1195年）五月章宗下旨减去万宁宫九十四所殿宇的陈设，以示节俭。

汉族大臣赵秉文供奉翰林，曾经跟随章宗驻跸万宁宫，作诗云："一声清跸九天开，白日雷霆引仗来。花萼夹城通禁籞，曲江两岸尽楼台。柳阴罅日迎雕辇，荷气分香入酒杯。遥想薰风临水殿，五弦声里阜民财。"诗中将万宁宫的湖面比作唐代长安的曲江池，柳树成荫，荷花飘香，皇帝临幸的仪仗十分威武，最后又提及在此宫临水的薰风殿中可奏乐为欢。

相传金章宗曾经在琼华岛上为宠爱的宸妃李氏建造梳

妆台，某天夜里两人同在台上赏景，章宗突然出了一个上联"二人土上坐"，宸妃才思敏捷，立刻对出下联"一月日边明"。——两个"人"字加上"土"便是"坐"字，而象征皇帝的"日"字与代表后妃的"月"字相伴即为"明"字，应时应景，堪称绝妙的文字游戏。

另据佚书《明昌遗事》记载，明昌年间（1190-1196年）中都城内外最著名的八处景致被题为"燕京八景"：居庸叠翠、玉泉垂虹、太液秋风、琼岛春阴、蓟门飞雨、西山积雪、卢沟晓月、金台夕照。其中"太液秋风"和"琼岛春阴"分别指万宁宫池上秋景和琼华岛的春色——"太液"本是西汉时期建章宫水池之名，池中曾堆叠岛屿模仿海上仙山，万宁宫的景象与之颇为相似，宫内的一潭碧水也以"太液池"为别名。

金代皇帝常在万宁宫太液池乘龙舟游逛，船上彩旗与水中莲花相互辉映，一位名叫史学的金代诗人曾作《宫词》描绘其盛况："宝带香褠水府仙，黄旗彩扇九龙船。薰风十里琼华岛，一派歌声唱采莲。"

金朝全面汉化的同时，尚武精神逐渐减弱。为防备北方更为强悍的游牧民族侵袭，章宗下旨在边境修筑绵延千里的长城。泰和四年（1204年）四月，万宁宫的端门失火，预示将出现不祥之事。两年后（南宋开禧二年，1206年），南宋权相韩侂胄起兵北伐，金军反击获胜，却也大损元气。就在同一年，雄霸草原的蒙古乞颜部大汗铁木真在斡难河（今蒙古国境内的鄂嫩河）源头召开大会，各部领袖为其献上尊号"成吉思皇帝"，史称"成吉思汗"。成吉思汗率领蒙古各部发起大规模进攻，金人的噩梦从此开始。

孤屿苍烟

蒙古人的铁骑长弓无敌于天下，屡次大败金兵，锋镝直指中都。金朝第七任君主完颜永济是章宗的叔叔，被成吉思汗视为"庸懦之人"，面对冲天狼烟，一筹莫展，只能苦苦支撑，完全无暇顾及离宫美景。至宁元年（1213年）蒙古军进攻中都期间，金廷又一次发生内乱，右副都元帅胡沙虎杀害皇帝，废为东海侯，后改封卫绍王。

继位的金宣宗完颜珣也无力扭转困局，于贞祐二年（1214年）被迫离开屡次陷入重围的中都，迁都于汴京，令大臣完颜复兴坚守中都。次年成吉思汗大军攻破中都，大肆焚掠。这座城市就此归入蒙古版图，改称燕京，由契丹族大臣石抹明安、石抹咸得不父子先后率军留守。

蒙古人为游牧民族，以毡帐（俗称蒙古包）为住所，在大漠上逐水草而居，不断迁徙，很少修造固定的城池和房屋，对其他国家的城市和建筑也缺乏爱惜之心，四处攻城略地，经常采用屠城毁城的残酷方式来打击敌国，对当时欧亚大陆的建筑文明破坏极大。金中都陷落的时候，包括万宁宫在内的所有皇家宫苑都遭到严重摧残。

蒙古成吉思汗十六年（金宣宗兴定五年，1221年），丘处机以七十三岁的高龄携弟子远赴西域，于次年四月抵达大雪山（今阿富汗境内的兴都库什山）八鲁湾行宫，觐见成吉思汗。成吉思汗尊丘处机为神仙，三次召见，垂询治国与养生之道，丘处机乘机劝他敬天爱民、停止屠杀、清心寡欲。二人对话被著名文臣耶律楚材编辑为《玄风庆会录》。

蒙古成吉思汗十九年（金哀宗正大元年，1224年），丘处机应石抹咸得不等人的邀请，又一次来到燕京，住持天长观。燕京留守诸官将万宁宫园池及周围的几十顷地也辟为道院，献给丘处机静居修行。丘处机再三推辞不得，便接受下来。官府发布榜文，禁止百姓在这一带砍柴采药。

丘处机经常在用过斋饭后与弟子们同游万宁宫琼华岛，赋诗为乐，其中一首寒食诗赞咏此园风光："十顷方池间御园，森森松柏罩清烟。亭台万事都归梦，花柳三春却属仙。岛外更无清绝地，人间惟有广寒天。深知造物安排定，乞与官民种福田。"将琼华岛比作人间的广寒月宫，称周围有十顷方池和茂密的松柏花柳，充满仙气，但旧时的亭台大多已经不存。

当时琼华岛上的假山又名"寿乐山"，源自《论语》中"仁者乐山"与"仁者寿"的典故。次年（1225年）夏季五月，丘处机登上寿乐山，看见四周绿荫如幄，行人在树下休息，丝毫感受不到暑气，便当场吟诗一首："地土临边塞，城池压古今。虽多坏宫阙，尚有好园林。绿树攒攒密，清风阵阵深。日游仙岛上，高视八纮吟。"

蒙古成吉思汗二十二年（金正大四年，1227年）五月，大汗传旨将琼华岛道院改名为万安宫，天长观改名为长春宫。经过几年的休养整治，此时万安宫的建筑稍有恢复，园池中的禽鱼也逐渐多了起来，生机盎然，游人不绝。丘处机平时多住在长春宫，但几乎每天都要骑马来万安宫逛一圈。他有一次从琼华岛游毕回到长春宫，向学士陈秀玉出示了一首七律："苍山突兀倚天孤，翠柏阴森绕殿扶。万顷烟霞常自有，一川风月等闲无。乔松挺拔来深涧，异石嵌空出太湖。尽是长生闲活计，修真荐福迈京都。"诗中描写岛上假山高耸，苍翠的柏树环绕广寒殿，挺拔的松树下临涧谷，特别提到山间这些奇异的石头内嵌空洞，来自江南的太湖。有客人献诗拜谒，丘处机作诗回赠，称琼华岛为"燕国蟾宫"。

当年六月二十一日，丘处机感觉身体不适，闭居养病。二十三日这天中午有人来报，说万安宫上空突然雷声大作，太液池的南岸溃塌，水向东激荡流出，轰鸣之声传到几十里之外，不久池底便彻底干涸，鱼鳖一逃而尽，北口的一处假山同时崩坏。丘处机听闻之后，沉默良久，笑着说山摧池枯，我大概也将随之而去吧。七月初七日，这位仙师在长春宫宝玄堂羽化升天。五天后，一代天骄成吉思汗也在遥远的六盘山行营中与世长辞。

蒙古窝阔台汗五年（金天兴二年，1233年），蒙古大军攻破汴京。一年多之后（1234年）又破蔡州，大金末代皇帝哀宗完颜守绪自杀，金朝灭亡。次年，蒙古铁骑发动针对中亚、西亚的第二次西征，同时兵分两路，开始攻击南宋，遭到宋军顽强抵抗。

蒙古乃马真皇后称制二年（1243年），著名诗人元好问来到劫后荒芜的燕京，游览琼华岛，作《南乡子》词："楼观郁嵯峨，琼岛烟光太乙波。真见铜驼荆棘里，摩挲。前度刘郎泪更多。胜日小婆娑，欲赋芜城奈老何。千古废兴浑一梦，从他。且放云山入浩歌。"词中大有凭吊故国之意。他还在一首《出都》诗的末尾自注："寿宁宫有琼华岛，绝顶广寒殿，近为黄冠辈所撤。""黄冠"是道士的别称，说明当时琼华岛仍为道观所占，岛上原有的广寒殿被拆。

十年之后（1253年）的一个夏日，另一位著名文士郝经也来到万宁宫御苑旧址，登上琼华岛，"想见大定之治，与有金百年之盛，慨然有怀"，写了一篇《琼华岛赋》，夸赞此处"郁天居之宏丽，开陆地之海山"，楼台金碧辉煌，长桥横跨霓虹，宛如仙人所居的赤城紫府在人间呈现的幻影；琼华岛突兀于水中，堪比昆仑之巅，又似海上的鳌头鲸背，承载日月。赋中感叹随着金朝败亡，故园呈现出"枯石荒残""琼花树死""太液池干"的凄惨景象，只剩一座孤岛卧于苍烟之中。最后由艮岳遗石联想到宋徽宗、完颜亮，痛斥这些"虐政虐世"的昏君暴主"以万人之力，肆一己之欲",所造的石山实际上是一座血山,而只有宽厚爱民的仁君所筑的假山,才称得上是"德山"。

1251年,成吉思汗幼子拖雷的长子蒙哥登上汗位,调集三路大军,再次大举进犯南宋。其弟忽必烈率军绕道先灭了西南的大理国,然后直逼鄂州(今湖北武汉)。蒙哥本人亲自统领另一路大军进攻巴蜀地区。

忽必烈是拖雷第四子,奉蒙哥之命总理漠南汉地事务,其王府中聚集了大量的汉族幕僚,刘秉忠、许衡、姚枢、郝经等饱学之士为之筹谋建策。受汉族文明的影响,忽必烈于1256年在草原上的滦河上游修筑了一座城池作为自己的大本营,起名为"开平",遗址在今内蒙古锡林郭勒盟正蓝旗、多伦县西北闪电河畔。

1259年,大汗蒙哥领兵攻打合州(今重庆),在钓鱼城下突然驾崩。在郝经的力谏下,忽必烈率军从鄂州前线北归,于1260年初抵达燕京,在近郊驻扎度过寒冬。三月春暖,忽必烈继续北行来到开平,登基称帝,宣示天下,并模仿中原王朝定年号为中统。

留守大漠的蒙古王公拥戴拖雷的另一个儿子阿里不哥为大汗。兄弟二人各统精兵,爆发了长达四年的激烈内战。中统五年(1264年),阿里不哥兵败投降,忽必烈大获全胜,下诏仍以燕京为中都,并改年号为至元。就在前一年,开平已经先被定为上都。

上都位于遥远的北方大漠,宫殿设施简略,而中都经过战争洗礼后，沦于残破，都不适合用作帝国的首都。至元四年（1267年），忽必烈决定在金中都旧城的东北营造一座新的都城，委派汉族大臣刘秉忠和阿拉伯人也黑迭儿（又译作伊克德勒丹）主持规划建设，并由皇帝亲自裁定所有细节。

海山胜境

至元八年（1271年），忽必烈在朝臣的提议下，取《易经》"大哉乾元"之义，将大蒙古国的国号改为"大元"，从此元朝正式建立。

次年（1272年），忽必烈下旨将新都定名为"大都"，意为雄视八表的"宏大之都"，而威尼斯人马可·波罗在其行纪中称此城为"汗八里"。

从至元五年（1268年）开始，忽必烈连年发兵攻宋。至元十三年（1276年）正月元军抵达临安城下，南宋太皇太后谢氏、宋恭帝赵㬎率百官出降。流亡的宋室诸臣先后拥立年幼的宗室赵昰、赵昺为帝。至元十六年（1279年）二月，元军在崖山海战中全歼宋军，南宋彻底灭亡。元朝成为中国历史上第一个由少数民族建立的大一统王朝。

至元二十二年（1285年），大都的城池、宫殿、御苑、官署和一些重要的佛寺陆续建成，朝廷颁布诏令，令中都旧城中的居民迁入新城，除高官权贵之外，普通百姓每户分拨八亩宅基地，各自建屋居住。之后若干年又增建了孔庙、国子监以及更多的寺庙、邸第、民居。

至元三十一年（1294年）正月二十二日，忽必烈在大都驾崩，庙号世祖。至此大都城基本建成，历代元帝又不断加以续建，宫殿、御苑、庙宇、府宅日渐稠密，形成一个人口近百万的繁华都市。

大都平面轮廓近于方形，拥有宫城、皇城、外城三重城墙。皇城和宫城的位置偏南，另在外城东南和西南分别设置太庙和社稷坛，以符合先秦《考工记》"左祖右社"的规制。城中道路分为大街、小街和胡同三个等级，编织成严整的方格网系统。

在中国古代都城建设史上，元大都最独特的地方在于首次将两片大面积的水面纳入城墙范围之内。皇城由金代的万宁宫旧址拓展而成，太液池位于西部，池东岸建造皇帝所居的大内宫城，其北为灵囿，池西岸建太子所居的隆福宫，元成宗时期改为太后宫，而元武宗在隆福宫的北面为其母亲又建了一座兴圣宫。外城北部有一片面积更大的湖面，称"海子"，便是什刹海的前身。蒙古人早先在草原上游牧，一般都会选择临水之地驻扎帐篷，部落首领们的大帐往往环水而立，而元大都皇城与外城的格局正是这一习俗的如实反映。

大都的水系由著名科学家郭守敬设计完成，以两条平行的水道，分别引西北郊玉泉山和昌平神山的泉水，通过金河和长河注入太液池和海子之中，再汇合流入城东的通惠河，

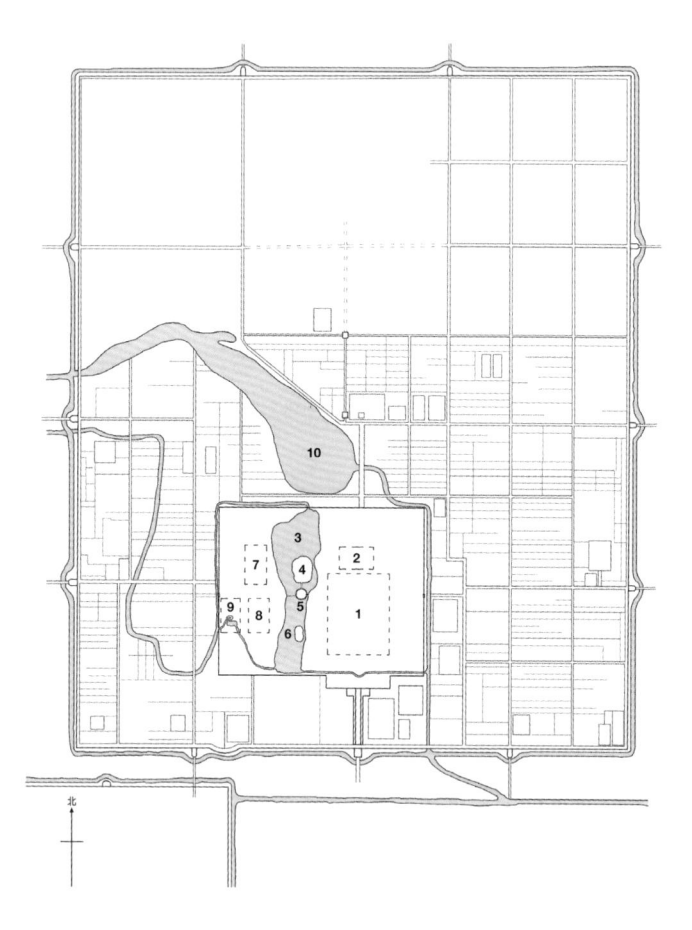

元大都平面图。戈祎迎根据《中国古代建筑史·第四卷·元明建筑》重绘

1 大内 2 灵囿 3 太液池 4 琼华岛（万岁山） 5 圆坻 6 犀山台 7 兴圣宫 8 隆福宫
9 西御苑 10 海子

248

沿大运河通往千里之外的江南杭州。这套水系可满足城市供水、防洪排泄、农业灌溉和水上运输的需求，达到极高的科学水平，同时也保证了太液池充盈的水景。

金代的万宁宫本是城外的离宫御苑，到了元代，昔日的太液池和琼华岛成为大内御苑的核心景致，地位更加崇高。

太液池水面狭长，沿袭了秦汉以来皇家园林中最常见的"一池三山"模式，水中由北至南依次凸起三座岛屿，分别对应东海三仙岛中的蓬莱、瀛洲和方丈。

北面最大的岛便是琼华岛。早在与阿里不哥激战方酣的中统四年（1263年），也黑迭儿便向忽必烈建议重修此岛，大汗没有同意。至元元年（1264年），忽必烈正式下旨开始对岛上的建筑和景物进行重建。至元八年（1271年），也就是创立元朝的这一年，将此岛赐名为"万岁山"，寄托了王朝命脉延续万年的愿望。

万岁山上依旧保留着当年从艮岳搬来的许多玲珑奇石，峰峦叠嶂，与更加隆郁的松桧融为一体，完全是一幅天然山林的秀丽景象。万千巉岩诡石之间，隐藏着深邃的洞穴，宛转迷离。岛东侧有石桥可达太液池东岸，长七十六尺，宽四十一尺半。岛南的白玉石桥长二百余尺，通往南侧的小岛，桥北置有玲珑山石，建了五扇木门，与石头同色，门内的空地上有日月二石相对而立。西侧有一块石棋枰，旁依石坐床，左右两侧都有小径可以登山。

岛上建筑大致以对称的形式分布，一殿一亭，各具其妙。山顶重建广寒殿，面阔七间，重檐屋顶，台基东西宽一百二十尺，南北深六十二尺，室内安装藻井，地面铺砌彩石，四面布置花格细密的窗户，立柱上有云龙盘旋，外涂黄金。殿东、西、北三面装饰成千上万片香木凿金祥云，在屋顶汇集，上托金龙。殿中设有金玉镶嵌而成的御榻，左右罗列大臣们的坐床、坐椅，前置螺钿镶嵌的桌案。至元二年（1265年）十二月，世祖令皇家作坊用南阳独山所产的一整块黑色白纹大玉石雕琢了一尊大酒瓮，名为"渎山玉海"，放置在广寒殿御榻之前。此瓮平面呈椭圆形，腹内可贮酒三十余石，周身刻画海浪波涛，龙、猪、马、鹿、犀牛、鱼、海螺等各种水陆动物出没其间，神采飞扬，极其生动。除此之外，殿内还有一座缩微的玉雕殿宇，以及玉假山和玉响铁各一件。

马可·波罗在行纪中描写，蒙古宫廷在举行朝宴的时候，大汗的御座设于大殿北部中央位置，左右分别为皇后和太子的坐席，王公大臣按照各自的品级分坐两侧，其余官员在殿外侍立，大殿中央通常会放置一个满载佳酿的硕大酒器，周围环绕若干坛瓶，内盛马奶、骆驼奶和各种饮料，以供豪饮。广寒殿的内部陈设正是一个典型的例证。大殿台基四周设有汉白玉栏杆，殿后竖立两根石笋，其间探出一个石雕龙头。西北侧建有一间厕堂，作方便之所。旁边还有一根几丈高的铁竿，顶上用铁链系了三只金葫芦，据说是金章宗时代的遗物。

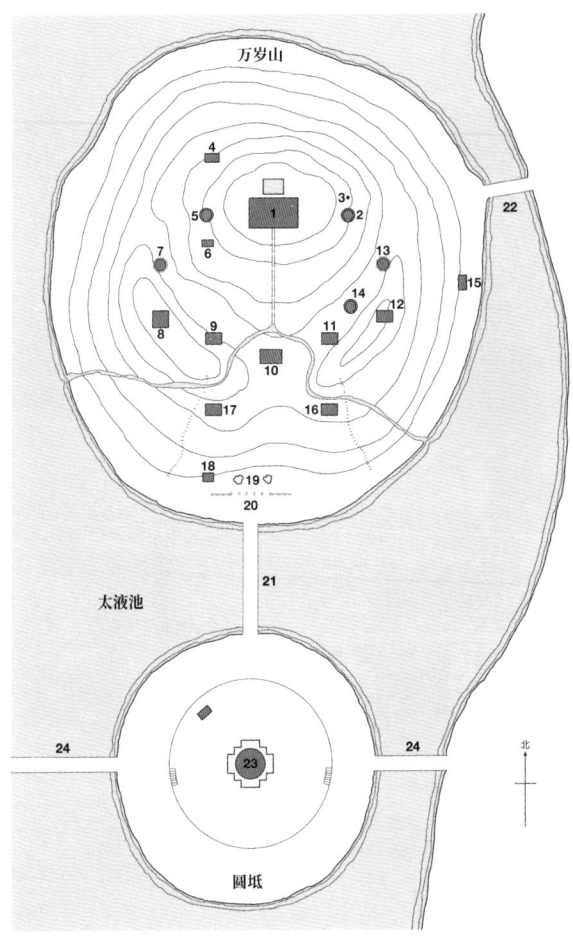

元代万岁山、圆坻平面示意图。戈祎迎根据《中国古典园林史》插图改绘

1 广寒殿 2 金露亭 3 法轮幡竿 4 厕堂 5 玉虹亭 6 天然石屋 7 瀛洲亭 8 温石浴室
9 延和殿 10 仁智殿 11 介福殿 12 荷叶殿 13 方壶亭 14 胭粉亭 15 东浴室 16 马湩室
17 牧人室 18 石棋枰 19 日月二石 20 五扇木门 21 白玉石桥 22 石桥 23 仪天殿 24 木桥

251

元代渎山玉海旧照。图片来源：《帝京旧影》

金露亭和玉虹亭分别位于广寒殿东西两侧，均为圆形平面，以九根柱子支撑攒尖屋顶，上饰琉璃宝珠。金露亭后竖立一根铜质的法轮幡竿，高达百尺。玉虹亭的前面有一个天然石屋，元代宫廷宴会前经常在此温酒。

假山南坡中间位置为三间仁智殿，其东北为介福殿，西北为延和殿，同为三间殿宇。介福殿的东侧有荷叶殿，其北的方壶亭是一座两层的八角亭，又名线珠亭，高三十尺，内部不设楼梯，从旁边的山石磴道登上二层。其西侧有一个供奉吕洞宾的吕公洞，最为幽邃，洞上的山道可抵金露亭。

假山西部与方壶亭对应的位置有一座形制相同的瀛洲亭，其南为温石浴室，方形平屋顶，上置镀金宝瓶。荷叶殿稍西还有一座圆形的胭粉亭，是元代后妃的梳妆之所。仁智殿东南的马湩室是挤马奶的地方，西南设牧人室。假山东坡种植大片柳树，树荫下另设三间东浴室，两侧的挟屋用作更衣殿。浴室内部分为九室，形如洞窟，相互连通，中央有蟠龙口吐温泉，萦绕各室，香雾弥漫，令人目眩神离。

万岁山南侧的圆形岛屿名为"圆坻"，中央坐落一座圆形平面的仪天殿，又叫"瀛洲圆殿"，共十一间，周长七十尺，重檐屋顶——这种水上圆台殿宇的形式袭自北宋东京御苑金明池，后来清代在长春园、清漪园中分别建海岳开襟和治镜阁，均属于同一模式。仪天殿内设有御榻，西北辟有一间供皇帝专用的厕堂，台基西部砌筑砖龛，值宿的侍卫在龛内据守。

圆坻东侧的木桥长一百二十尺，宽二十二尺，与大内宫城的夹道相通,皇帝可秘密穿梭往来其间。岛西的木吊桥也是二十二尺宽,长度达到四百七十尺,中间部分空缺,其下停泊两条船,船上立柱,柱上架梁,以浮桥的方式将桥身连为一体——如果皇帝离开大都外出巡游,留守官就将船移走,断绝此桥。

圆坻之南的另一座小岛名为"犀山台",上面种了许多木芍药。万岁山东侧、大内宫城北侧的灵囿则是一座动物园,里面豢养各种珍禽异兽。元朝皇帝每次去上都开平避暑之前,都会在这里宴集百官。更大规模的御宴在广寒殿举行,当天会将灵囿中的所有野兽放到万岁山上,虎豹熊象依次排列,场面十分壮观,一头身材短小、类似金毛猱狗的狮子最后压轴出场,其他野兽对之极为畏惧,全部俯伏在地,仿佛是在朝拜万兽之王。

大都御苑内部的水系设置相当复杂。金河之水沿着一条石渠流到万岁山北面,通过机械装置的转输,汲升至山顶,从广寒殿后的石雕龙头口中吐出,汇入一个方池,再以地下潜流的方式引水至仁智殿北侧,从一条石刻蟠龙昂扬的龙首中仰天喷出,然后分为东西两条溪流,注入太液池中。元代画家王振鹏于皇庆元年(1312年)所绘的《大明宫图》中就有龙头吐水的画面,另外上海博物馆藏有一幅元人所绘的《广寒宫图》,都可能借鉴了大都宫苑的实际景象。

蒙古帝国疆域空前广阔,势力横跨欧亚,融合东西方多民族的文化。大都内苑在金代离宫的基础上做了全面的改建,建筑以中土形式为主，景致延续东海仙境、仁者乐山、智者乐水等汉族文化主题，同时掺入蒙古、西藏和各种异域元素，例如马湩室和牧人室反映了典型的草原习俗，法轮幡竿为藏传佛教器物，两座浴室明显受到西亚蒸汽浴房的影响，而室内和室外的喷水装置则吸纳了欧洲园林中的喷泉技术。

太液池上依旧广植荷花，鱼鸟群集。至大二年（1309年）中秋之夜，元武宗曾与诸妃泛舟池上，令宫女扮演水

北宋张择端绘《金明池争标图》。天津博物馆藏

元代王振鹏绘《大明宫图》（局部）。美国大都会博物馆藏

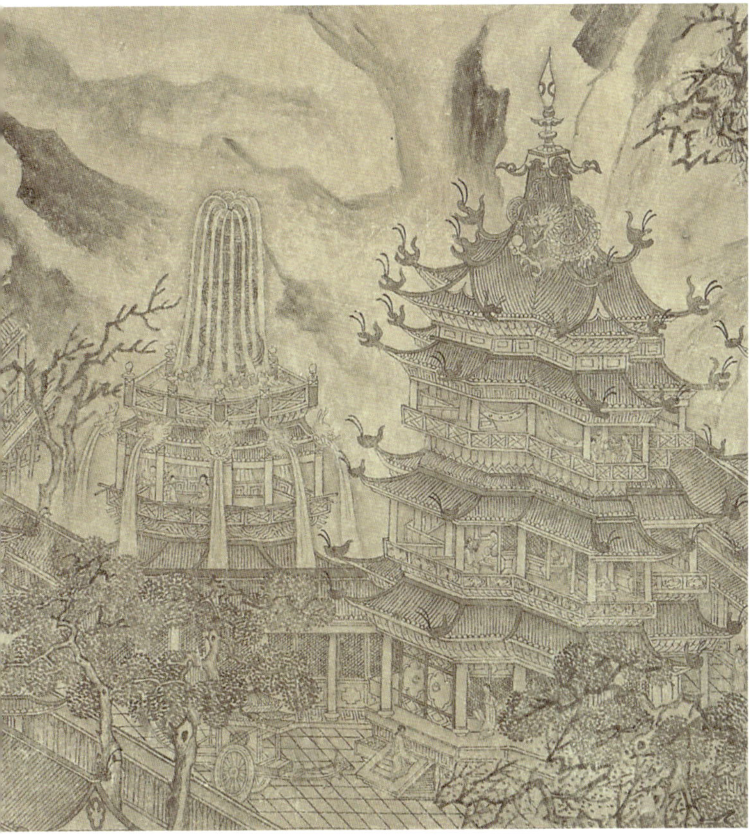

元代佚名绘《广寒宫图》。上海博物馆藏

军，分成两队，左队戴赤羽冠，穿斑文甲，建凤尾旗，手执泥金画戟，号称"凤队"；右队戴漆朱帽，穿雪氅裘，建鹤翼旗，手执沥粉雕戈，号称"鹤团"。又用彩帛结成采菱舟和采莲舟，轻快便捷，往来如飞。月色如昼，武宗所乘御舟在荷叶之间行驶，船上摆设筵席，宫女们身披罗縠，表演八展舞，唱《贺新凉》曲。

太液池岸边的大内宫城、兴圣宫和隆福宫内部各有园林景致，隆福宫的西侧另有一个独立的西前苑，河道从中穿越，扩为水池，池中建了两座圆殿，通体以玻璃装饰，恍若水晶宫。主殿之北堆叠假山，高五十丈，分设东西二峰，山上引飞泉，建层台高阁，与广寒殿遥对。

历代元帝对大都御苑屡有增饰。如泰定二年（1325年）六月，泰定帝下旨对万岁山的殿宇进行大修。两年后又令人在山上新栽花木八百七十株。

元文宗对园林建筑技艺颇为精通，继位前曾被封为怀王，居于金陵，想念大都御苑风光，令属臣房大年画一幅《万岁山图》，房大年推辞说从未见过御苑风景，无从下笔。文宗便命人拿纸过来，亲笔默画了一张准确的平面图，供房大年参考，水准远胜专业匠师。文宗崇信佛教，曾于天历二年（1329年）十月在广寒殿举办法会，又于至顺元年（1330年）四月令西藏的番僧在仁智殿做佛事。

五代后梁至明朝初年的四百多年间，朝鲜半岛上有一个王氏建立的高丽王国。蒙古大军九次征伐，迫使其归顺。高丽王室为了自保，往往迎娶蒙古公主为妻，同时向元朝后宫进贡美女，其中一位出身贵族世家的奇氏之女成为元顺帝的嫔妃，生下太子爱猷识理达腊，后来被册封为皇后。高丽的恭愍王曾经派奇后的表兄李公遂来大都朝觐，太子奉顺帝之命在广寒殿上召见这位表舅，故意指着殿中的匾额和金柱考问他的学识，李公遂对答如流，而且语带讥讽。太子向顺帝据实回奏，顺帝说我早知道这位高丽大贤，你母亲的娘家就出了这么一个人才。

内廷特制一种龙船，首尾长一百二十尺，宽二十尺，上建五殿，船身和殿宇都采用五彩金装，行驶时龙的头尾眼爪一起活动，栩栩如生。至正十三年（1353年）秋日，顺帝乘这艘船在太液池上赏月，池上临时搭建了三座浮桥，每座设三个桥洞，洞上有结彩飞楼，宫女坐在楼上奏乐，恍若仙宫青娥。

有方士进献"春阳一线巾"，说是东阳长生公戴过的，顺帝视为珍宝，觉得自己戴上便飘然脱尘，太监梁行进乘机献媚说陛下本来就是神仙，太液池万岁山堪比蓬莱，住在这里与仙境无异。于是顺帝在万岁山周围仿天台赤城筑墙，号称"紫霓城"，山上建玉宸馆，又造了一个琼花洞用于居住，自称"玉宸馆佩琼花第一洞烟霞小仙"，封丽嫔张阿玄为"太素仙妃"，妃子程一宁为"太真仙妃"。顺帝还为宠爱的才人英英在万岁山上建了一座采芳馆，其中铺设的席子以高丽唐人岛所产的满花草编织而成，又设重楼金线褰、浮香细鳞帐、六角雕羽屏，都是极为珍贵的东西。

大明故迹

元末天下大乱，群雄并起，朱元璋消灭南方各路豪强，定都南京，建立明朝。

洪武元年（1368年），明太祖朱元璋派遣徐达等将领北伐，元顺帝远遁大漠，大都被明军占领，改为北平府。太祖以诸子为藩王，镇守各地，北平是第四子燕王朱棣封地。为镇压前朝王气，太祖曾派工部郎中萧洵去北平拆毁元代宫殿，具体情况文献记载不明，但以太液池为主体的御苑基本都保留下来了。

太祖驾崩后，皇孙朱允炆继位，改年号为建文。其叔朱棣以"靖难"为名由北平起兵南伐，攻陷南京，夺取帝位，是为成祖。永乐元年（1403年），成祖下旨在北平设顺天府，改称北京，从永乐四年（1406年）开始仿南京宫殿建造紫禁城，至永乐十八年（1420年）基本建成，同时还修造了坛庙、钟鼓楼和许多府宅建筑。永乐十九年（1421年）正式迁都于北京。

明初占领大都之后，出于军事防御的考虑，重新调整了城墙的范围，将城市北部地区放弃，整体向南转移。城市形态仍近似方形，拥有明确的中轴线，紫禁城位于中心位置，外环皇城。皇城北部垒筑了一座土山，也称"万岁山"，传说因为所堆土渣看上去很像煤炭，俗称"煤山"。皇城西部被辟为独立的西苑，其主体部分便是元代的太液池。

朱元璋出身贫寒，崇尚节俭，明代早期的几位皇帝都对苑囿建设相当节制，北京紫禁城中的御花园规模有限，对西苑也较少营修之举。中国国家博物馆藏有一组《北京八景图》，传说为明初画家王绂所绘，图上有永乐十二年（1414年）胡广所题诗序，其中《太液晴波》《琼岛春云》二图以写意手法表现了当时的苑中景物。

《大明太宗文皇帝实录》记载，永乐十二年九月"开北京下马闸海子"。下马闸是太液池南端的水闸，在其南边加挖出一个新的湖泊，与太液池之间隔有堤坝，并有河道连通。后来这片水面被称为"南海"，而太液池原来的水面以圆坻西侧的长桥为界，分为北海和中海两个部分，从此奠定了西苑三海南北纵贯的新格局，三处水面合称"西海子"。

这座袭自前朝的御苑，正如唐代在隋代麟游宫旧址上重修而成的九成宫，既作游幸休憩之所，又被视为前世的镜鉴。成祖曾经带着皇太孙朱瞻基一起游览西苑，登上琼华岛万岁山，手指周围的城阙山河，说北京是传说中轩辕黄帝始建的都城，本应属于宋朝的疆界，但是宋人不行善政，城池为金人所占；金人也不行善政，又被元人所得；元人不记取前朝教训，为政更加暴虐，我朝太祖高皇帝得到上天垂佑，吊民伐罪，收复故都。又指着万岁山说，此山本是宋朝皇帝所筑的艮岳，是其昏庸腐朽的罪证；金朝皇帝不以为戒，将山石运到这里；元朝皇帝大加扩建，更是荒谬无比。成祖接着告诫皇孙：为君者应该牢记《尚书·夏书》所云"峻宇雕

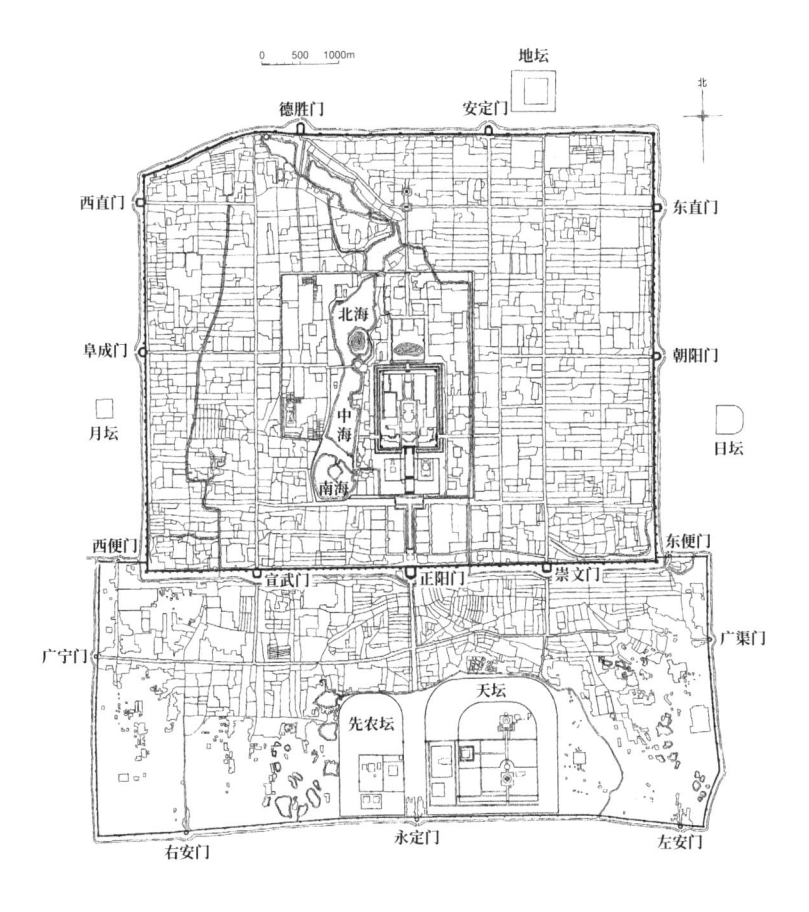

明清北京城平面图。图片来源:《中国古代建筑史》

墙，未或不亡"道理，来这里游览，一定不要忘记时刻警醒自己。

朱瞻基在其父仁宗朱高炽去世后登基为帝，年号宣德，身后庙号宣宗，在其十年统治期内，作风简朴务实，重用杨士奇、杨荣、杨溥等贤臣，施政清明，使得天下出现"堪比文景"的康乐局面，确实没有辜负祖父的教诲。宣德年间的西苑也有少量的重修工程，例如对颓败的圆坻仪天殿进行重建，改称"承光殿"，此外还改建了一座清暑殿，用作皇太后宴游之地，以示孝心。宣德三年（1428年）春天，宣宗亲自扶着太后登上西苑万岁山，并在席上举觞祝酒，献诗颂德，太后大喜，对宣宗说我们母子得享这样的天伦之乐，乃是上天和祖宗所赐，而天下百姓同样都是上天和祖宗的孩子，做皇帝的，应该善待他们，让他们免于饥寒。

宣德八年（1433年）四月二十六日，宣宗特赐成国公朱勇、丰城伯陈贤、新建伯李玉、少傅杨士奇等十五位重臣游览西苑，沿着太液池岸边步行，依次经过圆坻、清暑殿，登万岁山，至广寒殿，遍览仁智殿、方壶亭等其他景点。杨士奇写了一篇《游西苑序》，说在山顶向西望去，饱览京师的壮丽风光，感觉胸襟豁然，心旷神怡。宣宗还令宦官送来黄封御酒和御厨珍馐，群臣尽醉而归。

宣宗驾崩后，其年幼的长子英宗朱祁镇继位，在太皇太后张氏的支持下，三杨等人继续主理政务。

随着张太后和一班老臣先后去世，朝政逐渐松弛。英宗

明代佚名绘《宣宗御苑斗鹌鹑图》。故宫博物院藏

成年后，宠信宦官王振，正统十四年（1449年）在王振的鼓动下草率地亲自领军征讨瓦剌，结果在"土木堡之变"中被俘虏。其弟郕王朱祁钰在大臣于谦等人的拥戴下继位，遥尊英宗为太上皇，改元景泰。后来英宗被瓦剌放回，却被景泰帝幽闭于皇城东南角的南宫，形同囚犯。景泰八年（1457年）正月，武清侯石亨、都督张𫐄、左副都御史徐有贞和太监曹吉祥等人乘景泰帝病重之际发动"夺门之变"，迎英宗

重登皇位，改元天顺。

大概是为治愈之前所受的心灵创伤，英宗复位后下旨对西苑进行大规模的扩建改造，以求更好的享乐条件。工程于天顺四年（1460年）九月完竣，最重要的内容有两项：一是将圆坻、犀山台与东岸之间的狭窄水面填平，使得原本四周环水的两座小岛成为与陆地相连的半岛，同时在圆坻高台周围加筑一圈城墙，改称"团城"，将犀山台旧址改为蕉园；二是在南海中央堆筑一座新的岛屿，称"南台"，与北海中的琼华岛远隔相望——元代"一池三山"的景象由此转化为"三海两岛"。除此之外，还在万岁山、南台和池岸修建更多的殿亭楼台。英宗也曾赐公卿大臣游西苑，韩雍、李贤都为此写过游记。

明孝宗朱祐樘以宽厚仁慈、勤政爱才著称，国势一度中兴。弘治二年（1489年）五月，孝宗下旨重修团城，并将团城西南那座横跨东西岸的木长桥改建为石拱桥。

明朝后期宦官专权，朝政糜烂。武宗朱厚照生性荒唐，酷爱游乐，于正德二年（1507年）至正德七年（1512年）耗银二十四万两，在西苑西北部建造了一座神秘的豹房，其中私藏美女、娈童。武宗经常躲在这里尽情享乐，顺便处理日常政务。

武宗身后无子，其堂弟朱厚熜以藩王身份入继大统，年号嘉靖，庙号世宗。世宗想追尊已经去世的亲生父亲兴献王朱祐杬为皇帝，在朝堂上引发"大礼议"之争。为显示皇权威严，世宗秉承"礼乐征伐自天子出"的古训，视建筑为礼制的象征，大兴土木，在北京城南加建一圈新的城墙，形成内外二城的新格局，同时对宫殿、坛庙、苑囿做了新一轮的大规模扩建和改建。世宗迷信道教神仙之术，以西苑为修道之所，从嘉靖十年（1531年）开始，连续在西苑增建了许多殿宇和祭坛、祠庙，并常年在此居住、炼丹、斋醮、玄修，享受朝堂之外的清闲幽静。世宗去世后，继位的穆宗朱载垕一度撤除西苑中所有的道教陈设，拆了一些殿宇，并大幅减省相应的开支。

神宗朱翊钧年号万历，在位时间长达四十八年，对西苑做了进一步的续建，但皇帝本人很少临幸。到了天启、崇祯年间，明朝国势日衰，西苑只有零星兴作。

西苑澄波

明代西苑由上林苑丞管理，负责一切园池、禽兽、花木、果蔬事宜。设左监、右监各一人，正五品；左右副监各一人，正六品；左右监丞各一人，正七品；其下还有若干分署，各设署丞，正八品。

三海东岸筑有曲折的宫墙，在偏南位置辟西苑门，与紫禁城西华门相对，另外在团城和琼华岛东侧分别开设乾明门和陟山门。

入西苑门沿水岸北行，可至蕉园，又名椒园。园中有一座圆形平面的崇智殿，隐藏在苍翠的松桧之间，北筑钓鱼台，南辟金鱼池，池西临水建有玩芳亭。后来又陆续修建临漪亭、水云榭、五雷殿、迎祥馆、集瑞亭、太玄亭等建筑。明代每一任皇帝去世，都要修订当朝的《实录》，修成后在蕉园焚化草稿。世宗经常在此设醮，并竖立两块石碑，上刻"宫眷、法从人等至此下马"字样——"宫眷"指后宫嫔妃、宫女，"法从"指近臣、侍卫，都是跟随侍奉皇帝的人。

再北行二三里，至团城，从两侧的掖门入内登台，台上重建后的承光殿俗称"圆殿"，巍然高耸，经常用作观灯的场所，殿前三株古松参天蔽日。在此向北仰望嶙峋的万岁山，俯视澄澈的碧潭，颇有山奇水秀之感。到了明末，古松全部枯死，崇祯五年（1632年）连根刨除。

团城西侧石桥沿用"金海桥"之名，形如长虹，东西桥头各立一座牌楼，东曰"金鳌"，西曰"玉蝀"，故而此桥又叫"金鳌玉蝀桥"——"鳌"指海中的大龟，"蝀"指彩虹，都与仙境传说有关。石桥左右各有四个孔洞，中间断开一丈左右，用木梁代替石券，上设木栏杆，可以随时开启，便于行船。

跨过团城北面的另一座石桥，就来到石墙环绕的琼华岛，门洞内有小殿，周围排列奇峰怪石，罗植嘉木佳卉，形态最绝的一尊峰石名为"翠云"，上面刻有英宗所作的御制诗。山脚处保留元代的石棋枰和石床，还有琴台和翠屏等天然小景，琴台上横着一块郭公砖，敲之清脆如奏乐。沿西坡登万岁山，依次过虎洞、吕公洞、仙人庵。峰顶广寒殿高广明亮，室内凉气逼人，夏天也毫无暑热之感。在殿前观览京城风景，三海烟波、紫禁宫阙、衙署寺观、府宅集市、城墙城楼以及远处的重重西山，均历历在目。南坡上元代所建的仁智殿等三殿和广寒殿四边的瀛洲亭等四座亭子都保持原样，只是金露亭和玉虹亭互换了名字。瀛洲亭的西边有一口水井，深不可测。

万历七年（1579年），广寒殿屋顶梁架塌毁，现场发现一百二十文带有元朝"至正"年号的铜钱，属于"镇物"性质。神宗特意赏赐四枚给内阁首辅张居正。天启年间，大太监魏忠贤擅权，将峰顶的一些山石拆走。

万岁山东麓有石桥通北海东岸，正对陟山门。门内设有地下冰窖，冬天将池上厚厚的冰层敲成大块，藏入窖中，夏天取出来供宫廷降温避暑、调制冷饮之用。

向北继续走几百步，可见一座临水的凝和殿，面阔九间，坐东朝西，旁倚拥翠、飞香二亭，殿前码头系着五六艘小船。北侧是藏舟坞，进深十六间，停泊皇家专用的龙舟。

元代的金河到明代已经废止，西苑三海和城北由海子演化而来的什刹海都依靠长河从玉泉山引水。北海的东北角辟河道与什刹海水系相通，水口位置设有闸门，上建涌玉亭，亭下清流中游鱼最多，故而特意在亭上摆放了几十根钓竿，以供垂钓。嘉靖十五年（1536年）在闸旁建宏济神祠，祭祀

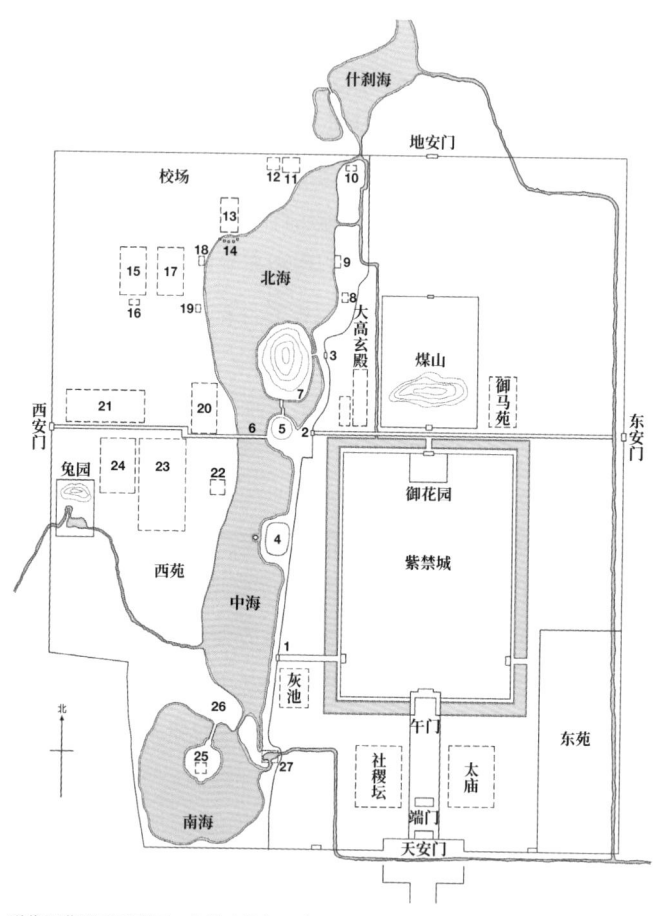

明代西苑平面示意图。戈祎迎根据《中国古典园林史》插图改绘

1 西苑门 2 乾明门 3 陟山门 4 蕉园 5 团城 6 金鳌玉蝀桥 7 琼华岛 8 凝和殿 9 藏舟坞 10 宏济神祠 11 印经厂 12 北台（嘉乐殿） 13 太素殿 14 五龙亭 15 豹房 16 腾禧殿 17 清馥殿 18 天鹅房 19 承华殿 20 玉熙宫 21 库房、酒房、花房、羊房、果园 22 紫光阁 23 仁寿宫（万寿宫） 24 大光明殿 25 南台 26 御田 27 乐成殿

270

水神和掌管舟船之神。附近还有一组庙宇，包括洪应殿、坛城、轰雷轩、啸风室、嘘雪室、灵雨室、耀电室等建筑，名称大多与祈雨有关。

由此向西，即为北海北岸，万历年间在此建有一所印制佛经的经厂。其西为北台，建于万历二十九年（1601年），高八丈一尺，宽十七丈，以石阶盘折而上，顶上建乾德阁，是广寒殿之外另一个制高点，倒影入水，如龙宫幻影。明末天启元年（1621年），钦天监声言此台高度超过紫禁城外朝三大殿，风水不利，于是将北台全部拆毁，三年后在原址重建了一座嘉乐殿。

北岸西北的大片空地是明代禁军的校场，北侧皇帝视察演习的正殿为振武殿，还设有储存粮食的恒裕仓。校场西南侧便是武宗所建的豹房，占地十顷，共有二百多间房屋，其中养了一头土豹，设二百四十名勇士驻守，每人佩戴一枚"豹"字铜牌。后来又在豹房的南边建了一座虎城，造型模仿边关的堡垒，其中蓄养老虎，每天要吃几十斤肉。虎城的旁边还有一座百兽房，里面养了更多的野兽。

武宗经常外出巡游，有一次跑到山西，在晋王府中见到一位名叫刘良女的美貌乐妓，十分迷恋，带回北京，特意在西苑豹房南侧建了一座腾禧殿给刘氏居住，屋顶铺黑色琉璃瓦，此殿因此得名"黑老婆殿"，旁边有一口"王妈妈井"。

校场东南有一座殿宇以锡制成，屋顶覆盖茅草，名为

"太素殿"。其西侧的岁寒亭则是一座草亭,亭上刻画松竹梅图案;东侧有一座远趣轩,前面的会景亭也是一座草亭。万历三十年(1602年)秋天,在临近岸边的水面上建五龙亭,中为龙泽亭,东为澄祥亭、滋香亭,西为涌瑞亭、浮翠亭,均采用正方形平面,屋顶造型各有变化,铺蓝色琉璃瓦,另镶黄色琉璃瓦剪边。同时还建了龙寿、玉华、游仙三座洞窟,天启元年拆除。

沿北海西岸往南走一段路程,可见水边有两座房屋,彼此相隔一里,都用竹篾编织而成,下通活水,用于饲养各种水禽,称"天鹅房"。再往南有一座承华殿,又名迎翠殿,坐西面东,旁倚映辉、澄波二亭,与东岸的凝和殿、拥翠亭、飞香亭隔水相对。

嘉靖年间在迎翠殿之西建造了一组庭院,前设仙芳门、丹馨门,院内设清馥殿、丹馨殿以及锦芳、翠芬二亭,是明世宗做道场的地方。附近还有宝月亭、芙蓉亭、澄碧亭、腾波亭、飞霭亭等诸多亭子。嘉靖十二年(1533年)四月,世宗驾幸西苑,召内阁首辅张孚敬等同游,先后来到宝月亭、清馥殿、翠芬亭,赏赐大臣茶酒、锦囊、诗扇、芍药,并御制古乐府、五言绝句、七言绝句各一首,命诸臣唱和。

西苑北海西岸还有一座玉熙宫,也建于嘉靖年间,世宗有时用作寝宫。万历年间神宗下旨挑选内侍三百余人,在这里学习江南的昆曲,堪与唐玄宗当年在骊山离宫所设的梨园相媲美。玉熙宫西边有一道棂星门,其西地段设库房、酒

北海五龙亭。贾珺 摄

房、花房、羊房、果园，为宫廷提供日常用品和饮食原料。

中海西岸地势开阔，明武宗经常在此跑马射箭，并建造了一座好几丈高的平台，台上有一座圆顶小殿，屋面覆盖黄瓦，两侧设爬山游廊，可拾级而上。台下即为射苑。明代后期这座平台被改建为紫光阁，崇祯帝偶尔在此召见大臣。

平台西侧地段据说是成祖做燕王时的王府旧址，嘉靖年间在此复建了一座仁寿宫，后来更名万寿宫，成为世宗修道的地方。嘉靖十年（1531年）在旁边修筑先蚕坛，后妃们在此祭祀蚕神并养蚕取丝。同时在这一带开辟稻田，建无逸殿，殿名源自《尚书》中的《无逸篇》，表现重视农业之意，皇帝经常来这里亲自演示耕种，并观察庄稼的长势。

世宗追求长生不老，常取年幼宫女的经血炼制丹药，为保持洁净，规定宫女们在经期内不得进食，还令她们每日凌晨去御苑中采集甘露。世宗性情暴烈，宫女稍有过失，便严加鞭笞，前后有二百多人被活活打死，其余幸存的女孩子饱受煎熬，内心愤恨之极。嘉靖二十一年（1542年）十月二十一日凌晨，以杨金英为首的十几名宫女在紫禁城乾清宫发动了一次鲁莽的刺杀行动，试图用绳子将熟睡的世宗勒死，却因为误打死结而功败垂成。事后这些宫女均被凌迟处死，世宗大受惊吓，搬到西苑万寿宫住了二十多年，直到嘉靖四十五年（1566年）十二月病危昏迷，才被抬回乾清宫，不久就咽气了。

西苑无逸殿东侧设有内阁大臣的直庐，大学士夏言、严嵩、徐阶等人都长期在此值宿办公。严嵩尤其勤勉，常常好多天不回家休息。他对世宗刻意逢迎，善于撰写斋醮时上表天帝的青词，故而最受世宗信赖，得以把持朝政，结党营私，被后世视为明代最大的奸臣。他陪伴世宗在西苑游逛，写过一首《奉和圣制西苑观莲绝句》："匝岸缃荷万盖新，翠华初驻绿池滨。皆言今日风光好，宿雨全消御路尘。"

嘉靖三十六年（1557年），世宗下旨在万寿宫西侧建了一座规模很大的道教宫观，其中正殿名为"大光明殿"，东西分设太始殿和太初殿；后殿名为"太极殿"，东西两侧为统宗殿和总道殿，此外还有帝师堂、积德殿、寿圣居、福真憩、禄仙室等附属建筑。这组建筑于万历三十年（1602年）被拆毁。

西苑西墙内别有一院，继承了元代西前苑的旧址，名为"兔园"，院内叠假山，状如云龙，称作"兔儿山"，山上建有四座殿堂，南侧跨了一座石桥。前殿的台基上凿出弯折的石渠，西侧以龙头吐水，可作"曲水流觞"之戏。山下藏着一个水帘洞，引水从洞顶密洞中排射而下，泠然作响。山前有一片池沼，水中有东西两座台阁。岸边古木森然，百鸟翔集，声鸣九天。

南海位于西苑南端，相对独立。水中的南台岛又名"趯台陂"，在北侧架了一座亭桥，岛上密植林木，中有庭院，以昭和殿为主殿，还有拥翠宫等建筑。院门外依水建有一座亭子，兼做龙舟停泊登岸的码头。

南海北岸辟有御田，东岸有一座院落，内含小池，池中有九岛三亭，中央的涵碧亭平面为十二边形，内设御榻，天花采用藻井形式。亭东为乐成殿，殿内左右均设龙床，后面的小室中也置有御榻。殿西有一间特别的房屋，屋内设石磨石碓各二具，秋天御田庄稼成熟，在此打谷脱粒。

南海之东与御河相通，也设了一道闸门，池水经此闸向东再转而向南，流出皇城之外。三海中有许多芦苇，水鸟往还，很有江南情调。夏天池上莲花绽放，盛况胜过往昔，所产莲藕、芡实与水中的鱼虾都以味美著称。

相比其他朝代而言，明朝的皇家园林数量很少，西苑是最重要的一处，承载了无数在紫禁城中无法体会的生活情趣。尤其在一些特殊的节日，西苑是难以替代的胜游之地。例如陆容《菽园杂记》记载宣德年间每逢五月初五端午节，满朝文武大臣都要扈从宣宗和太后一起来到西苑，先由武将比试射柳，然后共同观赏划龙船。太监刘若愚《酌中志》也记载明代末叶端午节期间皇帝往往会亲临西苑，乘船游览，在紫光阁前观看斗龙舟表演，或者在万岁山上插柳，并由御马监的骑士表演跑马。万历年间，每逢七月十五中元节，都要在金鳌玉蝀桥下放河灯，另在北海北岸的印经厂做法事，超度亡灵。九月初九重阳节宜登高，皇帝有时会登上兔园中的兔儿山，以示应景。

冬天三海水面结冰，宫廷成员可乘拖床在冰上划行。这种拖床又叫"冰床"，用木材制成，形如无腿的交椅，上铺干草编织的床垫，可坐两三人，前面有人用绳子拉着在冰上快跑，迅捷如飞，类似北方寒地的雪橇。

从万历后期开始，大明王朝充满内忧外患，风雨飘摇，大厦将倾。建州女真领袖努尔哈赤逐步统一各部，于万历四十四年（1616年）在赫图阿拉（今辽宁新宾）建立后金政权，年号天命。两年后，以"七大恨"告天，宣布起兵反明。之后经过连续征战，占领了关外大片领土。天启六年（天命十一年，1626年），努尔哈赤去世，其第八子皇太极继承汗位，年号天聪，励精图治，扩军整备，对明朝的威胁更大。

面对如此严峻的情势，北京城内的君臣束手无策。明熹宗朱由校是狂热的木工爱好者，将政务都交给魏忠贤打理。天启七年（1627年）八月，熹宗在乳母客氏和魏忠贤、王体乾等几位宦官的陪同下去西苑游玩，先在大船上饮酒，一时兴起，带了魏、王二人和两个小太监，划一只小船来到水深处，不料遇到大风，船翻落水。熹宗差点淹死，被救后卧床不起，为了治病，饮用尚书霍维华进献的"灵露"，结果病势更加沉重，几个月后便撒手人寰。

熹宗去世后，其弟信王朱由检继位，年号崇祯。崇祯帝不动声色地扫灭魏忠贤一党，力图挽救大明危亡的命运。他在宫中日夜操劳，有时也临幸西苑散散心，曾在苑中骑马，身手矫健，连从驾的侍卫都追赶不上。清朗秀丽的园景可以让他暂时忘却烦忧，但是京城之外早已黑云蔽天。

崇祯九年（天聪十年，1636年），皇太极在盛京（今辽宁沈阳）将国号改为大清，八旗铁骑屡次突破长城关隘，入关烧杀抢掠，威胁京师。关内各地又爆发大规模农民起义，李自成、张献忠等人兵势越来越强，纵横山西、河南、湖北、四川各省，官军疲于应对，王朝即将崩溃。

蓬瀛揽胜

崇祯十七年（清顺治元年，1644年）三月，李自成起义军攻破北京。崇祯帝命后宫嫔妃全部自尽，安排三位年幼皇子秘密出逃，自己与太监王承恩跑到煤山自缢而死，明朝随之灭亡。关外的大清铁骑在降将吴三桂的引导下，大举入关，击败李自成，宣布迁都北京。李自成败退离京之前曾经放火将紫禁城烧毁大半，西苑受战火牵连，也有一定损失。

清代统治者来自东北寒凉之地，对北京地区炎热的夏天很不适应，更喜欢住在富有自然气息的园林之中。但最初几年正逢鼎革之际，烽烟未熄，百废待兴，经济困窘，只能先重点修复紫禁城殿宇，很少顾及西苑。

顺治帝福临是皇太极的第九子，继位时只有五岁，大权由其叔父摄政王多尔衮掌握。顺治七年（1650年）冬季，多尔衮在塞北狩猎途中病逝，被追谥为"义皇帝"，庙号成宗。十二岁的顺治帝开始亲政，于次年（1651年）二月宣布多尔衮十四条大逆之罪，剥夺其所有封号，并毁墓掘尸。

就在这一年，西藏喇嘛恼木汗入京觐见，请求皇家出资建寺造塔，以护国佑民。顺治帝当即恩准，下旨将西苑琼华岛山顶残败的广寒殿拆毁，旧址上新建了一座藏式喇嘛塔，南侧紧邻着一座小殿。塔高约三十六米，由正方形基座、三层圆台、形似瓶钵的塔身、十三层相轮以及顶部的华盖、塔刹六个部分组成，通体洁白，比例匀称，造型优美，成为西苑新的标志建筑，俗称"白塔"——元朝来华的尼泊尔匠师阿尼哥曾在大都妙应寺和五台山塔院寺修建了两座造型相似的白色喇嘛塔，而西苑这座明显要秀气一些。琼华岛南坡的殿宇被改建为一座佛寺，与白塔形成完整的寺塔组群。

藏传佛教格鲁派创始人宗喀巴大师圆寂于明代永乐十七年（1419年）十月二十五日。自从寺院和白塔建成后，每年这一天，琼华岛从山下到塔顶全部燃灯，夜间恍如星斗，大队喇嘛在此诵经祈福，吹大法螺，击鼓，直至深夜。

西苑南海当中的南台更名为"瀛台"，顺治年间进行适当改建，南边建迎薰亭，北边建高楼，风格朴素，用作皇室的避暑之地。顺治十一年（1654年）端午节，顺治帝召集内阁大臣一起乘坐龙船，在西苑水上周游一圈。

顺治帝对佛教极为崇信，除了在西苑琼华岛建寺造塔之外，还将中海东岸蕉园中的崇智殿改为万善殿，殿内供奉三世佛像，挑选老成的太监削发为僧，在殿中焚香祷告。每年中元节前后，在此处水面上放琉璃荷花灯，令许多小太监手持点有蜡烛的荷叶，在岸边排列，皇帝乘龙舟观赏。船上诵佛经、奏梵乐，从瀛台出发，过金鳌玉蝀桥，绕琼华岛一圈，至五龙亭登岸。

顺治十六年（1659年），江南高僧玉琳通琇、茆溪行森师徒被宣召入京，为顺治帝说法，并给皇帝起了个法名叫"行痴"。次年顺治帝因为心爱的董鄂妃去世，悲伤过度，竟想出家为僧，要求行森在西苑万善殿为其剃度，被通琇阻止。

顺治十八年（1661年），顺治帝突然在紫禁城养心殿驾崩，清廷匆忙在河北遵化营造孝陵以作安葬之地，一时材料不足，便将西苑中建于明代的清馥殿、锦芳亭等建筑的木石砖瓦连同门窗、藻井全部拆下，用于修建孝陵的祾

中海万善殿旧照。图片来源：《清国北京皇城写真帖》

恩殿、配殿和碑亭。

顺治帝三子玄烨继位，年号康熙。康熙帝是一个很有作为的皇帝，年纪轻轻就铲除权臣鳌拜，随后平定三藩，收复台湾，远征噶尔丹，团结蒙藏，天下渐次安定，国家财政大有改善，于是开始营造新的苑囿。北京西北郊成为皇家园林的集中之地，先后在香山和玉泉山各建行宫御苑。康熙二十六年（1687年），清代第一座离宫御苑畅春园在海淀建成，成为康熙帝处理政务和日常居住的地方，从此奠定了清代帝王在郊外离宫长期"园居理政"的传统。为安抚蒙古王公并举行大型围猎活动，康熙帝在关外开辟了木兰围场，每年秋季率领皇子贵胄、文臣武将及万余军队巡幸塞外，举行

"木兰秋狝",并接见蒙、藏、回各族领袖。康熙四十二年（1703年），清廷在热河动工兴建避暑山庄，作为秋狝期间的驻跸之所。

康熙年间也对西苑陆续进行了一系列的整修和改建，面貌一新。康熙帝经常在此居住、理政、游赏，曾作诗吟咏西苑风光，"画舸分流帘下水，秋花倒影镜中山"，并多次赐亲信大臣游西苑。诸臣在苑中品尝御宴，泛舟池上，留下许多感戴君恩的诗篇。

苑中设有南书房大臣的直庐，富于学识的高士奇曾经长期在此值宿，写下一部《金鳌退食笔记》，详细记录当时的西苑景致。大学士明珠长子纳兰性德是清代著名词人，同时也是御前一等侍卫，常在西苑值守，写过一首《入直西苑》诗："望里蓬瀛近，行来阆苑齐。晴霞开碧沼，落月隐金堤。叶密莺先觉，花繁径不迷。笙歌回辇处，长在凤城西。"诗中将西苑比作蓬莱、瀛洲和阆苑仙境。

康熙时期内阁绘有一幅《皇城宫殿衙署图》，图上详细展示了西苑的格局。以金鳌玉𬭎桥为界，这座园林已经明显被划分为南北两个不同的功能区域——南海、中海以居住、理政、赐宴和举行各种仪式为主，而北海以赏景和拜佛为主。康熙帝驻跸期间，大多在瀛台起居膳食、批阅奏章、接见臣僚，为此从康熙十九年（1680年）开始，对岛上宫殿做全面扩建，所有建筑改用黄色琉璃瓦，以示尊贵。正殿之前设五间门楼，康熙帝经常于清晨时分在楼上听政，并由侍讲大臣解说经史。北院两厢设有内大臣和侍卫的直房，再北为御膳房。

大臣入见，须在西苑门内登小船，往南驶到水闸附近，换另一只船，行至瀛台西侧的亭子登岸，步行进内殿候旨。瀛台北侧有一座红栏板桥，桥头悬着渔网，特许大臣们在闲暇时在此打鱼为乐，如果捕到鱼就带回家去。

瀛台上的假山由征召入京的江南叠石名家张然勾画而成，很多山石从琼华岛上搬移而来。张然是明末清初造园巨匠张南垣的儿子，得其父真传，成为新一代造园大师，所掇之山天然佳妙，后来又为玉泉山行宫和畅春园堆造假山，很受康熙帝赞赏，赏赐无数。张氏后人有一支长期在北京为宫廷服务，被称为"山子张"。

康熙年间在南海北岸建造了一座勤政殿，作为皇帝驻跸西苑期间主要的理政殿宇，殿北侧为德昌门，召见大臣由此出入。殿南为仁曜门，门前安置一对铜狮子。西边有几间不起眼的屋子，曾经用作养蚕地。

勤政殿之西有一组丰泽园建筑群，门前一湾溪流绕过，宛如金水河。主体庭院居中，由四进院落组成，依次布置两道园门与崇雅殿、澄怀堂、遐瞩楼，康熙初年经常召集词臣在澄怀堂讲经，遐瞩楼则是登临凭眺之所。西路为纯一斋。东侧是一个两进的小跨院，正房名为菊香书屋，上悬康熙帝所书楹联"庭松不改青葱色，盆菊仍靠清净香"。丰泽园北面有一片御田，康熙帝每年春季在此亲演"耕耤之礼"，并引入江南的优质水稻种,培育出一种香腴可口的御稻米,在京师地区大力推广。

南海东岸的明代乐成殿旧址重建了一座淑清院,院内辟东西二池,以假山相隔,因为水位存在落差,声如清乐。池边一座方亭,在基座上凿流杯渠,与紫禁城宁寿宫花园禊赏亭性质类似,康熙帝在旁边的垣门上题写"曲涧浮花"石额,经常在此宴请外藩王公。康熙二十一年(1682年)大学士冯溥致仕,回乡前曾经赐游西苑,与送别的同僚在流杯亭畅饮。淑清院的东边原有直庐,后一度改为太子胤礽的避暑寝宫。

中海西岸紫光阁前的空地被辟为演武场,种了许多桃杏。春季鲜花盛开之时,康熙帝在这里亲自主持武进士的骑射考试。每年八月十五中秋节之前两三天,场上搭建临时的帐殿,满洲上三旗的大臣、侍卫照例在此比赛射箭,根据成绩优劣,分别赏赐数量不等的绸缎、肥羊或者金银牌。太皇太后、皇太后也经常来紫光阁避暑,附近设有百鸟房,养了孔雀、锦鸡、白鹤、貂鼠、猞猁、海豹等禽兽。

琼华岛、团城以及三海沿岸其他景区基本保持明末清初以来的格局,只是因为年久失修,明代所造的凝和殿、嘉乐殿、迎翠宫、腾禧殿、清馥殿、玉熙宫等许多建筑都已经消失,康熙五年(1666年)在清馥殿旧址上建造宏仁寺,供奉旃檀佛,而玉溪宫旧址上则建了一座马厩。康熙八年(1669年)北京发生地震,团城承光殿被毁,康熙二十九年(1690

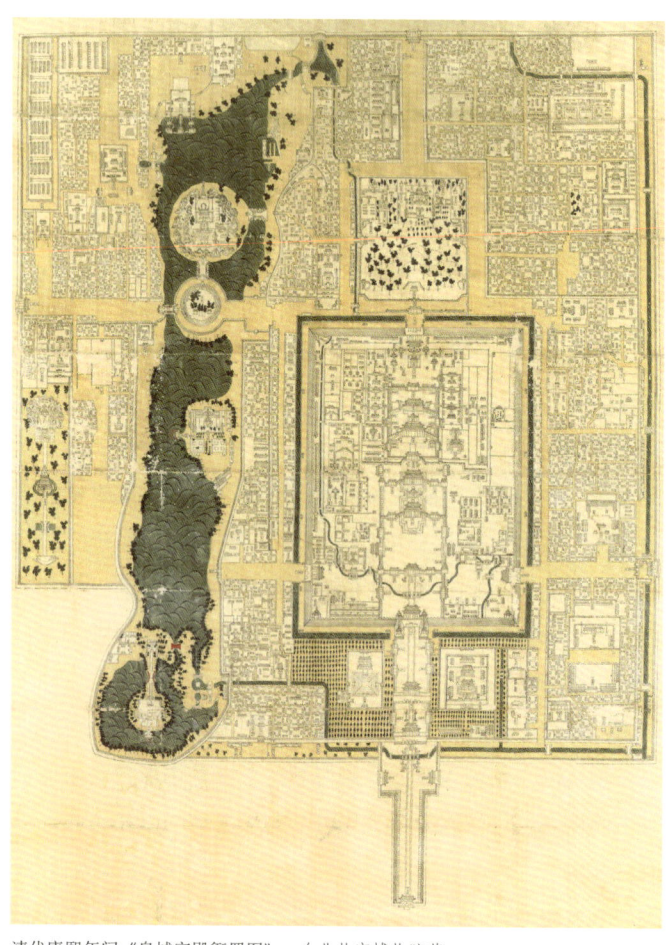

清代康熙年间《皇城宫殿衙署图》。台北故宫博物院藏

清代康熙年间《皇城宫殿衙署图》中的琼华岛。台北故宫博物院藏

年)重建,将原先的圆殿改为十字形平面的大殿。康熙十八年(1679年)京城又一次地震,北海白塔局部坍塌,两年后按照原样重修。

北海是清宫太后、后妃们礼佛的场所。康熙二十一年(1682年)夏天酷热,孝庄太后移驻五龙亭避暑,一直住到七月二十三日才回紫禁城,其间康熙帝多次前来问安。

清代北京皇城内变得十分拥挤,西部原属于西苑的大片地段被新建的公署、府邸、民宅占据,导致西苑的范围收缩到三海沿岸,其西侧加筑了一道苑墙。西安门内的蚕池口是明代西苑的一部分,清代已经在苑墙之外,康熙三十八年(1699年)康熙帝把这块空地赐给为皇帝治病有功的法国传教士,在此修建天主教堂,四年后建成。

康熙六十一年(1722年)十一月十三日,康熙帝在畅春园驾崩,皇四子雍亲王胤禛出人意料地继承大统,次年改元雍正。

雍正帝为政极为勤勉,事必躬亲,在位期间致力于整顿吏治,改革税法,但为人阴狠刻薄,以残酷手段处置政敌,在历史上争议很大。他将自己原来的西郊藩邸赐园圆明园扩建为新的离宫御苑,除了每年冬季住紫禁城外,其余时日长住圆明园,很少来西苑驻跸、游赏,营建活动也相当有限。雍正八年(1730年)北海白塔再次因为地震而有所损坏,次年雍正帝下旨仍按原样重修。

溢彩流光

雍正十三年（1735年）八月二十三日，雍正帝在圆明园暴病而亡，皇四子宝亲王弘历继位，次年改元乾隆。

乾隆帝在位六十年，之后又退位当了三年太上皇，享寿八十八岁，是中国历史上统治时间最长的皇帝。他继承祖父和父亲的基业，继续发展经济，平定边疆叛乱，清朝就此进入全盛时期，海内殷富，人口激增，国库充实。

乾隆帝本人好大喜功，热爱造园艺术，贪享苑囿之乐。乾隆年间的皇家园林建设极为频繁，数量之多、景致之盛达到空前绝后的境地。

紫禁城中新建了一组宁寿宫，其西路辟为独立的花园。香山静宜园和玉泉山静明园分别予以重修。圆明园经历了两次大规模的续建，还在旁边扩充出长春园、绮春园、熙春园、春熙院四座附园。又将西郊瓮山和西湖分别更名为万寿山和昆明湖，在此创建清漪园。此外，北京西北郊还设置了乐善园、泉宗庙等其他次要的行宫，形成了以圆明园为核心的"三山五园"御苑群。

除此之外，乾隆帝又对北京南郊的南苑进行扩充，并两次扩建塞外离宫避暑山庄，在蓟县盘山修建静寄山庄，还在北狩、南巡以及拜谒皇陵、巡幸盛京和赴五台山礼佛的路线上修建了很多规模较小的行宫御苑。

在这股热潮当中，乾隆帝自然不会忘记紧邻紫禁城的西

清代徐扬绘《京师生春诗意图》(局部)。故宫博物院藏

苑，在曲折的苑墙之内不断兴工，疏浚水系，堆土叠山，补植花木，改建和新建了大量的殿宇、亭榭、轩馆，使得这座大内御苑的格局更加复杂，景致更趋华美，虽然面积仅及明代的五分之三，建筑数量却有所超越，显得相当繁密。

乾隆十五年（1750年）内务府绘成一套《京城全图》，其中包含西苑的平面图。乾隆二十四年（1759年）绘制的《西苑太液池地盘图》更为详细地展现了三海的格局。

乾隆三十二年（1767年）宫廷画家徐扬在《京师生春诗意图》上生动刻画了西苑景致，琼华岛、团城、金鳌玉蝀桥和众多的殿堂楼阁历历在目。乾隆四十七年（1782年）官方编纂完成的志书《日下旧闻考》也记录了西苑的所有建置细节。清代皇家设有专门的样式房，负责设计宫殿、苑囿、坛庙、陵寝、王府等重要建筑，若干关于西苑的图样和档案材料幸存至今，可供参证。

西苑东墙上仍开设三门，以南侧的西苑门为主入口。入门后一路南行，可至南海北岸。南海水面最小，位居中心的瀛台近于圆形，以木桥与北岸相通。岛上的宫殿建筑群坐南朝北，在康熙年间的基础上做了改建，格局更加紧凑，屋顶铺设黄、蓝、绿三色琉璃瓦，璀璨夺目。

瀛台最北为五间翔鸾阁，阁前有几十级斜向的大台阶，东西两翼各设十九间长楼；其南设涵元门，门内为瀛台正殿涵元殿，清代皇室经常在此举办典礼和筵宴活动，宫廷画家沈源所绘《黄钟畅月图》上可见此殿为三开间歇山建筑，南面搭接三间抱厦，左右两侧分居藻韵楼和绮思楼，院东西两侧为庆云、景星二殿；再南的后殿基址地势陡降，北立面为单层的香扆殿，南立面变成两层的蓬莱阁，被乾隆帝形容为"北由本平地，南俯却层楼"。香扆殿南边的平台上陈设一尊木化石，其东为春明楼，西为湛虚楼。最南端的迎薰亭则凸于水面之上，四面各出歇山顶抱厦，成为这条南北中轴线的终点。

北海

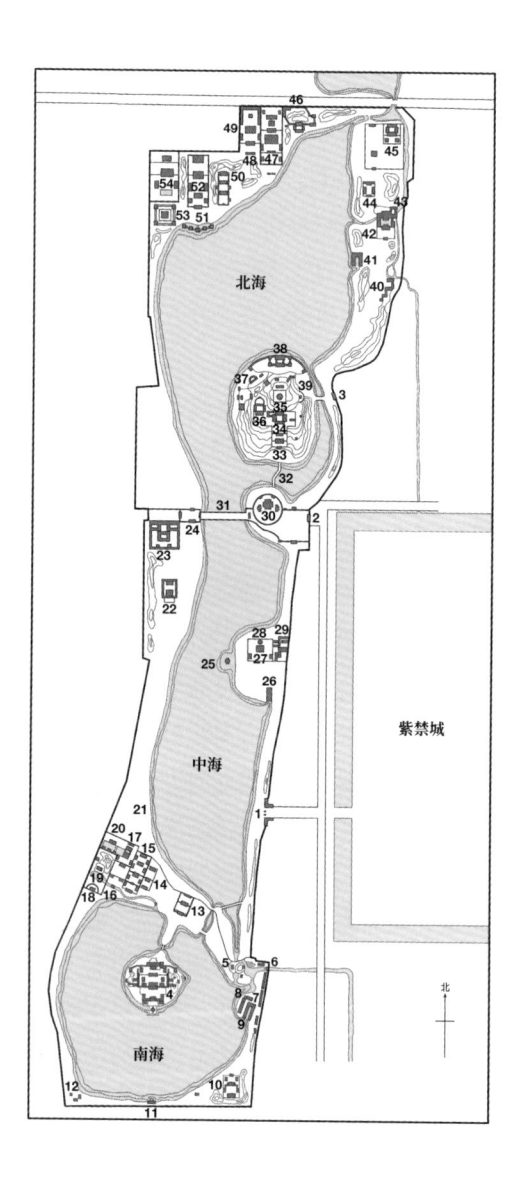

中海

紫禁城

南海

北

南海瀛台1945年航拍图。图片来源：《航拍中国1945》

左页图：清代乾隆年间西苑平面图。
贾珺、黄晓、戈祎迎根据摹自《中国古典园林史》插图改绘

1西苑门 2乾明门 3陟山门 4瀛台 5淑清院 6日知阁 7云绘楼 8清音阁 9船坞 10同豫轩 11宝月楼 12茂对斋 13勤政殿 14菊香书屋 15丰泽园 16荷风蕙露亭 17纯一斋 18大圆镜中 19静谷 20春藕斋 21御田 22紫光阁 23时应宫 24福华门 25水云榭 26船坞 27万善殿 28千圣殿 29内监学堂 30团城 31金鳌玉蝀桥 32堆云积翠桥 33琼华岛 34永安寺 35白塔 36悦心殿 37阅古楼 38漪澜堂 39智珠殿 40濠濮间 41船坞 42画舫斋 43古柯庭 44龙王庙 45先蚕坛 46镜清斋 47西天梵境 48九龙壁 49大圆镜智宝殿 50澄观堂（快雪堂） 51五龙亭 52阐福寺 53极乐世界 54万佛楼

瀛台翔鸾阁旧照。清华大学建筑学院藏

　　主院东西各有附院，东边是补桐书屋和随安室，西边是长春书屋和潄芳润，再西一段长廊叫作"八音克谐"，连接一座名为"怀抱爽"的亭子。东面的水上还有一座六角形的牣鱼亭，以曲桥与岸边相连，其名出自《诗经·大雅》中对周文王灵台的赞美之词，意思是"水中满是鱼儿"。

　　南海北岸的勤政殿仍是西苑主要的理政空间。丰泽园主院的前殿崇雅殿改名叫惇叙殿，将"崇雅殿"匾额移到纯一斋南边的前殿之上，庭院前面有一座跨水的荷风蕙露亭。纯一斋之西新建独立的园中园静谷，格局比较复杂，其南部设有一座名叫"大圆镜中"的佛殿，以半圆形的围墙环绕；中部堆叠假山，山间设有爱翠楼、植秀轩，与竹柏相伴；北部

清代沈源绘《黄钟畅月图》（《十二月禁籞图》十二轴之十一）中的瀛台涵元殿。台北故宫博物院藏

是春藕斋，斋中藏有唐代韩滉名画《五牛图》及其摹本，隐含农耕之意。

纯一斋与春藕斋所在的两个院子都是水院，彼此连通，池内种荷花，水上跨着一座曲桥。纯一斋对面建了一座小戏台，悬挂"歌舞升平"匾额，悬对联"水中楼阁浮青岛，天上笙歌绕碧城"，宫廷档案称之为"水座"，最适合夏日唱戏，坐在斋中隔水欣赏，声音更加清越。春藕斋的南面有座听鸿楼，平面呈"山"字形，共有两层五十四间。

勤政殿东边有一株数百年高龄的柳树，其根分为两枝，形如"人字"。乾隆十八年（1753年）古柳被大风刮倒，乾隆帝令人补种，并作了一篇《人字柳赋》刻在旁边的昆仑石碑上。碑东有一桥，桥上建垂虹亭。

南海东岸有淑清院、云绘楼、清音阁、大船坞等建筑，掩映在茂盛的林木之中。淑清院的西侧砌筑了弧形的院墙，墙内为韵古堂，乾隆帝为水池边的流杯亭新题了一块"流水音"匾额。淑清院东侧有一座日知阁，阁下为水闸，三海之水经此闸向外流出。云绘楼的造型比较特别，在两层楼阁重檐歇山屋顶上凸起一个歇山小阁。清音阁是一座两间的双层小楼，与避暑山庄和圆明园中的大戏楼同名，是乾隆帝听琴的雅舍。

乾隆二十三年（1758年），南海南岸中央紧邻西长安街的位置修建了一座宝月楼，传说是当年来自新疆的回部美女香妃的居所。按照乾隆帝本人《御制宝月楼记》的说法，是

南海春藕斋与听鸿楼。图片来源:《帝京旧影》

南海流水音旧照。图片来源:《帝京旧影》

南海云绘楼旧照。图片来源：《帝京旧影》

从迎薰亭看宝月楼。图片来源：*Gardens of China*

考虑到南岸过于空旷，从瀛台那边看过来缺乏对景，因此才营建此楼，登楼既可赏月，又可北观三海、南望街衢、东瞻紫禁、西眺远山，视野绝佳。

南海南岸东隅有一组坐南朝北的院落，北面设三间院门，门内为五间正殿同豫轩，后廊向东西两侧延伸，与后院配殿静柯室、香远室的前廊宛转相接，其南为九间后殿鉴古堂。西隅为茂对斋，与涵春室、延赏亭相伴。

中国古代有在宫苑楼阁中陈列功臣图像的传统，如西汉长安未央宫的麒麟阁、东汉洛阳南宫的云台和唐代长安太极宫的凌烟阁。乾隆帝效仿前朝，在中海西岸的紫光阁中悬挂了许多功臣画像。同时紫光阁还是赐宴外藩王公和属国使节的重要场所，有时在阁前搭建大蒙古包，把草原特色引入西苑。紫光阁殿后为武成殿，北面有一座祭祀龙王的时应宫。

中海东岸的蕉园保持清初面貌，院中主体建筑为重檐歇山顶的万善殿，其北为重檐圆顶的千圣殿，殿内藏着一座七层八面檀香木塔。水云榭坐落于院外水面之上，造型与迎薰亭相似，四面各带一个抱厦。乾隆十四年（1749年）十二月初八腊日这一天，乾隆帝陪母亲崇庆皇太后游览瀛台、蕉园，之后御笔亲绘一幅《蓬瀛胜赏图》，并题诗一首，夸赞此时的中南海宛如琉璃世界。

北海是西苑的精华所在，乾隆帝对此着力最多。琼华岛假山南坡保留顺治年间所建的佛寺，于乾隆六年（1741年）题为"永安寺"，另在东坡、西坡、北坡做了很多改造，形

中海紫光阁旧照。图片来源:《帝京旧影》

清代宫廷画家绘《平定西域战图》中的紫光阁大蒙古包赐宴图景。
图片来源:《清代宫廷绘画》

中海千圣殿旧照。图片来源：《清国北京皇城写真帖》

中海千圣殿内七层木塔旧照。图片来源：《清国北京皇城写真帖》

中海水云榭。图片来源：*Gardens of China*

成四面各不相同的丰富效果。山顶的白塔历经几次重修，依然挺拔巍峨，突兀于树荫之上，背依蓝天，散发出圣洁的光芒。塔前的小殿被改建成更精致的善因殿。塔身正南的门洞形状特别，名为"时轮金刚门"，上面刻画藏文咒语和佛教图案，传说是藏传佛教领袖章嘉国师所书。顶部的铜铸鎏金华盖分为两层，上为天盘，下为地盘，周边悬挂十六只铜铃，每只重八公斤。值得一提的是，与其他实心的喇嘛塔不同，这座白塔腹内中空，暗藏佛龛，以供奉舍利子。

琼华岛与团城的中轴线彼此错开，乾隆八年（1743年）将二者之间的笔直长桥改成三折曲桥，桥头分别竖立"堆云""积翠"二牌坊，过桥即抵南坡。南坡地势比较平缓，永安寺分为三层台地，从南向北依次为山门、法轮殿、正觉殿和普安殿，格局很规整。寺院西侧有一个静憩轩小院，再西是一个稍大的院子，北为庆霄楼，南建悦心殿，殿前的平台是冬天欣赏冰雪之景的佳处。

东坡距离对岸很近，跨有一座石拱桥，景观处理比较简略，山脚下前临牌坊，山上种满树木，白塔凌空而立。林间掩藏着一个半月形的高台，台上建了一座智珠殿。

北坡下缓而上陡，在土山上叠置了很多石头，形成丰富的冈峦洞穴效果，山脚位置修建了平面形如长弓的延楼，延楼的东西两端各建一座城关，东为倚晴楼，西为分凉阁，后面的山坡上紧接着布置了远帆阁、道宁斋、碧照楼、漪澜堂等多座建筑，其中漪澜堂的轮廓略微模仿镇江的金山寺。

北海琼华岛白塔与善因殿。贾珺 摄

琼华岛东北坡景致。贾珺 摄

北海琼华岛方池与三石。贾珺 摄

稍高处凸起一个小山丘，上筑高台，竖立一尊铜铸仙人，双手高举承露盘，面北而立。其西有一个长方形小水池，池中放置了三块造型独特的石头，象征着海上三仙山，成为缩微版的"一池三山"小景。附近另有一个长方形的水池，乾隆十八年（1753年）在池上修建了一座八角形平面的烟云尽态亭，屋顶、梁枋和柱子全部以汉白玉雕成，上面镌刻着乾隆帝所作的二十六首御制诗。西北侧湖畔建有一座半圆形平面的阅古楼，楼内墙面上镶嵌着近五百块《三希堂法帖》刻石，堪称一座书法博物馆。

琼华岛北坡还掩藏着一处洞穴，其西为酣古堂，东为盘岚精舍，北为写妙石室、延南熏，内长二百多米，仿佛是一处天然石灰岩形成的溶洞，光线从石缝间泻入，照在嶙峋的怪石之上，增添了几分神秘感。

西坡比较陡峭，中间依次布置临水码头、琳光殿和甘露殿，庭院中长满花木。甘露殿之东的水精域围合在一个半圆形的院落中，偏南处有一个小水池，与岸边曲尺形的蟠青室相依。

从水上和陆上的不同方向来看，琼华岛四面景致各具特色，又同以纯净的白塔为中心，绿荫中透出殿堂亭轩的黄色琉璃瓦屋顶和雕梁红柱，在天光云影的映衬下，形成绝妙的立体画卷。为此乾隆帝还特意写了一篇《塔山四面记》，刻碑立于岛上。

琼华岛上部分来自艮岳的太湖石被拆下，用于堆叠瀛台和紫禁城御花园、宁寿宫花园的假山，乾隆年间又从北京西山地区运来大量的青石和北太湖石，对岛上假山进行修补。

经过屡次改建之后，团城的平面并非标准的圆形，显得不太规则。围墙的南面设有昭景门、衍祥门和东西罩门，承光殿的主体部分为三间方形大殿，四面各出一间抱厦。两侧为东西配殿，北面的敬跻堂相当于后罩殿的性质。元代灭亡后，广寒殿内的"渎山玉海"玉瓮流失出去，明末以后一直供在西华门外的真武庙里。乾隆十年（1745年），乾隆帝下旨以千金购得，四年后在团城承光殿前建造一座石亭，专门陈设这件宝物，瓮上加刻御制诗，还令四十名翰林学士每人为之赋诗一首，刻在亭柱上。

三海水系大致维持明代旧制，从北海东北角的闸口引水入苑，贯通南北三片水面，最后从南海东侧流出。不同之处在于另从水闸处分出一条支流，沿着东苑墙流淌，又在溪道西侧三百多米长的地段上断断续续堆了一脉土山，在山上构筑曲折的爬山游廊，串联云岫厂、崇淑室和濠濮间三座小轩，形成别致的连环小景。濠濮间北侧依临一个水池，池上

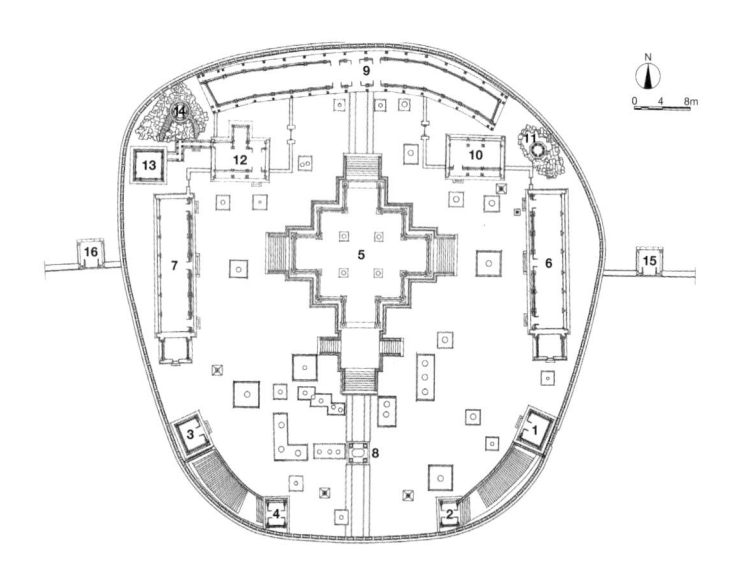

北海团城平面图。图片来源：《中国古建筑测绘大系·园林建筑·北海》

1 昭景门 2 东罩门 3 衍祥门 4 西罩门 5 承光殿 6 东配殿 7 西配殿 8 玉瓮亭 9 敬跻堂
10 古籁堂 11 朵云亭 12 余清斋 13 沁香亭 14 镜澜亭 15 承光左门 16 承光右门

北海团城承光殿。贾珺 摄

北海濠濮间。贾珺 摄

北海画舫斋庭院内景。贾珺 摄

北海先蚕坛旧照。图片来源：《帝京旧影》

跨着曲桥，桥北端还建了一座石牌坊。

在山冈间穿行，可来到一个游廊环抱的水院，正堂画舫斋前后都伸出抱厦，南临水池，看上去略有一点船头的趣味。东北侧另辟一个古柯庭，以弧形游廊围合成不规则的院落，小巧别致，其中有一株古槐传说是唐代的遗物。画舫斋北面是龙王庙，再北侧的先蚕坛建于乾隆初年，是清代皇后、嫔妃养蚕和祭祀蚕神的地方，院内设有祭坛、桑园以及蚕房、洗蚕池、亲蚕殿、神厨等建筑，与北京外城中皇帝亲自耕地的先农坛遥相呼应。

北海北岸地势平坦而开阔，建筑体量相对较大。偏东位置的镜清斋由四个院落组成，一大三小，每个院落都以水景为主，却又显示出不一样的妙处。南侧中间的小庭院形态规整，院内完全被方形水池占据，北为五间正堂，与两侧游廊相连；东西两院的南面都筑有弧形的院墙，院内均以一汪小池为中心，东院格局简单，西院稍显复杂，而且还在池上架设了曲桥；北面的院子面积最大，四面以曲折起伏的长廊围合，西北两侧堆叠了一座大型湖石假山，与水池相依，凹凸嶙峋，浑朴厚重，是皇家园林叠石中的上品；假山西北角上的最高位置建叠翠楼，东南山脚处建罨画轩，西南山腰处有一座八角形的枕峦亭，彼此相望，鼎足而三，尽显错落之态；水池驳岸蜿蜒，东西两端各系一座石桥，中间位置以水榭沁泉廊横跨在水上，将整个水面划分成四块，层次丰富，使得空间感觉更加深远。这座园中园吸取了江南园林的一些特色，很有小中见大、宁静幽雅的意境。

镜清斋西侧的西天梵境是一组佛寺，所在地原是明代的印经厂，又称"大西天"，南侧建琉璃牌坊华藏界，北面按照明清时期佛寺的典型布局依次布置山门、天王殿、钟鼓楼、大慈真如殿。大慈真如殿采用重檐庑殿顶，规制很高，梁架以金丝楠木构筑，不施彩画。后院门名为"华严清界"，门内建重檐八角殿，殿中藏有一座八角形的石塔，塔上镌刻七世佛的造像。殿北为高大的琉璃阁，二层三重檐，四周外壁布满了五彩琉璃雕饰而成的佛像和各种花草图案，华丽之极。

乾隆帝南巡期间，曾经令宫廷画师大量图写江南名园胜景，在各大御苑中予以仿建。他非常喜欢南宋时期重建的杭州六和塔和明代所建的江宁（今江苏南京）报恩寺琉璃塔，下旨以这两座佛塔为原型，在清漪园万寿山延寿寺和北海大西天各建一座类似的高塔，为太后祈福求寿。其中大西天这座塔于乾隆二十年（1755年）建成，共有九层，总高二十七丈七尺六寸，通体以琉璃砌筑而成，极为精美。不料乾隆二十三年（1758年）两座宝塔都发生重大事故，万寿山塔坍塌，大西天塔失火被毁。乾隆帝认为这是上天对他的警告，写了一首《志过》诗，称："延寿仿六和，将成自颓堕。梵寺肖报恩，复不戒于火。……此非九仞亏，天意明示我。……无逸否转泰，自满福召祸。"还说以后一定改正，再也不会建塔了。第二年，在大西天塔旧址上重建了那座琉

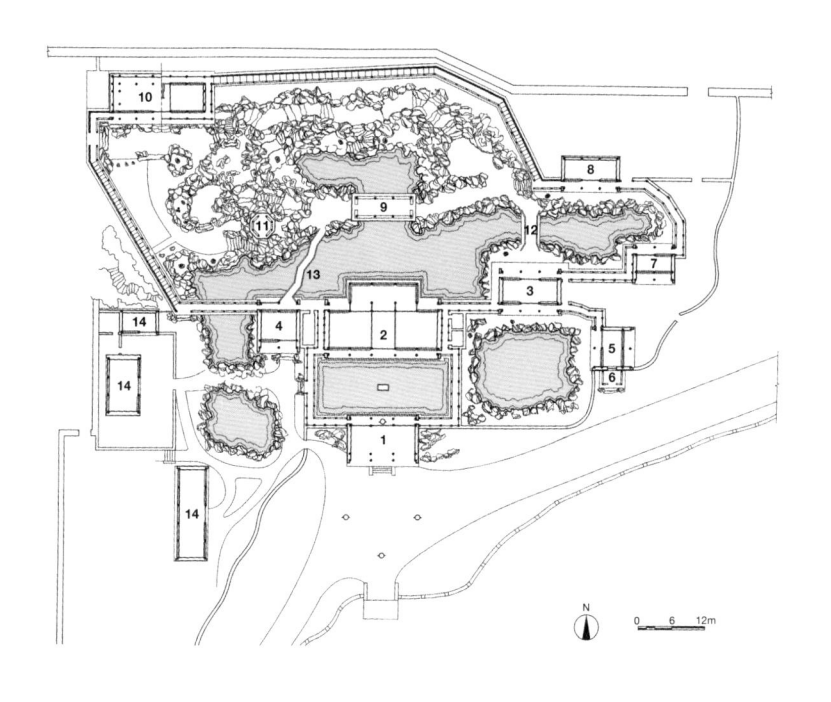

北海镜清斋平面图。图片来源：《中国古建筑测绘大系·园林建筑·北海》

1 宫门 2 镜清斋正堂 3 抱素书屋 4 画峰室 5 韵琴斋 6 碧鲜亭 7 焙茶坞 8 罨画轩 9 沁泉廊 10 叠翠楼 11 枕峦亭 12 石券桥 13 曲桥 14 值房

北海华藏界琉璃牌坊。贾珺 摄

璃阁，而清漪园万寿山塔则以佛香阁取代。

另外值得一提的是，为迎接皇帝南巡，乾隆年间以两淮盐业总商江春为首的淮扬盐商集资，在扬州瘦西湖畔莲性寺北部摹拟北海白塔建造了一座喇嘛塔，高约二十七点五米，比例略瘦，显得更秀气一些，是南方园林模仿北方园林的罕见特例。

西天梵境西侧有一座五彩琉璃制成的九龙壁，壁北院落正门叫真谛门，门内为大圆镜智宝殿，殿后有宝纲网云亭，亭北及东西两侧有屋四十三间，室内储藏经版。再西有一组三进的院落，正堂分别叫澄观堂、浴兰轩、快雪堂。其中位于最北的快雪堂以金丝楠木建成，院内堆叠大假山，两侧游

北海西天梵境八角殿与琉璃阁旧照。图片来源：《帝京旧影》

廊的后壁上镶嵌《快雪堂帖》法书刻石。

西苑西北角位置一组佛寺称"小西天"，其南的极乐世界大殿采用正方形平面，体量高大，殿内藏有模仿南海普陀山的大型泥塑，四面各建一座琉璃牌坊。北侧有两进院子，位处中央的万佛楼是一座三层楼阁，楼内陈设万尊小型铜铸佛像。东侧的阐福寺是另一座大型佛寺，分设三进院落，前设山门，中央开设一道砖砌拱门，红墙间设有黄绿色琉璃装饰，门内为天王殿，正殿模仿河北正定龙兴寺大悲阁，在殿内供奉三尊巨大的佛像。阐福寺山门正对着明代所建的五龙亭，乾隆年间在各亭之间砌筑了弧形的曲桥。

先蚕坛是儒家祭坛，时应宫是道教宫观，而琼华岛上

北海九龙壁。贾珺 摄

的永安寺和北海北岸的西天梵境、阐福寺、小西天以及中海东岸的万佛楼、南海北岸的大圆镜中都属于佛教寺院性质，建筑数量远胜儒道两家。清代皇家园林大量兴建体量宏伟的佛塔、佛殿、佛楼，既可礼拜，又可成为独具特色的景观建筑。用乾隆帝的话说，其原则是"何分西土东天，倩他装点名园"，意思是尽管佛教建筑源自西方的天竺，却不妨成为东方华夏园林中的点景设施。西苑的白塔、极乐世界、万佛楼、琉璃阁、千圣殿都是典型的例子，其艺术效果非其他寻常的亭台楼阁可比。

西苑各景有许多匾额和楹联，大多出自乾隆帝手笔，有画龙点睛之效。乾隆十六年（1751年），乾隆帝为金代所定

北海极乐世界大殿外观。贾珺 摄

的燕京八景逐一御笔题名，勒石立碑并作诗吟咏，其中"太液秋风""琼岛春阴"二碑分别设于西苑中海水云榭内和琼华岛东部假山上。宫廷画家张若澄绘有一套《燕京八景图册》，相关二图细致展现了当时这两处的景貌。

经过乾隆年间的大力建设，西苑成功地延续了金元以来的"仙山琼阁"主题，三海水面既表现出不同的形态，彼此又纵贯浑融为一个和谐的整体，主要的景观分布于水中岛屿和四周岸边，以成组的殿堂轩榭与佛寺相互穿插辉映，其间点缀多座色彩艳丽的牌坊，假山和植被则起到很好的烘托作用，既凸显了水面的深远浩渺，又渲染出建筑的端庄富丽，其景致在不同的季节、天气中变幻万端，尤

清代张若澄绘《燕京八景图》之"太液秋风"。故宫博物院藏

其适合在水上泛舟游览。

乾隆帝本人和赐游的王公大臣为西苑写下了大量的诗文,不吝赞美之词,其中一首御制诗吟道:"西苑旷且奥,肇自明代作。琼华万玉堆,太液千夫凿。平地起蓬瀛,城市而林壑。松篁几百年,参天秀崖崿。秋深鸿雁鸣,春暖桃李灼。"诗句准确概括了西苑风景的主要特点。丁观鹏所绘《南吕金行图》展现了御舟在中海行驶的画面,乾隆帝在图上亲题一首《太液池泛舟》诗,前四句咏道:"菰蒲萧瑟飐秋烟,玉蝀桥边偶放船。俯数游鳞圆沼澈,仰观回雁朔风

清代张若澄绘《燕京八景图》之"琼岛春阴"。故宫博物院藏

传。"可见水中有菰蒲之类的植物,还蓄养游鱼,为舟行增添了乐趣。

冬天三海水面结冰,清帝也经常乘坐拖床在冰面上游玩。特制的拖床形如暖轿,比明代要讲究许多。还可以聚集几十人,在冰上玩一种掷球游戏。从乾隆年间开始,每年冬季从八旗、前锋统领、护军统领各营各挑选二百名善于溜冰的兵士,由内务府预备冰鞋、行头、弓箭、球架等装备,于冬至后在西苑举行大规模的冰嬉表演,主要内容是结队溜冰而行和比赛蹴鞠、射箭,皇帝亲临观赏,兼有阅兵的意思。

从宫廷画家所绘图卷上看，此时的金鳌玉蝀桥中央一段依然保持木桥形式。后来这段木桥被拆除，整座桥改建成九孔石桥，但东西末端的两个孔洞并不通水，因此《国朝宫史》称之为"七孔桥"。中央桥洞南向镌刻石匾额"银潢作界"，两侧对联为"玉宇琼楼天上下，方壶圆峤水中央"，北向石匾额是"紫海回澜"，对联是"绣縠纹开环月珥，锦澜漪皱焕霞标"。

晚清风云

乾隆时期虽然号称盛世，但已经潜伏着巨大的危机。乾隆五十七年（1792年）至五十八年（1793年），英国国王乔治三世派遣以乔治·马戛尔尼（George Macartney）为首的庞大使团访问中国，希望与清朝平等通商，却被乾隆帝拒绝。使团在北京居留多日，得以游览西苑、圆明园等御苑，随行画家绘制了写生图画，后来以不同的版本形式在欧洲流传。马戛尔尼经过亲身考察，断定大清王朝已经腐朽不堪，只需几艘三桅战舰就能征服这个庞大的帝国。他的预言在几十年后成为现实。

嘉庆年间勉强维持乾隆时期苑囿的旧规，西苑变化不大，比较重要的工程是嘉庆二十一年（1816年）对五龙亭做了全面修复。

欧洲画家笔下的北海琼华岛。图片来源：《京华遗韵：西方版画中的明清老北京》

到道光年间，国库日渐困窘，道光帝旻宁提倡节约，停止木兰秋狝，裁撤三山行宫陈设，平时基本上都住在圆明园中，很少光临西苑，只偶尔对苑中建筑进行维修。因为管理松散，西苑还发生了两起盗窃事件。

道光二十年（1840年）鸦片战争爆发，清军惨败，中国就此开启近代屈辱的历程。道光三十年（1850年）道光帝驾崩，咸丰帝奕詝继位，当年年底洪秀全、杨秀清等人在广西金田起义，次年建制封王，号称"太平天国"，几年间席卷南方各省，咸丰三年（1853年）攻克江宁，定为首都天京。咸丰十年（1860年）第二次鸦片战争爆发，咸丰帝逃到热河，英法联军攻入北京，对西郊的圆明三园、畅春园、清漪园、静明园和静宜园进行大规模焚掠,清代的御苑系统遭遇一场浩劫,城内的紫禁城和西苑得以幸免。

一年后,咸丰帝在避暑山庄病逝,五岁的同治帝载淳登上皇位,皇后钮祜禄氏和载淳生母懿贵妃叶赫那拉氏升为太后,共同垂帘听政。同治元年(1862年),两宫太后分别上尊号为"慈安"和"慈禧"。虽然外有列强环伺,内有重重隐患,但清廷能够重用曾国藩、李鸿章等汉臣,颁布了一些开明的政策,推行洋务运动,并先后扑灭太平天国和捻军,国势稍微缓和,似有所谓"中兴之象"。

在此背景下,最高统治者动起重建被毁御苑的念头。同治十三年(1874年)同治帝以孝养太后为名,下旨重修圆明园。因为预算过于庞大,国库难以应付,王公大臣纷纷反对,迫使工程中止,同治帝却又提出,"因念三海近在宫掖,殿宇完固,量加修理,工作不至过繁",于当年八月开始重修西苑,计划以北海漪澜堂、画舫斋为两位太后的寝宫,以南海春藕斋、遐瞩楼为皇帝寝宫。不料十二月初五日,十九岁的同治帝突然驾崩,刚刚启动不久的工程也宣布停止。

慈禧将醇亲王奕譞四岁的次子载湉推上皇位,次年改元光绪,两宫太后继续垂帘听政。光绪七年(1881年)慈安太后去世,慈禧独掌大权。

光绪十一年(1885年)四月二十八日,光绪帝陪慈禧游览西苑,登琼华岛,先在永安寺西侧的静憩轩用膳,随后去旁边的悦心殿处理政务，还去画舫斋读了半天书。当年五月九日，慈禧命光绪帝下旨重修西苑三海。

光绪十二年（1886年）元月，西苑工程正式启动，先从直隶总督李鸿章筹办海军舰船的款项中借银三百万两。不久又令粤海关筹银一百万两，分批送来京城。与此同时，清廷又以弘扬孝道、为太后颐养祝寿的名义，对西郊的清漪园展开全面重建，并于次年二月更名为"颐和园"。

两大御苑工程如火如荼地展开，经费严重不足，屡次挪用海军衙门的存款。慈禧和光绪帝几次来永安寺拈香，顺便视察施工进度。

这次西苑工程的重点是在中海西南岸春藕斋的北边修建一组新的宫殿，分为两进院落，大门为寿光门，正殿仪鸾殿采用五开间前后两卷的形式，进深很大，屋前搭建夏日遮荫的凉棚架子，用作慈禧的寝宫；后殿是五间福昌殿；前院东侧设有一个垂花门，悬"瀛秀园"匾。丰泽园的正殿惇叙殿改称颐年殿，后殿澄怀堂改称含和殿，也是慈禧经常光顾的地方。东侧的菊香书屋所在的两个院子都添建了东西厢房，正房扩建为五间；西侧纯一斋对面的戏台改成重檐样式，慈禧嫌其局促，令人在颐年殿的前面另外搭建了一座透明的玻璃暖棚戏台。

光绪帝以瀛台的涵元殿作为自己的寝宫，有时也在这里批阅奏折、接见臣僚。光绪十三年（1887年），光绪帝几次来到画舫斋习射，还观看御前大臣射箭，以示不忘武备。

中海万字廊旧照。图片来源：《帝京旧影》

南海北岸的静谷西侧又开辟了一个庭院，院中游廊纵横环绕，将亭台楼阁串联在一起。最北为五间别馆，名为"飞轩引凤"，中部池上的水榭平面呈"卍"字形，歇山屋顶，榭内悬"卿云万态"和"小兰亭"匾，四个方向各有平顶游廊连通；其南的双环亭平面相当于两个圆形相交，又称海棠亭，亭南北檐下分别悬"蕙圃珠泉"和"风亭月榭"匾额；东侧的方胜亭平面为两个正方形相套，西侧的扇面亭平面呈弧形；最南为芳华楼。周围种了大片竹子，整组建筑统称为"万字廊"，匾额和楹联大多出自光绪帝之手。

当时的宫廷已经深受近代洋风的浸染。光绪十四年（1888年）神机营总办恩佑经手向丹麦商人彼得·祁罗弗

西苑小火车旧照。图片来源：*La Chine A Terre Et En Ballon*

(Peter A. Kierulff) 创办的祁罗弗洋行 (P. Kierulff & Co.) 购买了电灯、锅炉等西洋产品，准备在西苑安装。一些大臣将这些新奇物件视为妖魔鬼怪，以"有碍风水"为由强烈反对。慈禧本人却对欧美科技很感兴趣，令内务府员外郎英年前往查勘，看看是否真的存在风水禁忌问题。英年调查一番，回奏说只要选择吉时，将这些设施安装在仪鸾殿西围墙外，就不会造成什么妨害。仪鸾殿装了电灯后，夜间亮如白昼，而冬天用西式锅炉供热，比传统的烧炕和炭炉暖和得多，慈禧非常满意。

就在同一年，西苑开始建设一条皇家铁路，从中海西岸仪鸾殿外的瀛秀园门往北，过紫光阁，经极乐世界转而向东，沿北海北岸一直延伸到镜清斋为止，全长约一千五百米，距离虽短，却是北京城内第一条铁路，也是中国境内的第四条铁路，具有特殊的历史意义。在铺设铁轨的过程中，沿途不断拓宽池岸、移走土山、砍伐树木，动静很大，还在镜清斋的前面建了一座黄色琉璃瓦屋顶的小车站。为便于马车穿越，线路中间有三段铁轨可灵活拆卸。李鸿章从天津运来德国制造的火车机头和六节车厢，包括"上等极好车"一辆、上等坐车二辆、中等坐车二辆以及行李车一辆。慈禧很是喜欢，经常带着光绪帝和王公近臣坐小火车在瀛秀园门和镜清斋之间往返，她和皇帝坐的车厢挂黄绸窗帘，其他车厢挂红绸和蓝绸窗帘。后来颐和园中也设置了电灯公所和蒸汽轮船——可见这位老佛爷在物质享受方面完全赶得上世界最新潮流，毫不落伍。李鸿章和左宗棠等人乘机提出修造津浦、京奉、京张铁路，慈禧欣然批准。

光绪十五年（1889年）清廷宣布光绪帝开始亲政，慈禧太后不再垂帘，但她依然掌握着实际的最高权力，平时在紫禁城、西苑和颐和园三处轮流居住，遥控政局。

翁同龢是同治、光绪两朝帝师，在日记中记录了很多关于西苑的逸事。例如光绪十四年（1888年）二月十七日光绪帝在丰泽园举行亲耕典礼，当日御田旁边支了一顶黄幄，皇帝驾临，先入幄饮茶休息，然后出来，由户部郎中嵩申、顺天府尹高万鹏分别呈上木犁和鞭子，两个老农在前面牵牛拉犁翻土，光绪帝一手挥鞭，一手推犁，御前侍卫在两侧扶持，户部侍郎孙诒经手捧一只装有稻种的筐走在后面，与户部尚书翁同龢一起负责播种，顺天府丞何桂芳手执青箱跟从，最后是一队戈什护卫压阵。如此来回走了四趟，就宣告圆满结束。又如光绪十八年（1892年）九月勤政殿南侧安装了三扇玻璃门，皇帝隔着玻璃召见大臣，翁同龢认为这样不太好，慈禧便令人撤去。还有一则记载提到西苑中原有许多榆树，严重生虫，有一天慈禧游园时虫子落到她衣襟上，蜇了手，便下旨将全苑榆树统统砍掉。

光绪二十年（1894年）爆发中日甲午战争，北洋水师全军覆没。次年清廷与日本签订《马关条约》，割让台湾，赔偿巨额银两。消息传到国内，民情激愤，以广东举人康有为为首的一批士子发起"公车上书"，倡议变法图强，由此展开一场震动朝野的维新运动。

在维新派的不断鼓舞下，光绪帝深受触动，于光绪二十四年（1898年）四月二十三日颁布《明定国是诏》，宣告变法正式开始。朝臣分为新旧两派，分别对变法持支持和反对意见，双方屡次发生剧烈争执。

据当时任刑部主事的张元济晚年回忆，光绪帝唯一一次召见康有为的地点是西苑勤政殿，那日凌晨时分康有为先到朝房等候，与军机大臣荣禄谈论变法事宜，后被太监传入殿内，与光绪帝密谈约十五分钟即出。但根据康有为本人的文章和清宫档案记载，实际召见地点应该是颐和园仁寿殿。

变法期间的紫禁城成为万众瞩目的前台，风起云翻；而慈禧所住的颐和园则是隐秘的后台，暗流涌动。这段日子光绪帝在紫禁城和颐和园之间多次往返，向慈禧当面汇报政务，彼此多有意见不合。保守派大臣也纷纷来到园中觐见太后，攻击新政，密谋阻挠。

维新运动开展不过百日，光绪帝和慈禧太后、维新派与保守派的矛盾不断激化，已经陷于不可调和的境地。陷入困境的维新派决心铤而走险，想游说掌握兵权的袁世凯发兵围住颐和园，迫使慈禧彻底放权。

慈禧听闻风声，于八月初四日从颐和园突然回城，入住西苑仪鸾殿。住在紫禁城的光绪帝前去请安，之后回到养心殿。第二天，光绪帝在西苑勤政殿接见日本前首相伊藤博文，向他咨询相关国事。此举引发慈禧和保守派大臣进一步的恐慌，担心洋人会以变法为借口干涉中国内政。新旧两派就此彻底决裂。

八月初六日，慈禧在西苑发动政变，收回光绪帝所有权力，并以皇帝名义颁诏，恳请太后再度"训政"，同时下令搜捕维新党人，废止新政。维新派领袖康有为、梁启超出逃，谭嗣同、杨深秀、林旭、杨锐、刘光第、康广仁六君子被捕，于八月十三日处斩于菜市口。戊戌变法宣告失败。

从此之后，光绪帝彻底沦为傀儡，生活行踪也完全被慈禧控制，基本上是慈禧住哪里，皇帝就必须像影子一样跟到哪里。光绪帝在颐和园的住所玉澜堂院落两侧厢房的后廊用砖封砌起来，住西苑孤岛瀛台时也严加禁闭，形同囚犯。

光绪二十六年（1900年）爆发"庚子之乱"，八国联军侵华，北京再度沦陷，慈禧和光绪帝仓皇逃往西安。联军在北京城内划分防区，各自驻兵。西苑也由各国军队分占，法军驻守琼华岛西岸，英军驻守东岸和北岸。苑内各殿的陈设

中海海晏堂旧照。清华大学建筑学院藏

几乎被抢劫一空，团城城墙上布满刺刀的划痕，铁路也遭到严重破坏。德国将军瓦德西执掌的联军统帅部驻扎于西苑中的太后寝宫仪鸾殿，可算是对慈禧的巨大不敬。更不幸的是一天夜里厨房起火，将仪銮殿烧毁，德军一名参谋长也被烧死，瓦德西随后迁居丰泽园颐年殿。

直隶总督兼北洋大臣李鸿章和庆亲王奕劻代表大清与列强议和，其间李鸿章本人曾来到颐年殿与瓦德西会面。光绪二十七年七月二十五日（1901年9月7日），双方正式签订《辛丑条约》。年底慈禧和光绪帝从西安回銮，重返满目疮痍的北京。

随即清廷对西苑展开新一轮大修，将中海西岸紫光阁南

光绪二十九年（1903年）七月十六日，慈禧中南海乘船游玩照相。
图片来源：《光影百年——故宫博物院九十华诞典藏老照片特集》

面的苑西墙向外扩充，收买、拆迁了墙外的一百多户旗民住宅，在此建造一组新的仪鸾殿。另外在旧仪鸾殿的废墟上建了一组欧式风格的楼阁，主楼取名"海晏堂"——乾隆年间在圆明园附园长春园的北侧建西洋楼，其中最大的一座建筑也叫海晏堂，相比而言，西苑海晏堂尺度要小得多，却同样都在楼前水池周边设有十二生肖雕塑。此楼内部的主体框架仍采用中国传统的木结构，只是外壳砌筑厚厚的砖石墙，做成洋楼的模样。囿于财力，残破的铁路未能得到修复。

慈禧仍经常来西苑居住游玩，还多次在海晏堂接见外国使节的女眷。她喜欢乘船在水上游逛，还曾经装扮成观音菩萨，大太监李莲英、庆王府四格格以及官员裕庚之女德龄、容龄等人分别扮演其他角色，一起在荷花深处留影。光绪二十九年（1903年）七月十六日，摄影师勋龄为这群人拍了一些照片，当日内务府档案记载太后口谕："海里照相，乘平船，不要篷。四格格扮善财，穿莲花衣，着下崖绷。莲英扮韦陀，想着带韦陀盔、行头。三姑娘（德龄）、五姑娘（容龄）扮乘船仙女，带渔家罩，穿素白色衣服，想着带行头，红绿亦可。船上桨要两个。着花园预备带竹叶之竹竿十数根。"其情景宛如登台唱戏，尽力捯饬，似模似样。

光绪三十四年（1908年）十月二十一日，光绪帝在瀛台涵元殿含恨去世，次日慈禧也在仪鸾殿驾崩。醇亲王载沣年仅两岁的儿子溥仪继位，改元宣统，载沣任摄政王，与隆裕太后共同主理朝政。宣统三年（1911年）慈禧和光绪帝国丧期满之后，内廷升平署经常在南海北岸的纯一斋戏台承应演剧，以乱弹戏为主，掺杂少数的昆腔，隆裕太后亲临观赏。当年10月爆发辛亥革命，几个月后清朝宣告灭亡。

中海西墙外的教堂在同治年间按照哥特式样重建一次，钟楼高耸，俯瞰苑内，令慈禧不悦，经过交涉，光绪十一年（1885年）教会同意将原教堂拆毁，其基址纳入西苑范围，由清廷出资在西什库另建一座新教堂。慈禧本想在此开辟一个新的集灵囿，但并未实施。溥仪登基后，内廷决定在这块空地上修建摄政王府，但直到清室退位仍未建成。宣统年间西苑内部没有什么变化，只是在海晏堂的前面添建了一道平屋顶的爬山长廊。

白塔红墙

1912年1月1日,孙中山在南京成立临时政府,中华民国正式创立。南北和谈之后,清廷发布《退位诏书》,袁世凯就任民国大总统,北京依然是中国的首都。

紫禁城和西苑都被一分为二,逊帝溥仪的小朝廷按照《清室优待条例》的规定仍旧住在紫禁城北部的内廷区域,北海也归其管理,而故宫前朝三大殿和中海、南海则属于民国政府。

袁世凯将中南海辟为总统府,苑内那座西式建筑海晏堂成为他起居和办公的地方,改名叫"居仁堂";仪鸾殿改名怀仁堂,在此接见外宾、举行元旦庆典。丰泽园颐年殿改名颐年堂,用作会议厅,新挂匾额"红彩碧滋"。勤政殿已经废毁,原址上建了一座圆形平面的会议大厅。

面临长安街的宝月楼被改造成总统府的大门,更名"新华门"。北海与中海之间开辟大街,金鳌玉蝀桥成为这条道路重要的组成部分,平时挤满行人车辆,为防止有人在桥上窥探总统府,还在桥面中间砌筑了一道高墙。

1912年1月29日,逊清皇室将北海移交给民国政府,国务院予以接收,并派兵入驻。当时阅古楼的《三希堂法帖》石刻有所坍塌,内务部派人进行维修。袁世凯曾经在团城召开政治会议,并改镜清斋为静心斋,让其亲信陆徵祥一家住在里面。

袁世凯所设的金匮石室。图片来源：《北京中轴百年影像》

1918年，徐世昌与北洋政府官员在居仁堂前长廊中合影。旧影志工作室 供图

袁世凯掌握最高权力，妄图复辟称帝，建立洪宪王朝。1915年12月13日，居仁堂中大摆龙案，案上放着一顶特制的"叠羽冲天皇冠"，袁世凯身穿大元帅服，接受文武百官的朝贺。他特意令人在南海万字廊双环亭的南边建了一座金匮石室，仿清朝雍正帝在乾清宫"正大光明"匾后秘密建储的方式，预先在"嘉禾金简"上写好继承人的名字，封存于石室之中。在全国的讨伐声中，袁世凯的帝王梦很快破灭，于1916年6月6日惊病而死。黎元洪继任大总统，中南海继续用作北洋政府总统的办公地，中海西侧未完工的摄政王府也成为总统府的一部分，后来又曾用作陆军部、海军部和北平市政府办公处。

1916年6月27日，内务部部长许世英在国务院会议上提出《开放北海为国有公园案》，令北京市政公所拨款两万银圆，由司长祝书元担任公园董理，与驻军进行交接，可是由于时局动荡，这项议案并未落实。

1918年9月，徐世昌当选第三任总统，与政府官员在居仁堂前的长廊中留下一张合影。他在位期间，每年清明节前后都去北海植树。

因为浙江发生严重水灾，1923年1月中国华洋义赈救灾总会在北海办了一场临时的游园会，筹集到许多捐款。当年11月在快雪堂成立松坡图书馆，以纪念护国讨袁名将蔡锷（号松坡）。次年4月印度大文豪泰戈尔访华，梁启超、蒋百里等人在北海静心斋召开欢迎会。

民国初年，知识阶层纷纷开始关注文物保护问题，北京城内外的众多古迹成为实地探查和历史考证的对象。1924年，一位名叫李景铭的福建人在财政整理专门委员会当主任，利用业余时间搜寻史料，以"适园主人"为笔名，编了一本《三海见闻志》，后来又加以增补，很有学术价值。

1924年10月段祺瑞出任北洋政府临时执政，次年2月1日在南海勤政殿旧址上的圆厅召开善后会议，与孙中山倡导的国民会议相抗衡。2月20日，西藏九世班禅抵达北京，以瀛台为驻跸地，为此搭建了一座浮桥，通向南海东岸。

经过多次反复之后，1925年8月1日北海公园终于正式开放，门票定为一元，游客极为踊跃。公园成立董事会，公推朱伯渊为会长。这里从此成为北京城内重要的市民娱乐场所，每逢重要的传统节日和双十节，园中往往举办游园会，燃放烟火，张灯结彩。作家张恨水以二十年代北京为背景的小说《春明外史》多次写到北海公园，例如第四十三回描绘琼华岛南侧的曲桥："进了大门，走上那道石桥，只见桥底下，一片是绿，重重叠叠的荷叶，遮着不看见一点水，好像这一座桥，就架在荷叶上一般。"

为扩大经营内容，为游人提供饮食茶水和其他服务，公园董事会将园中若干殿宇出租给私人商户，先后开设漪澜堂西餐厅、五龙亭茶社、濠濮间茶社、绮华咖啡馆、同生照相馆等店铺。曾在清宫御膳房当差的赵仁斋在北海北岸开了一家饭庄，聘请原来的御厨孙绍然等人掌案，经营宫廷风味的

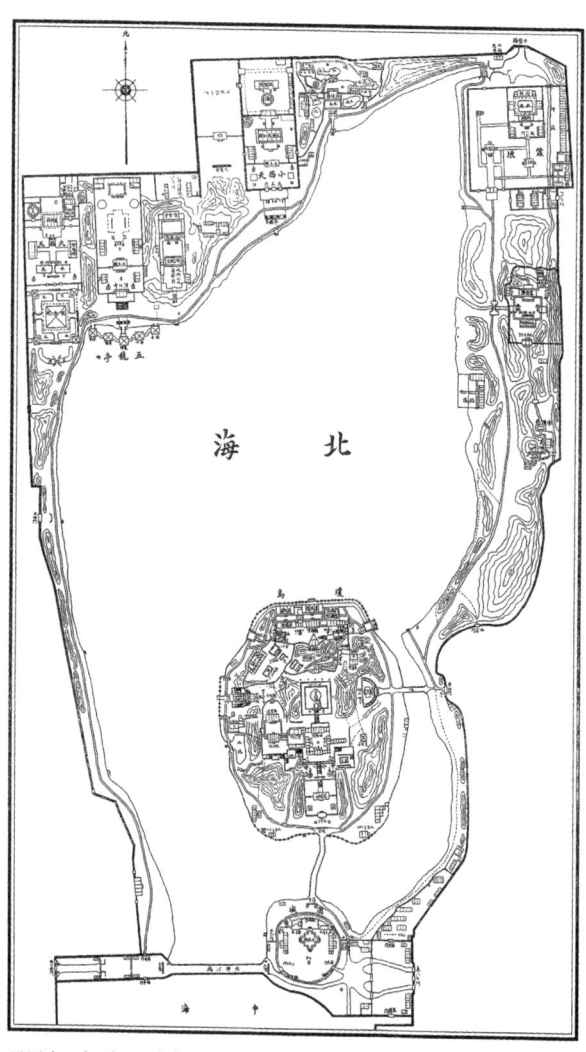

民国十四年（1925年）北海公园全图。清华大学建筑学院藏

小吃和菜肴，取名"仿膳"。

1927年6月奉系军阀张作霖在北京宣布就任陆海军大元帅，将中南海改为大元帅府。一年后他在皇姑屯被炸死，其子张学良宣布易帜，服从南京国民政府，北京取消首都地位，改名为"北平"。国民政府专门设立了三海管理委员会，统一管理中南海与北海，并将中南海也改为公园，于1929年5月正式向公众开放。中南海开展的娱乐项目以水上活动为主，包括游泳、划船、溜冰、钓鱼，设有专门的游泳教练，北平的中小学生在此举办过溜冰比赛。金鳌玉𬟽桥上的那堵墙也被拆掉。老舍小说《骆驼祥子》中的主人公祥子经常拉着洋车在团城下面一路快跑，穿过这条长桥。

1937年7月7日卢沟桥事变爆发，7月29日北平沦陷。三海仍作为公园开放，但中南海部分殿堂一度被华北伪政府的机关占据，如"中华民国临时政府"入驻居仁堂，"教育部直辖编审会"驻怀仁堂，"司法委员会"和"最高法院检察处"驻丰泽园，"满洲帝国通商代表处"驻静谷。为筹集资金，中南海的一些空余房屋也对外出租，有几十个家庭住在里面，租金超过门票收入。

日寇和伪政府多次在北海公园内举办各种庆祝大会和纪念会。1942年，南京报恩寺遗址上发现唐代高僧玄奘大师的灵骨，其中一部分被奉迎到北平，于1944年1月陈列于团城承光殿，向公众开放三天，市民纷纷前来瞻仰。

战争后期，因为物资紧缺，日寇发起"献纳铜品"和搜集钢材的运动，搬取北海铁路残存的四根钢轨，将静心斋前的三只铜炉和一只铜缸掠走，后来又将西天梵境天王殿中的铜塔拆下，运至塘沽，还没来得及再运往别处，日本天皇已于1945年8月15日发布《终战诏书》，向盟国投降，铜塔重新运回北海。国民政府接管北平，在中南海设立军事委员会北平行营，北海公园继续开放。

1946年中元节，佛教团体菩提学会在北海永安寺举办了一场法会，由喇嘛诵经，超度抗战阵亡将士，并在水上放河灯，当天游客数量超过四万。北海公园委员会对园中建筑做了一些维修工作，在濠濮间一带新建一座小小的鹿囿，养了五头小鹿，另外在各处还饲养一些猴子、兔子和鸟类，供游客观赏。来华的美国军队曾经在北海停泊巨型汽船，后来发现池水较浅，无法行驶，便移往别处。

1947年北海公园向市政府呈报，园中现存直径五寸以上的大树包括柏树一千零二十三株，松树三十九株，榆树一百二十五株，槐树四百二十四株，柳树二百二十五株，杨树三十株，桑树四十株，其他树木三十二株，其中大多数都是百年以上的古树。

元大都健德门内一座佛寺中有一尊火山岩雕成的影壁，色如铸铁，俗称"铁影壁"，明代移至德胜门内的护国庵前，与地安门金门墩、东安门银闸、新街口铜井、北海锡殿（即明代太素殿）合称老北京"金银铜铁锡"五大奇物。1948年4月，北平文物管理委员会将影壁安置于北海北岸的澄观堂前。

解放战争期间，傅作义领导的华北剿匪总司令部以中南海居仁堂为办公地，曾颁布命令，称北平城内的三海、景山都是历史文物风景区，各部队未经司令部特许，不得驻军。这条命令在兵荒马乱的年代里具有特别的意义。到了1948年末，局势失控，国军第十三军无线电台、三十军野战医院等部门纷纷入驻北海公园，园内砖路被军车压坏，建筑、花木以及室内外陈设也有多处遭到破坏。1949年1月31日，北平宣告和平解放，古都文物最终得以免于战火。

在北平市军管会主任、市长叶剑英的建议下，中共中央决定以中南海为办公地点，而北海公园则于2月1日重新开放，由新成立的北平市公园管理科统一领导。毛泽东主席从西柏坡来到北京，最初住在西郊香山的双清别墅，他认为中南海是封建帝王的享乐之所，不愿搬进去，后来经过周恩来等人力劝，才同意入住。

1949年9月21日，中国人民政治协商会议第一届全体会议在中南海怀仁堂隆重开幕，会议决定将北平定为中华人民共和国首都，并再次改名为北京。

建国后的二十多年中，毛泽东基本上都住在丰泽园东侧的菊香书屋后院，前院由亲属、子女、警卫和工作人员居住。他平时常在西边紧邻的颐年堂开会、办公和接见来宾，重要的外事活动和宴会则放在紫光阁举行。

国务院办公地设在中海西北原摄政王府中，其中的西花厅是周恩来长期居住的地方。中南海的其他院落也安排了国家领导人的住所,居仁堂则用作中央书记处的办公楼。

新中国正式成立后,北海公园焕发出新的气象,游客数量剧增。与民国时期相比,园中增加了露天剧场、图书阅览室、滑冰场等新的文化娱乐设施,而商业设施则被大大压缩,除了糖果水阁和三处摊点之外,原来私人所开的茶社、饭店、照相馆全部收回。公园里饲养的各种动物陆续转给西郊公园(北京动物园前身)。1952年在阐福寺筹建少年之家,将殿内的佛像迁走。后来园内的静心斋、蚕坛等建筑也被各单位占据。

1952年建筑学家林徽因先生在《新观察》上连载《我们的首都》系列文章,介绍北京的文物古迹,其中《北海公园》一篇写道:"在二百多万人口的城市中,尤其是在布局谨严,街道引直,建筑物主要都左右对称的北京城市,会有像北海这样一处水阔天空,风景如画的环境,据在城市的心脏地带,实在令人料想不到,使人惊喜。初次走过横亘在北海和中海之间的金鳌玉𬟁桥的时候,望见隔水的景物,真像一幅画面,给人的印象尤为深刻。耸立在水心的琼华岛,山巅白塔,林间楼台,受晨光或夕阳的渲染,景象非凡特殊,湖岸石桥上的游人或水面小船,处处也都像在画中。池沼园林是近代城市的肺腑,藉以调节气候,美化环境,休息精神;北海风景区对全市人民的健康所起的作用是无法衡量的。北海在艺术和历史方面的价值都是很突出的,但更可贵的还是在它今天回到了人民手里，成为人民的公园。"

林先生在文章中对北海的造园艺术有精辟的总结："北海布局的艺术手法是继承宫苑创造幻想仙境的传统，所以它以琼华岛仙山楼阁的姿态为主：上面是台殿亭馆；中间有岩洞石室；北面游廊环抱，廊外有白石栏楯，长达三百米；中间漪澜堂，上起轩楼为远帆楼，和北岸的五龙亭隔水遥望，互见缥缈，是本着想象的仙山景物而安排的。湖心本植莲花，其间有画舫来去。北岸佛寺之外，还作小西天，又受有佛教画的影响。其他如桥亭堤岸，多少是模拟山水画意。北海的布局是有着丰富的艺术传统的。它的曲折有趣、多变化的景物，也就是它最得游人喜爱的因素。同时更因为它的水面宏阔，林岸较深，尺度大，气魄大，最适合于现代青年假期中的一切活动：划船、滑水、登高远眺，北海都有最好的条件。"

1954年市政府准备拓宽东四至西四之间的道路，考虑到处于中间位置的金鳌玉蝀桥又陡又窄，不利于行车，打算重建一座更宽的大桥，并将其北侧有所阻碍的团城拆除。国家文物局局长郑振铎闻讯大惊，与建筑学家梁思成、历史学家范文澜等人商议后，立即向周恩来总理报告，恳请保留团城。周恩来亲自考察了现场，决定新桥向南侧加宽，团城一砖一木都不动。1956年，北海大桥重建工程完成，采用钢筋混凝土结构，长二百二十米，宽度由九米多扩展到三十四米，坡度减缓，金鳌、玉蝀两座牌坊被拆，后来为安全起见，又将两侧石栏杆换成高逾两米的铁栅栏。

中央办公厅对中南海的古建筑做了很多维修工作，同时为建造新的服务设施，也做了不少改造和调整。1954年拟拆南海东岸的云绘楼、清音阁，以腾出空地兴建中南海门诊部，被文物局否决，后来由周恩来总理偕同梁思成等专家踏勘研究，决定将这组建筑迁到陶然亭公园。

北海公园中增加了几十艘新式游船，水上行船赏景是广大游客最喜欢的游玩项目。1955年，长春电影制片厂拍摄了新中国第一部校园儿童故事片《祖国的花朵》，主题曲《让我们荡起双桨》由乔羽作词、刘炽作曲，镜头中一群北京的小学生在北海一边划船一边唱道："让我们荡起双桨，小船儿推开波浪。海面倒映着美丽的白塔，四周环绕着绿树红墙。小船儿轻轻，飘荡在水中，迎面吹来了凉爽的风。红领巾迎着太阳，阳光洒在海面上。水中鱼儿望着我们，悄悄地听我们愉快歌唱。"这首歌流传很广，北海的白塔、红墙由此成为全国人民心目中最美的风景。

1959年北海北岸的仿膳搬到琼华岛上的漪澜堂、道宁斋中，扩大经营，成为北京最著名的高级饭店之一，国家领导人和外宾经常在此举办宴会。

1961年北海及团城被国务院公布为第一批全国重点文物保护单位，之后对白塔、万佛楼、庆霄楼等古建筑进行了精心的修复。而中南海直到2006年才被列入第六批全国重点文物保护单位名单，维护力度要小得多，屡有拆改，例如1964

年将居仁堂拆除，殊为可惜。

五十年代末至六十年代初，北京市大力建设十三陵水库、怀柔水库和密云水库，清代西苑留下的小火车居然派上了用场，被调到工地拉运土方石料，当时的报纸为此兴奋地报道："慈禧太后的小火车，开始为社会主义建设服务。"

1966年后，北海公园也陷入一片红色的海洋，之后公园一度关闭。在周恩来的关怀和公园职工的暗中努力下，文物建筑得到一定的保护。

新中国少年儿童由保育员带着在北海公园玩耍。
图片来源：《人民画报》1951年第六期

1976年唐山发生大地震，波及北京，白塔宝顶上的火焰宝珠震落，相轮开裂，公园中另有三十多处建筑出现不同程度的损坏，次年做了紧急抢修。1976年至1977年还将中南海的万字廊庭院内的双环亭、方胜亭、扇面亭等几座别致的亭类建筑迁至天坛公园。

1978年3月1日，北海公园恢复开放，当天游客数量就达到十三万人次，3月5日更有二十四万之多，将白塔前面的栏杆都挤塌了。之后几十年中，公园得到进一步的建设，一些被占的院落陆续收回，又开辟新的滑冰场、植物园，在不同季节经常举办花会、灯会、联欢晚会和各种展览乃至体育比赛，功能远远超出昔日的皇家御苑，真正成为普通民众的乐园。

从完颜亮营建中都开始，西苑三海历经金元明清四朝和民国时期，直至当代，前后延续八百七十年，其间虽屡有损折，却不断得到重修，风采不减。今天的中南海仍是中央办公场所，而北海公园则是北京最受欢迎的游览胜地之一，每年接待数百万游客。站在琼华岛山顶，三海风光尽收眼底，白塔巍巍，碧水潋潋，山岭起伏，亭台鳞次，花木扶疏，鱼鸟悠然，京华烟云尽聚于此，引人遐想。

图书在版编目(CIP)数据

读库.2303 / 张立宪主编. —— 北京:新星出版社,2023.6
ISBN 978－7－5133－5231－4

Ⅰ.①读… Ⅱ.①张… Ⅲ.①中国文学－当代文学－作品综合集 Ⅳ.①I217.61
中国国家版本馆CIP数据核字(2023)第081947号

读库2303

主　　编:张立宪
责任编辑:汪　欣
责任印制:李珊珊

出版发行:新星出版社
出 版 人:马汝军
社　　址:北京市西城区车公庄大街丙3号楼　100044
网　　址:www.newstarpress.com
电　　话:010-88310888
传　　真:010-65270449
法律顾问:北京市岳成律师事务所
经销电话:010-57268861
官方网站:www.duku.cn
邮购地址:北京市海淀区万寿路邮局67号信箱　100036
印　　刷:北京雅昌艺术印刷有限公司
开　　本:787mm×1092mm　1/32
印　　张:11
字　　数:220千字
版　　次:2023年6月第一版　2023年6月第一次印刷
书　　号:ISBN 978－7－5133－5231－4
定　　价:42.00元

版权专有,侵权必究;如有质量问题,请与读库联系调换。客服邮箱:315@duku.cn

我们把书做好　等待您来发现

读库微信　　读库天猫店　　读库App　　读库微博：@读库
读库官网：www.duku.cn
投稿邮箱：666@duku.cn
客服邮箱：315@duku.cn